花城年选系列

王幅明　陈惠琼◎编选

2015中国散文诗年选

南方出版传媒

花城出版社

中国·广州

图书在版编目（ＣＩＰ）数据

2015中国散文诗年选 ／ 王幅明，陈惠琼编选. -- 广
州：花城出版社，2016.1
　（花城年选系列）
　ISBN 978-7-5360-7788-1

Ⅰ．①2… Ⅱ．①王… ②陈… Ⅲ．①散文诗－诗集－
中国－当代 Ⅳ．①I227

中国版本图书馆CIP数据核字(2015)第295188号

丛书篆刻：朱　涛
封面画作：朱　勋

出 版 人：詹秀敏
责任编辑：林　菁　欧阳薇　蔡　安
技术编辑：薛伟民　凌春梅
装帧设计：██████视觉传达

书　　名　2015 中国散文诗年选
　　　　　2015 ZHONGGUO SANWENSHI NIANXUAN
出版发行　花城出版社
　　　　　（广州市环市东路水荫路 11 号）
经　　销　全国新华书店
印　　刷　广东新华印刷有限公司
　　　　　（广东省佛山市南海区盐步河东中心路 23 号）
开　　本　787 毫米×1092 毫米　16 开
印　　张　20　1 插页
字　　数　330,000 字
版　　次　2016 年 1 月第 1 版　2016 年 1 月第 1 次印刷
定　　价　36.00 元

如发现印装质量问题，请直接与印刷厂联系调换。
购书热线：020 - 37604658　37602954
花城出版社网站：http://www.fcph.com.cn

目录 contents

辑二　碰撞的声音

辑四　网风的馨香

生命是散文诗魂

——代序

陈惠琼　王幅明

> 一下子打动的散文诗，是自然生命和人类生命的感受，自然自我的感情，个性特质张力的境界美。
>
> ——题记

一章散文诗打动感情，喜欢这种选稿的直观感受。

散文诗的自我，对生命情感的深度挖掘，是散文诗人永恒的本质。

以其独特的眼光提出新的思想命题，并以新的艺术形式创新新的艺术境界。散文诗以休闲娱乐的层面去理解，更应主动发挥精神的建构。把自我的想象和精神发挥得淋漓尽致。以生命的质感替代情感的虚弱，方是创作力量。

蓦然，散文诗反映各自的文化内涵。迎合世俗的媚气为一般化，只有自己立起来，让自己的旗帜鲜明，进一步认识自己，成就自己，发现自己，才能让自己的散文诗蓬勃成长，成就蔚为壮观的一章。散文诗是铸造灵魂的不朽事业，在这里，"自我的创新"，并不仅是形式、技巧方式的创新，更重要的是，它还包括一个散文诗人的思想和艺术生命力，散文诗的生命力恰恰在于它的创新能力。面对时代更替与世界变化，散文诗总是以其深厚的根基，焕发新的活力。

不少散文诗有相似的镜像和曾熟悉的诗句，更有东抄一句西抄一句，拼凑出来的，它们只不过反映了作者个人的几声悲叹和甜蜜的幻想。

每章散文诗应是一个个体新奇，贴近自然、贴近自我生命体验的生活篇章，若显示本真个性特质张力的境界美更会有意义。

在个体的审美今天，灵魂气息活灵活动。自我的散文诗即是好的散文诗，会透出生命之善之美之爱。徜徉散文诗，阔远到每篇散文诗的生命，因此而有别一种意义！自我的，正是生产过程。悠然，一个一个自我培育着美感。无论读者在哪个地方平台上，那些有自我，有现代社会视觉冲击力，有趣味闪光点的散文诗才能阅读久长。在价值追求多样，利益诉求多样的今天，散文诗的自我不会千篇一律。

沉醉于散文诗写作的愉悦，忘了自己，写出自己，可使散文诗远播，使散文诗的光环被点亮，气息贯彻，流漫过一切阻挡，奔流向前。

在本年度的不少作者挣脱了心灵的自我夸张、自我陶醉，找到了表现自己的艺术个性，戴着美丽的花环，默默地为散文诗加冕，遨游在广袤的散文诗天空，徜徉在找寻的路上……

试找寻本年选中迸发生命某一瞬间情感的散文诗：

散文诗《我看到了成吉思汗》中，王剑冰在草原所见所想，引起了诗情……

王剑冰在诗中并不掩饰，相反，是直率地敞亮地奔泻而出，情绪是那么激越，感情是那么炽烈，很明显，他想让读者与自己一起来享受这种欢悦。"当我走进草原的时候，草原的人民手捧着哈达和奶茶向我走来，我就知道，我来到了成吉思汗的家乡。"情景在这首散文诗里相得益彰，使读者如临其境，组成一幅恢弘的图画，使炽热的情感有力依托，涌动着浓郁。

王幅明的散文诗《登鹳雀楼造访王之涣》，一个不足二百字的短章，被《人民日报海外版》《羊城晚报》等多家报刊选用，说明它有令人称道之处。唐代王之涣的五言绝句《登鹳雀楼》，是一首独步千古的绝唱，其中"更上一层楼"，更是跨越时空，被无数人引用过的名句。千年过后，王幅明登上重新修建的鹳雀楼，与王之涣的雕像相遇，引发了新的感悟。鹳雀楼"是诗人最好的纪念碑"。古诗妙在"上"字，古意翻新，反其意着眼于"下"：欲穷天下事，更下一层楼！景理交融，写出了新的意境，令人心目一新。朴素的哲理，又蕴含鲜明的时代气息。

吕海沐的散文诗《夏天的盛宴（选章）》思想寓意广阔、别致、深刻，情景交融，文字如同国画般，节奏与质感有军人的气质。意境空灵，超越了具体，以富有诗意的感念为内核："世间有几个人真正恪得，缺得越多，才显得越加美丽？请读读今夜的残月，为什么如此脉脉含羞……"流露出对生命的思考，面对生命的种种神态。字里行间的留溢，它的精美使我们热爱。这种风格并不是轻飘，也不是为美而美，是现实生活的艺术再现。

"过于浅表的一视同仁，如同空洞的主义，土地，我希望你有所作为。"读这诗句，无不为周庆荣那真诚的深厚的感情所感染，所撼动，所牵动……"我一生注视你，这是我无法摆脱的环境，我只能爱。"卓越地把握情感，卓越地表达情感。周庆荣的散文诗《土地》，含意是明朗的，它像"誓词"一样严肃，又像"血"一样庄严。写到这里，周庆荣表达得淋漓尽致："土地，你给我承诺，决绝地驱逐谎言和愚民的理想。清理沙漠和荒芜，专政那些逐利的冲动，让各种虚伪反省自身，让收获和美丽成为你的衣裳，让人间和天堂平等。"以更广泛的泛指性，扩大加深了这使命的内涵。"踏着你，想走遍千山和万水。找一些光和温暖，解释你的伟大以及我们与你一起形成的人间。"这写得朴实平易，却有着力量，标志着周庆荣创作又到了一个丰收期。

或许，正是携带此等心性，爱斐儿对尘世的书写，才是有效的，有力的。看起来羞涩，实则饱满、坚强的句子诞生于爱斐儿的散文诗笔下，不应该视作偶然的事情：

我等在文字那端。

等不来被爱就去爱你。

（爱斐儿：《可待因》）

爱斐儿按捺不住内心的火焰，凝聚成散文诗。爱斐儿的散文诗《可待因》，收入其散文诗集《非处方用药》。在作者看来，"所有的等待都有原因"。她更愿意相信，即便在有病的凡间，爱与深情依然是值得的，依然具有震撼人心的力量。每个人都能医治自己，也医治尘世。爱斐儿全心地投入一种灵魂与命运的共舞，且对此作了深刻的契入和揭示："适量的等是药。过量的等是毒"，真正体现出一种生命形态。

那是草原特有的原生态的音籁。而这种音籁，正是其还乡踏响的节律。夏寒散文诗《故乡，在岁月里流淌着情（组章）》走在回乡的深度里。"乡音嵌进一棵古树的根须，原上的野草枯藤缠绕着希冀在攀爬。"夏寒通过自己的心去写，把自己摆进去，形成了意义上的饱满。对于家园的特殊眷念，已经成为夏寒散文诗中的一种非常突出的精神元素。这是他的睿智，也是他散文诗的特色。"乡村的早春,一吐积郁了一冬的土地的秘密。"想一想,可领悟到作者内心深处的情感波动,与作者经历有关。绵里藏针、柔中有刚的语言,淳朴而悠远,舒缓而自由。

这,正是其还乡踏响的节律。

雪,很轻,轻得像菩提树下的尘埃;雪,很重,重得如历史书上的箴言。雪,很冷,冷得鸿爪痕轻;雪,很暖,暖得梅花影重。宋庆发的散文诗《那几场越下越轻越下越冷的雪》笔下,这纷纷扬扬的雪,早已化入人物细节,并在轻重自若、冷暖自知中摘句成章,在"深山古寺"苍劲深邃的古意营造处隐约着今人生活的无奈与思想的苍白,在审视自然历史的翩跹诗意时寄予未来以乡村香火般的美好。

若以散文诗的形式写高科技领域的新能源,很难通过诗的意象诗的语言,写出高科技的本质及其与人们生活的关系。弄不好,就堆砌名词术语,枯燥无味如科普文章。而王成钊的散文诗《我与太阳签订了契约》大胆运用神话、传说,以丰富的想象力,将距离遥远的两种意象大胆地糅合一起,再以诗的语言赞美了人类的创造力,予高科技以鲜活的生命,予散文诗以贴近生活贴近时代的新张力……

李俊功的散文诗《三字令》:在繁复的世界没有沉醉,心伸出了无数的触角,时刻感受着心中的"三字令"。"多么自然的取向:道德经。"启示的语言,构成散文诗魅力。这首散文诗二百多字,并不长,却有着巨大的涵量。"耳畔素歌不绝回响。连同真水、本质,一卷复一卷阅不尽的春光。"写得传神,蕴含深广,这首散文诗的力量不仅在于写什么,更在于怎么写。读者很自然地领悟到什么。

(2015 年 10 月)

城市：没有围墙的乐章

刘　虔

像大树叶子一样醒来

在清晨，在每一个需要生命行动的时刻，醒来！

骚动着。而后一跃而起。大树上的叶子抖出满地晨曦，醒来。

最早醒来的是我们城市的打工者……

从铁皮屋的工棚走出，扛着昨夜梦回乡野的星光，醒来。

从地下室的蜗居起身，踏过潮湿的台阶，醒来。

头戴柳藤帽，登上脚手架，迎风一声长啸，他们，醒来。

醒来。在这样的时刻，小草也会紧握住根脉。

醒来。血液里是江河远去的节拍。

日日击水三千里，挽着城市的天际线，一路扶摇上云台……

流泪，不流汗

他把自己生存与生活的全部都放在自己的两行脚印里，流浪……

枕着背囊。此刻还躺卧在三亚河畔的露天长廊上。

因为寒凉，赤裸的双腿蜷伏着。

直到清晨，阳光镀亮了他一身的疲惫。

直到黄昏，他依旧蜷伏在昨夜的梦里，流浪。

他是假寐的一段故事吗？

更像一截被沿街行人遗落路边无力醒来的长叹……

流浪者蜷伏着，在城市的一角，流泪，不流汗！

阳台上的风景

仿佛城市的哪一条街巷着了火……

关在邻家阳台上的那只公鸡，火烧云似的扑腾，一遍一遍鸣叫着。

无涉风月？不识时节？

失去的乡村里已然没有了麦浪翻滚的六月。

久违的天籁，洗不白落难的宿冤。

高楼峡谷与钢铁丛林里泣声如雨的诉说，只有悲切：数日之后，血案果然降临到阳台。

那最后拼却的一呼，全然消弭了仅存的喊叫黎明的音乐！

一个老女人在海滩上写诗

老天爷跑马，只用一抹晨曦就能在椰树顶上尽情地撒欢……

一个写诗的老女人驮着三月，来到沙滩上。

还没活过天年，人就老了，胜过几辈子的沧桑。

老女人颤颤的手抖落着。

一行行诗句便流出指头：回想过去曾为头上的那片屋顶愁白了青丝。

再想过往颠踬在路上，难得几回年节里饮酒围炉。

站在雨中，但有风吼不见送伞人。

写诗的老女人正要写下扭转命运的时刻，奔袭而上的潮涌，一个趔趄，便抹去了所有叹息砸地的影踪！

午后广场

午后，秋日辽阔。一叠一叠的笑声在林中歇息了……

广场上，一颗一颗的心安静地睡觉。

梦里有流水的清波，推搡着水上戏嬉的天鹅。

午后，有一种怨，轻若浮云。

浮云飘远。笑声一叠一叠，在林子里歇息了。

那是心的呼吸，一颗一颗，在梦里水乡逍遥复逍遥……

（选自《湖州晚报》2015 年 3 月 29 日）

豆沙关（外一章）

王剑冰

一

豆沙关，在乌蒙山脉中一条深谷的中段，自古以来就是中原入滇的要隘之地。

豆沙关，名字的好记或许因为那个豆沙包，像沙粒般的豆子做成的包子，成为一种好吃难忘的食品。而豆沙关呢？关上不是有豆沙包等你，也不是有着豆粒般的沙子，那么是说它细小吗？小得如一枚豆沙？来了才听说，豆沙或许是一个守将名字，谐音变成了这么轻巧的两个字。

二

谁凭空来了一斧，劈就了锁滇扼蜀的雄关天堑，两面山峰壁立，中间一条水，叫关水，向下游叫白水，再往下叫金沙江，从上看去，或以为是关河冲开了重山，构成一道巨大的石门，锁住了古代滇川要道，故又称"石门关"。或是水没处去，只有找到这道山隙通外。山险水也不畅，挤挤涌涌，滩险浪急，上面一线天地，风钻进来，呜呜地哭，把人心都哭痛。

半崖上，真有一个个僰人的棺材，被古人不知用什么法子塞进了石缝，时光时光赫赫也过千年。水急也得过船，船行到此，不过怎么行，就出了拉纤人，一代代的拉纤人跟险关跟猛水摽上了劲儿，号子刺穿水浪，从浪间冲上来，贴着石壁冲上天外，背和绳子把崖石勒出一道道苦痕，苦痕中满是热汗，瞬间凝固变冷。一个当地的诗人写到：穿不完的衣，是汗，走不完的路，是岸。

三

这是水路，还有一条山路，说是路，不过是不比水路更好的摩崖险途，陆上来，要翻过去，也不得不走，那道叫五尺道，是秦时期修成的驿道。古人由蜀道入滇，此是第一道关，进入云南，再到缅甸、印度，是一条西南丝路的重要通道。半崖峭壁间，可以清楚地看到对面人的棺，往下看水成了一条细线。

四

五尺道走了几千年，到如今还是瘦骨嶙峋，道上凸起的石头如狼牙狰狞，无处下脚。即使马蹄，也磕磕绊绊，到处有打滑的印痕，那印痕告诉你，似乎必先滑一下，才能踩稳一蹄，这一蹄一蹄的就那么往上攀去，更多的是人的脚步，无法印在上边，只是把一块块石头磨光，磨光却不能磨平，那些石头龇牙咧嘴不屈于时间。

一声重重的喘息，我让在了一旁，一个背山人过来了，背着一篓子空心砖，一个石窝一个石窝地踏着攀去，手上一根藤棍，走几步，就用藤棍支撑着砖篓歇上一歇。往上看去，竟有好几个背山人在攀登，窄窄的五尺山道转到山那边去，转过去还是陡峭的崖壁。再上边，就有一道关口等着你，一张弓或一条枪支在那里，万夫难！

五

一只鸟惊叫着扑棱棱从水面腾起，飞不好那陡峭的山壁就会刮擦了羽翅，那只鸟斜着身子，就像一道闪电，冲出峡关翻了个身子，淹没在蓝天中。

一位老妇在我的身后艰难地爬上来，她苍白的脸上缀满细碎的汗珠。我照相的工夫她过去了，等我转过崖角的时候，发现她坐在台阶上，坐成了一尊观音。我扭头看这尊浴在阳光里的观音，又觉得她过于苍老，她是怎么攀过这五尺峡道的呢？她是到哪里去？她轻声地回答了我的问话，到庙里去。佛在高处，她还得慢慢上。

六

摩崖石刻也耐不住时间，去寻雨雪风霜了。

古时的军队过这条五尺道，该是怎样的拥挤繁乱，甚至时时有一种不安。

高速公路只能高架于云间，并且穿山而过，这是现代化的手段。这种现代化的穿越，对于古代文明来说，也等同于一种破坏。

回头再望望吧，还会再来吗？

我看到了成吉思汗

一

我看到了成吉思汗，他依然在草原上驰骋，骑着他的快马，一日飞行千里。他的马鞭指向哪里，哪里就一片欢腾，那是草的欢腾，神的欢腾。

我看到了成吉思汗，在草原牧民的歌声里，那歌声带有着眼泪，滚滚流在一个个酒杯中。

成吉思汗啊，我在草原上狂奔，我知道你在我跑过的每一处，我呼唤着你的名字，就像呼唤着风雨雷霆。

二

一场大雨来临，大雨之后，草原只会更加丰满美丽。那是你的女人，你的血脉。

成吉思汗啊，草原的雄鹰，永远高翔于世界的苍穹。我张开臂膀只是知道歌唱。我唱不好，但我还是放开嗓子，因为我来到了草原，来到了天苍苍野茫茫的地方。

让我就这么奔跑下去，我不知道前面是哪里，到处都有成吉思汗的脚印，有黄河的水流，注淌着成吉思汗的辽阔和奔放。

三

我看到了成吉思汗，草原有多大他有多大，蓝天有多高他有多高，我知道草原人都那么爱戴他。

当我走进草原的时候，草原的人民手捧着哈达和奶茶向我走来，我就知道，我来到了成吉思汗的家乡。我亲切地和他们一起起舞，拉着他们的手臂，那种温暖迅速通过血脉涌遍我的全身。

（选自"中国作家网"2015 年）

城 市 素 描

海 梦

一、双 流

南部新城，一只衔着春花的候鸟，你飞向哪里？心上装满了爱的奉献。你的羽下划出两道岁月的河流，一条如诗，一条如画，双双流经时代沧海，一路谱写出高昂的赞歌：双流，双流，双流……

牧马山，马儿在哪里？那遍地如蜜的地瓜，是你失落的铃声么？您的甜嫩，蜚声海外，多少人慕名而来。情侣前来寻爱，桃花向你献媚，还有那温馨的别墅，等你来圆一场春夜的美梦！来吧，来寻找南部新城为人不知的秘密。

二、东升镇

东升镇，你从太阳的眉梢上升起，带着绚丽的色彩，走进南部花园，那一道如风的高速公路，是你身后留下的前进的脚印？西南国际机场，是你宽阔的胸怀，包容来自世界各国的那么多各式各样的追求，你却微笑着双手把鲜花举过头顶：欢迎！欢迎！

立交桥，展示着现代科技的发达，如像你心中架设的友谊桥梁，任所有的希望、快乐、美丽鲜花、少女的微笑，以及精神文明，在这里通行无阻！

三、国际机场

你是一条出海的大鲸，张着嘴要向世界腾飞？不，你是一艘航空母舰，任世界各地的友谊、鲜花、微笑和各式各样的肤色，各种不同的语言，各种不同的希望和追求，都来这里停歇，都从这里起航！

啊，双流机场，时空交错的政治、经济枢纽，用什么衡量你的奉献？你给祖国带来了无限的幸福，你为时代和社会奉献出那么多真诚和爱情。东升镇紧紧把您搂在怀里，像母亲疼爱自己的孩子。

（选自《矍上》杂志 2015 年 4 期）

登鹳雀楼造访王之涣（外一章）

王幅明

消失了七百多年的鹳雀楼，又奇迹般地出现在黄河东岸。

王之涣，你可知道，多少人默念着你的诗句，在心灵的楼梯上攀登？

失而复得的雄伟建筑，是诗人最好的纪念碑。

让人惊喜万分，在楼阁的第六层，竟然与一千多岁的大诗人不期而遇。

依旧风流倜傥，一手拿笔，一手拿纸，抬头雄现远方，成诗在胸。

极目远眺，看到了浩瀚无垠的时空之海。

也有了新的感悟：欲穷天下事，更下一层楼！

［选自《人民日报（海外版）》2015 年 10 月 20 日］

镶嵌在寺院里的爱情

寺院本是修行之地，与爱情绝缘。如今，却成为众人向往的爱情圣地。

时空隧道被打通。戏剧中的人物故事，镶嵌在普救寺的庭院。

在大佛殿与藏经阁之间，有一处严密的院落。这是故事中老夫人、崔莺莺和红娘的寓所，也是张生跳墙与小姐幽会、老夫人拷问红娘的地方。剧中的情节用蜡像复活，栩栩如生。还有那棵不老的爱情树，时刻诱惑着游人的想象。

书生借宿的西轩不远，有莺莺散步的瓦楞小道。游客们从小道上走过，或沾染浪漫，或憧憬佳期。

可爱的青蛙石和典雅的听蛙亭，见证着有情人的天长地久。

姻缘墙盛开着神秘而又温馨的隐语。栏杆上缀满金色的同心锁。

寺院广场那把巨大的同心锁，成为情侣们争拍合照的道具。

哦，还有醒目的爱情邮局，出售爱情邮品，传递爱情信物。

不朽的爱情课堂，呼唤着真爱的回归。

（选自《羊城晚报》2015 年 7 月 21 日）

拉萨雪（外二章）

王宗仁

雪花翻过山脊，飘在拉萨河谷。

从草尖到草根已是深冬。

青年。鸭舌帽。他牵着一只小羊，扬着亮亮的嗓门，走在河岸上。

雪是轻的，路是远的。

冬天的早晨，不知他要去哪里？

晒在夏天的干雪花，其实是一滴水。

白雪种下的脚印。人生。

推开雪的门。

另一片冬雪覆盖的草滩上，无人的阔远。

拉萨河在拐弯处醒来。

卓玛姑娘和一头牦牛。满河滩流着她搅奶桶的声音。

雪天的音质真的像琴声，很美。

雪，下得很大了。一直下到鸭舌帽上。

他还在不知方向地前行。

路，都在雪里，只要脚步在，没有长睡不醒的路。

他周身慢慢地有草尖拱出雪层的感觉。

也许，他望到了别人望不到的地方……

昆仑落日

太阳半躺在山畔
星星不知去向

夜幕上崩满星花，太阳还卧在山畔
卧
它为什么总是站不起来

如果困倦了，它可以另选一张眠床
它守着自以为是的大山
拒绝帮扶

它好像在哭
我应该递过一把椅子，当然是三条腿
毕竟它靠的是一座大山
只是昆仑山一年比一年老，腰又弯了许多

山下兵屋里
飘上来的是夜来香……

里 程 碑

从青藏公路的起点西宁到终点拉萨，2000 多公里。

每公里就有一座里程碑，像士兵一样齐刷刷地站在路边。

——题记

头顶天阔
脚下路远

坚硬的躯体，护着内心的柔肠

暴风雪淹没了千山万壑
它仍然清醒地给司机报告着方向

有个退伍的老兵
拖着残疾的腿靠着里程碑稍作歇息
它从此提升到了一个陌生的高度。

（选自《散文诗人》2015 年第 42 期）

停电：梦游人手记

林　莽

一

把所有的灯熄去之后，街便黑了下来。

那些蛇，一下子都不见了。

那些蛇，霓虹灯的蛇，眉眼镶在每一方窗口，弧形光带的波浪在起伏。

一个女人在撒娇，一千个女人在撒娇。唇的碎裂，眼的飘摇，胭脂花粉轻狂地跳跃。

停电：现代都市的娇女，脱下了眼花缭乱的锦衣，世界便恢复了原始的暗。

停电：一个绵延已久的梦，骤然中断。

从梦惊醒，睁开眼，伸手不见五指，满世界一片漆黑。

像梦游人，深一脚浅一脚地

我走了出去。

二

梦游人走向一条河。

月光透过茂密的树枝，在漂移，

草木幽深，泥土阴湿。虫的旋律，分外精神地在黑暗中舒展，折叠。

河呢？河在那里？

河如古井，冷却了暗流。

历史的铸剑藏在何处？我看见，水面上有薄薄的雾漂浮。

青铜的光辉，白银的光辉，交相辉映，幻影迷离。

停电：我沉醉于世界这原始的真。

是月光，而不是挤眉弄眼的霓虹，才是真实的蛇，在波浪与波浪之间，
光辉地缠绕，回旋，并使之迷离。

三

梦游人，走向一棵树：无花果树，

伸手去摸，手指张开的叶子，我摸不着。藏在叶深处的那一枚果子，隐
秘成谜。

停电：当世界回到了太初的古，我想起伊甸园的亚当，在叶后面藏着，
他摘下墨绿色厚重的叶子，遮住了原始的羞，遮住。

裸身于天国的第一位美男子，还在那树后面藏着么？

看不见，我看不见。

忽然间感到了无比的孤单，寂寞，

我开始呼唤，一个人的名字。

但是，我知道，他听不见，

（他所在的世界，距离我太远。）

停电：梦游人从一个梦向另一个梦过渡，转移。

所有的梦都虚幻，缥缈，神奇。

我还是在这棵无花果树前痴痴地站着。

在等什么呢？

（选自《星星·散文诗》2015 年第 7 期）

风流晋南（组章）

黄亚洲

黄河：壶口瀑布

一个憋屈得这么厉害的民族，不允许他选择一个地儿，来一番痉挛、叫喊、疯狂，那是不可想象，也不人道。

几千年了，多少的屈辱！生生的逼他吞下这么多泥沙，就是明证，还是在光天化日之下！

一路疲累，骨骼逐渐畸形，还要唱他"天下黄河十八弯"，想过被架着雄赳赳气昂昂的滋味吗？

把胸膛撕开，把头撞在岩石上，把血泼到岸上去，把咆哮做成歇斯底里——什么都原谅你了，我的祖先！我的父亲！我的黄河！

哪怕就是天塌下来一次，地裂开两回；哪怕闪电与山峰，来它一次同归于尽！这些，都可以理解，悲剧就在于：什么都没有发生！

悲伤的水汽现在笼罩了我，让我成为黄河泪水的一部分。此刻我也想狂嚎，像狼，像豹子，像饿虎，这辈子这么累人总得让我喊一嗓子吧？

我知道，待我离开此地，我又是个厚道人了。微笑，谦和，用四书五经，做我的五脏六腑。当然黄河也是这样，在广阔的下游，他将展开，成为平原，宽大的袍子上绣满棉絮、麦穗和苹果花。

一个憋屈得这么厉害的民族，还将度过许多平静的春天与秋天，还将拥有许多端午、许多清明、许多冬至、许多大雪。

壶口：黄河的搬运

到壶口瀑布，才知道黄土高原被搬运的速度，才知道华北大平原是咋来的！

想象当年华北平原的那群抗日地道，其实是，黄河的毛细血管。

三十多米的瀑布落差，是黄土高原的地质剖面。黄河如此裁剪海拔，把中国的土地这么搬来搬去，就是为苦难的百姓，造一个相对安静的家园。

这么的尽职，日夜咆哮，急成这个样子！

所以，我又想起了中国几千年来的志士仁人。他们摇旗，呐喊，搬运国家的苦难。

他们从心脏通往臂膀的血液通道，就是黄河；鲜血通过的第一个关节，就叫壶口！

（选自《散文诗世界》2015 年 8 期）

记忆深处的少女（外三章）

钟建平

每晚在这海滨一隅，总出现一位白衣少女的身影，海风吹起她的裙裾，像一朵八月里盛开的白莲。

是从我的记忆深处走出来的那位不知名的少女吗？

只有轻轻的海风如淡淡的思绪飘过，我分不清是在梦里还是在海滨。

我呼唤你的名字，只有轻轻的海风在我心灵的窗下吹过。

我描绘你的形象，只有凝重的岁月在我记忆的深处泛起。

我思念你的感情，只有潺潺的流水在我诗歌的音韵流淌。

爱情的步履总是那样的来去匆匆，那样沉重和那样忧伤。

失落了你，也失落了一段最美的感情。

我拾到的只有褪色的岁月和大海丢失的眼泪。

无边的思绪

无边的思绪又一次在心灵里泛起，连接着门外世界无尽的道路。

一切未占有和不完善的事物分散在宇宙之中。

心灵寻求着解放。精神四处找寻突破的方向。

心灵的秘密联结着宇宙的秘密，宇宙随着心灵的飘荡而飘荡。

一切存在完善的美之中，都蕴含心灵的光辉，照亮美的心底。

在美与善的眼波里，生命又一次复活。

（选自《作品》2015 年第 10 期）

自然短句（节选）

之十二

神秘的声音　总有一种神秘的声音在心底叫唤着，由于年轻的世界总是吵闹，我无法听得清楚，随着岁月的流逝，这个声音愈来愈清晰。

呼唤　我呼唤着世界的时候，世界也在呼唤着我。

寻找　我寻找一颗心灵的时候，另一颗心灵也在寻找我。

自然　自然是我的母亲、爱人、朋友，我的一切，但绝不是我的敌人。

不朽　我生活着，所以我爱着；我爱着，所以我不朽！

缪斯的歌声　有时，在一种极沉静里，我听到缪斯的歌声，天堂般的歌声。在这美妙的音韵里，我仿佛经历千百次死亡，身体消失了，但我灵魂没有消失，我的诗思却因此而美妙异常。

能生于这个时代　我想，能生于这个时代是有福的，可以与过往时代的诗人心灵对话，沐浴在天国的和风中，尽情吸吮智慧与善美的琼浆玉液。

不要　不要因为悲剧在艺术里是美的，而让悲剧发生在生活里。

真相　在镜子或影子里面，你看不出自己的真相，真相在心灵里。

选择　我们不能选择生，是生选择我们。

花朵与绿叶　花朵不过是绿叶大胆往前迈进了一步。

伟大的力量　生命是一个伟大的力量，但思想的力量比生命的力量更伟大。

通往　通往"明天"的路，是以"今天"作为起点的。

镜子　镜子只能照出人的形体，却照不出心灵的美丑。

太阳与星月　"太阳呀，你在天边依依不舍等候着谁呀？""我等待着星月，必须把世界交托给它们的手里。"

绿萝　书案旁那盆绿萝在灯下更显生机，是绿色仙子伴我度夜。

因为　生命，因为责任而沉重；心灵，因为自由而轻松。

沙漠与绿洲　沙漠怀恋它的过去；绿洲憧憬它的将来。

不要　不要为浅薄的批评而停止你深刻的思想。

工作与停歇　你工作时，与时代一同进步；你停歇时，时代在离你远去。

星星　暗淡的星星并不是渺小，而是它们离我们地球太远。

偶像　捧得最高的偶像，总会委散在尘土，其实尘土才是我们永恒伟大的偶像。

之十三

创造　人在创造历史的时候，也创造了自己。

善心　当我们表现善心的时候，便是我们最近于完美的时候。

最聪明的人　最聪明的人就是那些知道世上还有比自己更聪明的人。

拒绝　你拒绝短暂而追求永恒，你连短暂也得不到。

更快　光速并不是最快的速度，比它更快的是人的思维。

害怕　总害怕失去明天，连今天也会失去。

不怀好意　对人不怀好意的人，总疑心别人对他不怀好意。

尊重　尊重别人的人，也获得别人的尊重。

践踏　践踏别人的人，也践踏自己的尊严。

好处　给予你好处的人，是想在你这里获取更大的好处。

完美　完美在不完美中。

光明与黑暗　把你仅有的光明给了别人，你必得站在黑暗里。

小草与大地　小草用自己的渺小来显出大地的伟大。

蓓蕾　蓓蕾们知道越早开放会越早凋谢，但它们仍然争先恐后开放自己。

完满　既拥有完满的物质享受，又拥有完满的精神享受，世上无一人能得到，只有上帝自己。

错误与小偷　错误见到真理低下头；小偷见到警察绕道走。

特殊的交易　阿谀奉承者玩的是一种特殊的交易：得到的是权与利，失去的却是尊严与人格。

懒惰　懒惰的人，可以找到一千个理由。

勤奋　勤奋的人，只需要找到一个理由。

狐狸与猎人　最狡猾的狐狸也躲不过最笨的猎人所设的陷阱。

方向　到达真理并不取决于速度的快与慢，而是取决于方向的对与错。方向对时，即使是最慢的速度，总会到达真理；方向错时，即使是最快的速度，离真理就越远。

原谅　我们常常能原谅犯错误的人，却不能原谅指出我们错误的人。

江河与大海　最大最古老的江河，在大海的怀抱里都是小孩。

喜欢　因为人们喜欢美丽的花朵，所以常常把它采折；表面喜欢美的人，最容易伤害美。

火柴　火柴在燃烧的时候，并不在意人们的赞扬声或是责骂声。

命运的决定权　人类掌握了许多生物的命运的决定权，而偏偏自己的命运却无法掌握。

甘愿　甘愿做一块铺路石，让别人达到伟大的顶峰，这样的人与达到顶峰的人一样伟大。

证明　我们在黑夜里也能生存，但并不能由此证明我们白天可以不需要太阳。

树木　树木并不害怕天空寂寞而停止生长。

山泉　山泉并不计较失去高度而停止脚步。

不相信　人因为不相信自己，所以才不相信别人。

因为爱　因为爱，人才变得可爱；不是人可爱，才产生爱。

只有　只有付出爱，才能得到所爱。

爱　爱，是两颗心灵的交融，但不是合二为一，在两颗心灵之间必得有一个充分的空间容纳两颗心灵的独立活动。

（选自"海边老人博客"2015 年）

那些埋葬着美丽爱情的岁月

忧伤又一次将我此刻的内心覆盖，一股悠扬而悲怆的音乐从远处涉水而来，揭开了那些布满了时间尘埃的曾经美丽的爱情故事。此刻的我仿如苍穹上的一只孤雁，夕阳涂抹他的全身，他将飞往何处？

黄昏。大海。海浪。行云。飞鸟。船影。新月。天地悠悠，逝者如斯！我在心里默默地念诵此刻在脑海中闪现的这些温暖而悲壮的文字。流星在黛青色的初夜划一道血与水的磷光，海鸥在茫茫的大海上空展翅翱翔。那银色的梦幻编织的无数绚丽图案，一朵又一朵红的粉的花朵在茂密的夹竹桃树上竞相开放。

爱情埋葬在岁月里，已是几度春秋。打开尘封已久的心扉，看着翻腾不息的海浪，海风阵阵，吹拂着我的脸颊，任由思绪在这寂寥的黄昏的大海边飞翔。往昔如一幕幕场景在心中播放一样，让忧伤的我在一幕幕往昔的场景中反复地品味着漂泊已久的疲惫的心灵。

时光是一支无情的笔，用岁月的墨，抒写着生命的故事，从古至今，春花秋月，我们每一个人都在不同的时空中、不同的故事里，演绎着相同的主题：爱恨情仇。流年逝水，如此无情，如此决绝，如此义无反顾。也许我们还不懂得如何去爱，还不懂得如何去珍惜生命的时候，它就已经告别了过去，在盘点过往的岁月中，已不知道究竟是哪个人、哪处风景，在你心底留下或深刻或浅的记忆。多少因缘，多少际会，都擦肩而过，已成云烟！回望的瞬间，记忆深处，在无数个世俗的晨钟暮鼓的日子的敲打下，也暗淡了如初的色彩，而记起的不过是模糊的春花秋月的影子罢了。

当我们渴望在岁月的流逝里，懂得人生的意义，明白爱情的真谛。并能用心中的希望战胜一切困难险阻，成为一个坚强不屈的人。然而，只有真正经历过心路历程，才知道心灵在红尘里，是那般的无奈和无助，充满着无数的辛酸与苦涩。而自己曾经渴望爱情的心灵，在时光的磨蚀下，变得不再有温度，也不再敏锐善感了。

以为人生漫长得恍如隔世，其实不过是短短的昨天、今天、明天。（也许根本没有明天！）匆匆老去的从来不是天地，而是离人。而我们都只不过是红尘过客，背上的行囊，装满了世俗，沉重得压弯了双肩。这一路仓促背负，直到离开的那一天，也没有学会该如何放下。我们总是给自己找寻许多理由和借口，将所有的悲哀，都怪罪给岁月，将所有的错误，都怪罪给命运。其实，我们的爱，我们的恨，我们的开始和结束，都是由我们自己决定的！

世俗现实的一切纠缠，无论深浅，无论冷暖，无论难易，无论贫富……转瞬即是云烟，何必那么执着，何必那么难以割舍，何必那么在意。岁月携着记忆渐渐远去，我们不得不原谅生命中那一次又一次重复的远行，我们不得不放下生命中那一次又一次失而复得的爱情。活在当下，珍惜已拥有的，这是我们今生唯一能做得到的！

（选自《香港散文诗》2015 年 12 月）

大雁落脚的地方（外一章）

张宇航

世界上最高的鸟类天堂在哪里？班公错！

世界上最安详的鸟类天堂在哪里？还是班公错。

蓝天白云笼罩，高山冰川环抱，让静谧神秘感充满了这片海拔 4242 米、方圆 600 多平方公里的湖面。清澈深蓝的湖水，簇拥着四个鸟岛，使之成为高原鸟国。岛上聚居的，有斑头雁、棕头鸥、赤麻鸭、鹤、鹳，加上天鹅。鸟们以鱼类和水草为食，没有天敌，没有人为干扰，在友爱与亲情中愉快地生活。秋季，它们要迁往南方；春天，从南亚大陆飞回，休养生息，繁衍后代，年复一年惬意度过。

阿里是人类的天堂，班公错是斑头雁和鸟类落脚的天堂。怪不得藏语称班公错是"错木昂拉仁波"，喻意为"长脖子天鹅"，或者"明媚而狭长的湖泊"。

我想起广东的梅州，有一个地方叫雁洋，莫非是大雁南飞时落脚的地方？那里山清水秀，历史上南迁客家人建起了温暖的家园，环境美得能摄人魂魄！大雁通人性、爱自然，经过长途跋涉选定的雁洋，没准就是南方的班公错！

雁洋，班公错，都是大雁落脚的地方。听那湖水拍岸，仿佛鸟语呢喃，更似雪山放歌：

> 大雁落脚的地方，草美花又香。春风轻轻吹得冰雪化，溪水淙淙响。……因为温暖跟着春天来，这里是大雁落脚的地方。

不要打扰鸟类的幸福，也不要糟蹋自己的生活。人类、动物与植物本都是朋友，共用一个地球，共有一个家国。爱别人，就是爱自己；自己好过，更让别人好过。

金牦牛

一头金色的牦牛，屹立在阿里日土县城新藏公路旁。头颅壮美、高昂，身躯健硕、浑圆，蓝天下一副雄赳赳的模样。

牦牛，高原负重致远，生活在天堂却仍要劳碌奔忙，性格坚忍不拔，命运多舛悲壮，代表大自然规律的雄浑与粗犷。

我见过铁塔似的黑牦牛，那是在唐古拉山雁石坪皑皑雪原上。它们不惧烈风，不畏严寒，独步旷野，给百里蛮荒之地带来生命之光。

我见过姑娘般的白牦牛，那是在青海湖畔油菜花簇拥着的地方。它们长着美丽的大眼睛、双眼皮，白"皮肤"、高鼻梁，招人怜爱却又不能相爱。游人只好当作温柔女神在世，争先恐后与之合影，而打心底默默向往。

如今见到的金牦牛，只是雕像屹立在班公错边上。它们作为野牦牛亚种，正流连在羌塘草原国家级自然保护区日土县境内，自生自灭、独来独往。金色牛毛，犹如高原之舟披挂的锦缎，在日光、白云、黄土和青草伴随下，风动帆扬。

日土、日土，因为独有金丝野牦牛而倍添华彩，阿里、阿里，你也因此成了人们更觉神圣的天堂。尽管拉萨以及其他藏地都有金牦牛雕像，容易被游客认知和跪拜，但要真正与之相见，还得不远千里跋涉，到达日土，走进阿里天堂。

遥远有多远？只有心往没有身到，总是遥不可及、遥遥无期。遥远并不远，只有身到才能真正心到，去把近在咫尺的金牦牛看望！

（选自《散文诗人》2015 年 42 期）

生 死 之 间

钟子美（中国香港）

我多么热爱这一切——

梅花牵引而来的春天，花事如潮；

夏天碧绿的泛滥中，冒涌着红色勇敢的拼图，榴红荷红荔枝红；连绵几十里几百里的秋山红叶，曾经定格在我眼睛的盛宴里；林野漫天的大雪飘出寂静大美。

我热爱白发娓娓道来的跌宕人生，我热爱诗在云水间无休止的吟唱。

我的情爱，从未陨落，从我爱她开始，直至如今。我珍藏着女儿的画作，从幼嫩到渐次成熟。兄弟姐妹长年的亲切仍然在现实中行进。

我热爱这一切。

我爱光明。

然而，陡然间，黑暗即将来临。

玄关外，风雨飘摇，敲打着悲摧的出行。

黑暗之树，枝叶疯长，日子躲在尽头。

那是没有日月星的茫茫黑夜，吞噬了一切美好，一切希望和作为。

黑暗曾经赋予我的黑眼睛，此时却看不清黑暗，黑暗中，我给背弃了。

我失去了翅膀失去了心。

因此到处流动着恐惧，恐惧着失忆，恐惧着永远的沉沦。

没有梦，没有花，没有诗，没有思想，一片死寂。

一切可感触的，包括恐惧，其实都不在。

这才是最可畏惧的。

这个时候，擎着火把的天使，悠然来到我跟前，引领我向着一条大道大步迈进。

那是一道光明。

金色的流明舞动，比我以前所热爱的还要多彩，还要光辉。

大欢喜大光明之中，诗与思想复活了，以思想者的姿态，向着永恒。

爱，此起彼伏。

失去的复得，复得的更大更美。

是华丽的轮回，也是超然的飞升。

周遭，乃至遥远的地方，又恢复了春秋代序的宁静、和平，那么可亲，那么自然。

（选自《散文诗人》2015 年 12 月）

花　神　颂

温远辉

人类由愚昧走向文明，是因为懂得仰望星空，并且恪守心中的律令。今天，穹顶之下，有太多的雾霾，让我们呼吸维艰，生命遭受摧残。在今天，如果仰望不再浪漫，那么，我们何妨将目光收回，低下头，观照一下自己的心，察看一下自己的灵魂。

每个人的心都是一块田，所有人的心田都一样肥沃，都能够让奇迹生长，创造最美的风景。可是，人与人的心田，又是多么不一样啊，有的荒废了，有的甚至堆满了垃圾，当然，更多的心田是美好的，她们就像是一座一座的花园，四季繁花竞放，无边无际，成为花的海洋。

人类之所以高贵，是因为懂得创造艺术、使用艺术并享受艺术。诗歌，就是人类最古老的艺术之一，它是用来歌吟美、善和爱。写诗的人，心田一定是花园；写诗的人，心田会变得格外高贵，因为充满了芬芳。写下一首诗，就是种下一棵树，打开一朵花；成为一个诗人，就意味着要用一生的时间来耕耘自己的心田,成为花农、花匠、花的使者。

而所有的女诗人,都因此而蜕变成为美丽高贵的花神。

今天是女性的节日,今天,在这座以花命名的城市里,女诗人们集合在一起,唱诵她们的诗歌,在穹顶之下,打开一朵一朵鲜花。这些花神,她们带来的花朵,注定要成为这座城市最妖娆之花。

生命之所以美丽,是因为从不放弃歌唱,从不放弃怒放。当我们抬头仰望时,没有什么能够阻挡我们的目光,我们渴望天清气朗,希望星辰出现,希望霞光万丈;当我们低头回望心田,也没有什么能够遏制花朵的开放。

我们无法播种天空,那么,我们就播种心田;我们无法打扫天空,就让我们打扫自己的灵魂,删繁就简,去芜存菁吧。

诗歌来到我们中间,花神就也来到我们中间。

谁心田盛开美丽的花朵,谁就是妍丽的花神!

相信吧,明天的万丈霞光,将穿透云层,洒满大地,温暖生命,灿烂繁花!

(选自《散文诗人》2015 年 42 期)

夏天的盛宴(选章)

吕海沐

24

我怎能不喜欢,怎能不喜欢故乡的雨?那黄色的、娇小的雨呀,倾国倾城。

谁能告诉我,你的芳龄?

你的回答,总是一片美丽的朦胧。

那一片迷茫着湿润的美丽和神往……

25

春风轻抚着所有从冬的沃土中刚刚萌出的娇嫩的面庞，悄悄地问道："你准备着开放几朵花呢？"

26

"你说呢？""你猜，你猜，你猜，你猜啊"……一时间，有无数充满稚气的应答声在山谷间回荡。

人世间有几个人真正恰得，缺得越多，才显得越加美丽？请读读今夜的残月，为什么如此脉脉含羞……

27

这是多么特别的时刻，这是多么富有的时光！

不要说我的杯子是空空的，它却是满满的，满满的藏着一杯春意，也藏着一杯冬的佳酿。

那是一杯粉红，一杯浅绿，一杯鹅黄，一杯风姿，一杯质朴，一杯神往，一杯对心灵的祝福……

28

谁捕捉了叶尖上的阳光，化作投给远去山脉的朦胧的情意。啊，我听见了牧歌与星星一同升起。同时升起的黄昏的抒情。

29

你有一种来生的梦境，那是一种未醒的美。

虽然，那时天空还没有翩翩蝴蝶，也不见飞燕彩云，但在草色朦胧的远方地平线上，那密密的树枝组成的网络后面我仍然看到，你谜一样的微笑，正藏在你的面容最深处，梦正醒来，门在打开，那种难于容说的美丽迎面扑来……

30

谁的歌声荡漾在南国，把几张乡愁的布景留在天边。我喜欢你梦中的微笑，拉着我的手登上梦的顶层，然后把那些盛开的笑容上的露珠碰落成雨……

从此后，乡愁已不遥远。

31

彩色的风，斟满杯，不知花谢了几朵，又开了几丛，常被采摘的荣耀，总是挂在青青的枝头，却化成了无果的叹息……

32

那只琴已不再弹奏，远方地平线的风景依旧。一个吻，飘浮在云上，一个梦，沉落在水底……

33

这是贫瘠而永远开花的土地。生长着我那淡紫色的、鹅黄色的、梦幻之花的土地，如今一朵一朵地开了，又一朵一朵地谢了。

月色清婉，花色清婉，阳光明媚温暖。

依旧是我贫瘠而永远开花的土地，拥我入怀。

34

雨柔顺地飘着，那片已经没有手指耕耘的叹息，已经无法在一片群山中追寻，那一袭黄昏的炊烟，只听见一些神秘的色彩撞击了山的影子时发出的声响，那蓝色山岚，正在变幻着一张张崭新的旗号。

35

你，淡蓝色的小雨，热烈的小雨呀，你下不停的小雨！

你就是我等待已久的渴望吗？你就是我经年追寻的祝福吗？

那么，请把我拥抱……

36

虽然久不见太阳，但夜色依旧沉重。

那漆黑的夜晚啊，你不要又用吉他弹奏。我的声音已悲哀。

但我又怎能放弃，我已一无所有。

如果风还在吹，如果她还在身边，如果还是那个时候……

虽然没有太阳，但夜色依旧温柔，那深的夜色啊，含情的吉他依样弹着我的悲哀。

37

雨水从背景中溢出，远山在一场雨中。你的发丝飘落一个又一个秘密和一个又一个美丽的回眸。——你为什么要离去匆匆?

38

在早晨的鼓声中流过的夜晚,我的指尖上还残留着几片月色。今天,我将张开双臂把你抱个满怀。

39

我记得那个时间,记得门后面的那扇深邃……

一个注视,一个热吻,然后是一个告别的手势,令人心寒。

（选自《清远日报》2015 年）

西拉沐沦河（外一章）

陈惠琼

一直追赶,为与西拉沐沦河前行,跟随漂流的暗示,跟随命运的暗示。

溜走一个不死不灭的梦幻,透过贡格尔草原的脸,自己的脸从一处格桑花,飞至另一处沙杉……

一支竹竿随性,挑起半遮半盖脸的欢笑,伸进水的手,而被热烈燃烧,水会唱出那首歌,是席慕蓉一生的歌……波光闪烁的歌。

想唱时就唱……

竹竿顾及左顾及右,现实平衡的绝妙。

顺流一溜。

缀起又拆,徒劳的逆流。

干脆戴着缠绕着的花环,泊在歌词行间,漂进西拉沐沦河的时光,用浪花的秀发把眼睛遮掩……

辽阔继续开门,乐意让出新的梦幻沿着心漂流。借助《父亲的草原母亲的河》的歌，摆脱命中一时的困扰，走过的路该漂走就漂走。

唱着《父亲的草原母亲的河》

草香吹不进，醒来的歌中车没有提速。

歌溢出，不能耸入云霄，在车中回荡……

我的窗向一个席慕蓉的世界，并没有完全敞开，隔着一片透明的玻璃。车在一个说得出辽河之源——西拉沐沦河的边上舒缓。

窗外阳光和车内歌里的阳光金羽击拍我暗淡的窗沿——

歌的精灵降临我和环绕我，旋律依然不顾门的反锁，从天而降的草原母亲河，在玻璃的反光中正在飘过，滑行或者飞向远方。

而此刻歌的通道遏制着心的碰撞，一如我眼睛的方向，隔着玻璃窗望出去，父亲的草原多么的柔和，带着起伏苍茫，沿着席慕蓉的寻根，魂牵梦萦。

无意掉失沉默……

习惯用歌声让内心的积淀去沐浴，纷纷扬扬和着西拉沐沦大峡谷，记住的歌词，悠然反复唱出几段。

蓦地，不会在意自己是否唱得优秀，确信自己激荡什么？只为一首歌的波澜深情？仍然包含热情和征服之心。仿佛歌的拳头不怕流血冲击力打出窗外，伴随恍惚的清醒和歌的麻醉，感应天地间神秘的悸动，顺流云遁，远方的歌声驾牛羊从从容容流向我。一首歌的家门在此敞开，梦幻般走过……

惹躁动，流连的节拍激活了辽河一贯，不朽的大草原翠绿表情的真实，把所有能涌动的马都涌动，把所有能涌动的都涌动到显赫的母亲河，包括常穿的红衣裙和长丝巾。

包括这首歌的重现。

（选自《作品》2015 年第 10 期）

写于北戴河的一个秋天

韩嘉川

老 龙 头

从老龙头砌起，每一条砖缝都镶嵌着烽火的伏笔，注定要在某个节点燃烧。

用泥土与血肉垒成的城墙，虎视着海平线，垛口以兵马俑的姿势延伸，还有大豆高粱和红薯玉米，还有大糙子音韵和叼着烟袋女人的泼辣，还有北山天空下的雄鹰与羊群……

从老龙头开始垒砌的历史——

用青砖黑瓦的文字，状写民族的家邦之墙；

用枣红马与箭镞的语言，叙述悠长而沉重的岁月；

用老榆树和礁石作符号，标注大地的深刻与山海的辽阔……

绿阴静好的下午，阳光无语，任时光默默相去千年。

辕门还在，依然伸出旗子的手，触摸风向与海浪的分量。

鸟儿起飞了，沙滩上有一双鞋子。

划过七十年的弧度

弹片肯定划着弧度呼啸过来的，只是尾声连着一片欢呼与炸响的爆竹，是由呐喊与大刀片置换来的。

青纱帐红缨枪土炮狗吠与清凉的晨露，也都并非等闲于一片秋风乍起的村口，遥望。

胜利的消息也的确早就等候在远方。

血性的土地与丘陵，也还驻留着日升月落的体温与弧度。

甚至给秋天打个电话，给房檐下的红辣椒给沼泽地上的芦花，给大雁啼落的殷虹给林子里啼叫着的鸟群，给那些已经沉甸甸遗落在大地上目光炯炯的星星，那些落在叶片上的，落在门楣上的，落在街道两旁的星星，已经把驻留的步幅描绘在窗口泄露的光线上。

依旧依靠着一堵城墙，从角楼上回望——
一只七十年前的蝴蝶以七十年茧缚的力量，挣脱出阳光的翅膀，以地球的弧度，振动。

（选自《北海日报》2015 年 12 月）

我要在春天回到树上（外一章）

曹　雷

一旦决定了启程，雪水，肯定成了我杯中的浓酒，流畅的液体喂饱了周身的激动。

不知道开放起来的心情，穿行在喧哗已久的枝叶间，还找得到吗？那一片幻想过的天空。

土层开始了松动。就像徐徐打开的门，淌进来的暖暖光波，在杯中汹涌。的确是一个值得欢喜的时刻，作为去年提早跌落的果核，抽身而去的我，就要在春天回到树上，重温旧梦。

梦被打断之前，有谁比我把想象埋得更深？天亮时划过夜空的流星，也不能快过我的失踪。那些时候，有多少平静的心思，就会有多深的潭水，有多少受到惊扰的眼神，像水中慌乱的鱼群，瞬间四散，又匆忙聚拢。

握着一簇越来越亮的光线，我嗅到了熟悉的气息越来越浓。曾经一哄而散的黄叶，开始集合，用新鲜的绿色涂盖枝条上的空洞。还张望什么呢？就要在春天回到树上，重新搭建我居住的小屋。

终于有了稳定自己的理由，精心设计出成长的细节，如果天空不再倾斜，我发出的叫喊，再也不会把季节的神经扯痛。知道吗？只要踏上归途，第一场春雨，就会把饱满的生活交到我的手里。

舒展一下僵硬的筋骨。你看见了，叶片们在向两边闪开，闪出一条道，让花朵一路开了过来，我的行程，一定比他们更远。该上路了，就要在春天回到树上，去衔接断裂已久的内容。

夜里走动的人

许多夜，他在纸上移动那些丘陵，灯光的翅膀一张一合，带起沉重的啜泣，学会了轻盈。总是这样的时候，从人们的习惯里消失的一片平原开始显现，花草茂盛，在星空下漂浮。他像一只孤单的萤火虫，拖着发出微光的问题，去黑暗的深处寻找答案。仰目处，芬芳里他摘下一朵忧郁的云；俯下身，躲进暗红的伤口放出流畅的歌。裸露的枝干上，晾晒着一挂挂风的躯壳，席卷而去的枯叶，正踏着自编的节奏，把一些过早凋谢的秘密，在丘陵挪出的空白处，吟诵得断断续续。这个人的走动，迅速掠过周围的睡意。不必去提醒或者暗示，发现和藏匿都是一把刀子的划痕，只等待早醒的悟性。也不必打听踪迹，翻开的纸页上，每一个字，都是他清亮的眼神。

那些夜，他用笔把绿色注入一条江水，渔火的眼眸一闪一烁，看见瘦弱的想象，扩散着丰盈。这样表达的痛惜，在人们传统中熄灭的桅灯重新燃起，桨声鸥影，泛着古朴的光晕。他像一尾离群的游鱼，闪动冰凉鳞光的执拗，去逆流而行的水脉里调整呼吸。侧身处，浑浊里他摸索一块柔美的礁石；埋下头，潜入旧时的旋涡他打捞沉落的吻。断折的桅杆上，纠缠着一具具秋雨的残骸，支离破碎的帆片，收集起伤心的大哭，把那场洪水交出的通牒，在江流淌过的字句里，叙述得哽哽咽咽。这个人的走动，缓慢敲响城市的骨髓。不必去推动或者打扰，说出和沉默都是一把钥匙的锁痕，只等待敏锐的聪明。也不必探问名字，留下的段落中，每一个标点，都是他困倦的表情。

（选自《岷江》文学季刊 2015 年第 2 期）

玄想：谢尔盖三圣修道院的一些事及其他（外一章）

柳成荫

1

晴朗的谢尔盖耶夫小镇。

雨儿刚刚渡过涅瓦河，便把麻雀山澄翠的背影留给悠游的人们了。

显然，基督的福音，就是莫斯科平原这个安详的秋天。天蓝得醉心，阳光柔和得酥麻。

可是，如果可以向南眺望，亚热带的两个台风，正从电视联播里扫向我的家乡。

——啊，"阿门"！

——"阿弥陀佛！"

2

这样的天气，或许象极1337年的某一天。

在东方，佛教临济宗妙心寺派总寺——妙心寺在灾难中诞生。

在此地，所有的人还不知道一个奇迹即将诞生，这似乎也是基督留给人世的一个特别的神谕。

若干年后，再若干年后，一个来自万里之外的广东人，可以置身其中。

在谢尔盖三圣修道院独特的笼罩中，异域文明的韵味，一如陌生的星空，引人好奇，又令人忐忑。

3

"洋葱头"式的圆顶，高高融入碧空。

据说，这与东方的天坛一样，乃人神沟通之处。

我曾不止一次地想，那个世人膜拜的神，而今还在人间吗？

忽然，瓦蓝瓦蓝的天空，似乎有一朵白云飘过，平和而又深奥，像极了白鸽们的飞翔。

——呵，这或许只是我一时的玄想。

4

事实上，正如佛教的足音，最初自古印度响起，沿古丝绸之路，进入东土。

东正教的鸽子，就在九世纪君士坦丁堡的天空上开始了飞翔。

向东北，穿过高加索山脉、飞越伏尔加河，或穿过巴尔干半岛、渡过第聂伯河，在莫斯科平原这片黑土与白桦分明的处所，播下了一颗奇迹。

一扇门从此打开。苦难、血泪与荣光的史诗铺展，风光无限。

5

可是，十四世纪的古罗斯，不是你想象中的伊甸园。

这片广袤的土地，早在一个世纪以前，已成鞑靼人战马傲啸之所。

漠风呼啸着仇恨，冰雪却辉映着冷漠。大公们的杯盏，充溢的只是勾心斗角与贪婪自私。古罗斯，一把风吹的沙子。

而此时，东方那个疆界辽阔的元朝，也正烽火四起，天灾频发，面临落幕。

或许，强大的军事可以重塑一个国家的疆域，可是整个民族的人心，靠什么救赎？

6

谢尔盖，不一样的修道者，开始从 1337 年的落日处走来，尘埃满身。

在十字军的铁骑无法到达之地，《圣经》扑腾的字符即将与白桦林一同生长，最后高高隆起，成为俄罗斯民族无以替代的精神高峰。

黑袍，与黑土、风雪、孤独一起隐忍。

黑，是艰难修行的宣示。黑，封闭一个身体的欲望，却孕育一个不凡的灵魂。

黑，是混沌中万物诞生的胎动。

7

这一年，英法百年战争打响，黑烟弥漫。

这一年，曹知白以百年墨汁泼洒出传世佳作《山居图》，松江一派画风隐约萌动。

这一年，谢尔盖修道传教的故事，开始成为后世造神的又一经典。这与佛道的传说相比，虽相隔遥远，却惊人相似。

——还是黑夜。来自天上的光束将黑夜变成白昼。天上的声音说：

谢尔盖，上帝已经听到你为你的孩子们所做的祷告了，你的修士将如鸽子一样多，如果他们追随你的道路，将永不减少。

可谁知道，世间的黑与白、祸与福从来交错反复，也从不歇息。

8

上帝的预言是否真的具备神力，不得而知，但我深知，现实其实比神话更为犀利。

1380 年 9 月 8 日的顿河畔，秋风肃杀。莫斯科大公德米特里．顿斯科伊的千军万马，因为谢尔盖的缘故，大败鞑靼可汗玛麦。

鞑靼军队不可战胜的神话破灭。

时间走过两个世纪，奔莫斯科碾压而去的波兰大军，却永远被阻挡在谢尔盖圣三一修道院之前。

我依然不相信这是上帝的神力，但信仰之于一个民族，无异于生命。

难怪时间走进二十一世纪后，俄罗斯的那个铁汉说：

没有东正教，就没有俄罗斯。

9

又到秋天，杀伐的声音仍在这个世界上游荡。

但我庆幸，至少在这里，一切那样的安详。

七百年后的阳光下，我看到了，很多很多鸽子在和平的天空上快乐地飞翔。我看到了，许多许多脸孔那样的虔诚宁静，那意味着人类良善的本性，最终可以被唤醒。

我还看到了，纯洁的孩子们，正追逐着盘旋的鸽群欢笑。

一颗来自异域的心，瞬间被融化。

船的意识流

凤河，一只泊舟

仿佛连凤河都已安静，你的静态成就天地之美。

不倾诉昨夜怎样的跋涉，不述说别处怎样的风景，此刻，倒影清澈如魂，凤河成你的镜子，龙山成你的映衬。

在最温柔的爱中，泊下躯壳与灵魂。赤石镇在一瞬间变得安详，深巷中亮起一豆祈祷，正为远方归来的你默默守候。

一路的风云与霜雪，收拢为一篙的伫立。风，放弃躁动，星，放弃闪烁。

酣睡中的你，澄净如新，脱尘如荷。仿佛，时间静止。世界恢复本来面目。

凤河的早晨，是你的早晨，是远远看你风景的那个人，蓦然而来的泪滴。

残　　舟

最后的故事，叙述在芦苇荡的深处，在芦苇深入泥土的根部。鸥鸟归来时，芦苇们将白茫茫的花朵，高高举于蔚蓝的秋天中，似乎又树起出征的旗帜。

纵横大海的英雄，从水中退出，融入土地了。在这里，可以日夜听见大海永不停歇的涛声。

在这里，相遇一块极寻常的船舷，那是英雄的肋骨。轻轻的重量，却是沉重的精魄，厚重的历史。

碧海、蓝天、礁石、水鸟、风暴、恶鲨……都蕴藏在这里了，所有的惊涛骇浪与荣光，也都成为土地的密码。

而这一切，正被野草所覆盖。

黄昏，是手中点燃的烟草。海，静静地聆听一个故事。其实，邂逅您，就意味着跟一种命运遭遇与对话。这是一种契合，还是一种暗示？

就让闲暇的清风明月，去作茶余饭后的解读吧。此刻，沽半壶浊酒，与您对酌，向您礼敬！

当鸥鸟归来时，也让我的手高高举起，举成一根出征的桅杆。

穿行汪洋的渔船

茫茫，苍苍，一尾尘海游鱼。

泅渡于母亲的眼帘，与死神的唇吻之间。牵肠挂肚的痛，

从日出开始，到日落结束。却循环往复，日日如是。

海是船的魔咒。船置之于海，才能称之生。可海，却又时时能置船于死地。或许谁都不会在意，船每天以深深浅浅的笔画，写给海的生命书信。

而风浪，是海最正常的回复。

面对苍茫，认可自己仅是一尾小小的尘海游鱼。

认可浮沉跌宕。认可所有的命运赋予。

而最大的认可，是在那白发翘首处，还有温馨人间。

（选自《散文诗人》2015 年第 42 期）

一棵树的爱（外二章）

宓　月

是风，是飞鸟，是一次意外，还是夜晚的一个梦，将我带到这里？

我只记得，月色是那么的柔美，星星都落进草丛里了，我也不知不觉扎下了根。

我是一棵树，可我无法爱上另一棵树。

我不开花，不结果子。我只生长寂寞。无边无际的寂寞只有月光懂得抚摸。

这银质的月光啊，让我如此的静美和芬芳。我听见我身体里发出美妙的音乐，每一片叶子都成了飞翔的翎羽。

我多想搭一架时间的梯子，在寂寞而空旷中，袅袅上升。

我爱让我扎根的这片土地，我爱让我肆意生长的天空。

我不否认，是孤独让我的根须越扎越深；我也不否认，我见过辉煌的日出和孤寂的月亮一样多。

我是我梦中的主人。天空是背景，大地是舞台，迷离的月色，婆娑着我的身影。

我不想说狂风曾如何处心积虑想把我连根拔去，暴雨如何一次次想把我从大地上抹得干干净净。只要还有月光的照拂，再深重的阴影也会流淌出碎银似的光亮。

等我苍老枯槁，请允许我用月光做一件最后的衣衫，让所有热爱过的一切都轻得没有重量………

国　　魂

1938 年的春天，消失在日寇的炮声中。

人祖山在颤抖，整个中国在滴血。

在这女娲补天的地方，在这埋着祖先骸骨的神圣土地，岂容倭寇任意践踏！

黄河，在山那一边咆哮、怒吼，那是中国人不息的血脉在翻滚、奔涌，痛苦痉挛。

王纪勋、牛保国、王怀恩、路宪文、王钰、贺广德……126 位勇士，用年轻的生命铸起了一道让日寇丧胆的屏障。

打完最后一颗子弹，流尽最后一滴血，也决不让日寇翻过这座山！

满山的松涛传送着英烈们集体发出的吼声。

70 多年过去了，这松涛、这吼声，依然在山谷回荡、喧响，在某个深夜里发出警醒。

山下，苹果树在阳光下甜蜜；英雄鲜血浸染的地方，草木繁盛，野花鲜艳。

历史和传说，死亡和重生，人祖山，用自己的方式铭记。

在 126 个生命倒下的山崖上，国魂像旗帜一样飘扬。

注：1938 年 3 月 18 日，晋军 66 师 206 旅 431 团为掩护第二战区长官司令部转移，在人祖山阻击日寇 5000 余人，以牺牲 126 名官兵为代价，赢得战斗的胜利，创造了抗战史上以少胜多的经典战例。至今保留在人祖山崖畔上、密林中的抗战公路、碉堡、工事、战壕，向人们诉说着那场艰苦卓绝的战事，也在提醒着国人不忘历史之耻。

我愿等成一棵树

在一个春天的早晨，你对我说，在这里等我。

就在这棵银杏树下，我要了一杯咖啡，开始等你。

我等来了风，等来了雨，等来了一片落叶慌慌张张地躲进咖啡杯里。还有一枚银杏果，咚的一声坠落在我面前，好像在提醒我：秋天已经降临……

我曾经想站起来，像蒲公英一样，随风而去。

在暴雨来临时，我曾经想躲进屋子。

可一句诺言，将我钉在了这里，像这棵坚定的银杏。

你走后，风也走了；你走后，孤寂乘虚而入。

跟昨天不一样的日子已经到来，一片树叶飘出的战栗。

当你给我留下苍茫时，你就是苍茫；当你给我留下虚无时，你就是虚无。

我要在你走后的天空里悬挂月亮，我要在你走后的大地上栽花种草。

风像松鼠一样蹿上了树巅。暴雨又回到了天空。落叶在咖啡杯里做梦。

在深秋的傍晚，我发现这棵银杏也在等，等了整整一百年，为了某个约定。

我感觉到它黑暗中的触须，不断在城市的缝隙中延伸，正如它越埋越深的爱恨，越陷越深的孤独。

望着它坚挺的树干，看着它纷纷扬扬地飘洒黄叶，我明白了生命存在的方式就是：不断掩埋，不断重生。

我要用我的孤独掩埋自己，我要在我的孤独中重获新生……

你我之间，隔着多少波澜壮阔、千回百转，谁也无法猜度。

很久很久以前，我就知道，我会在这里等。

很久很久以后，我就知道，你会到来。

请别担心，有这棵银杏树，我们都不会孤单。

不管你来不来，我都会等待，

哪怕等到孤寂丛生，等到脚下长出根须。

如果，我已等成一棵树，请不要诧异。

我为你而等待。我为一个承诺而等待。我等待，已与你无关。

（选自菲律宾《商报》2015 年第 140 期）

路（外一章）

毛国聪

人生之路只有一条。

有的人很早就明白了，有的人走到了终点都还没弄明白。

地球上的路越来越多，越来越宽，越来越长，可我们却常常找不到路；

地球之外都是路，而我们却常常感到迷茫。

路是人们建造的海市蜃楼。我不喜欢路。大凡是路，都会把人带入歧途。

目的是人们拒绝幸福的幻想。我不喜欢目的。大凡目的，都会把人引入癫狂。

只有人这种奇特的生命才自作聪明的发明了路，才得意忘形地规划了目的，才自以为是地认为世界上有一条路的指引，有一个目的在等待。

第一个踩出脚印的开拓者，固然值得钦佩，而把脚印串成一条路的追随者，也值得敬仰。

没有追随者，大路也会再次荒芜。

追随者多了，路就会变成喧嚣的广场。

在坦克的前面，从来就没有路；在轮船的面前，也没有路；在宇宙飞船的前面，更没有路。但当他们经过时，路就轰隆隆地诞生了。

所有伟大的科学家、艺术家、革命家的前面都没有路，一旦他们出现了，路就开始延伸。

路固然重要，方向更为关键。

路为我们的双脚而诞生，方向为我们的人生而出现。

很多时候，我们并不需要路，而是方向。

所有创造者的前面都没有路，但他们有方向。

方向，才是真正的路。

只看到脚下的路，我们永远走不远。

只为脚下的路，我们永远无法飞起来。

一旦忘记脚下的路，无论多么坎坷崎岖，都会走过去。

当我仰望茫茫太空时，我发现，最好的路是我们的眼光。

当我静下来思索人生时，我觉得，最好的路是我们的思想和智慧。

当我观察社会人生时，我认为，最好的路是自由和创造。

世人分为两种，一种是寻找路的人，一种是路在寻找他的人。

我们大多数人是在寻找路，只有极少数人是路在寻找他。

（选自《夔上》2015 年 1 期）

心灵如风

风是柔软的。

如果想抓住风，就不能紧握住手。

风是敏感的。一片嫩芽的颤动，一缕细微的波纹，都能让风感觉到轻柔的抚慰，发出情人般的低吟呻唤。而当它触碰到冷硬的岩石，就会疼痛嘶叫。

风是一种空。因为空，风才能无处不在，才能自由抵达想要到达的去处。

我们的心亦如此。只有铁石心肠才不会受伤，只有心灵枯竭的人才不会流泪。多愁善感不是我们的错。

柔软的心灵，像风一样，它行走的每一段旅程都会落满了或大或小、或强或弱的颤音。

张开双手，让风涌进手掌，荡满心胸。

刻意紧握未必真能把握，只有豁达和包容，才能真正拥有。

最需要呵护的，是人类的心灵。

敞开我们的心灵，让风把我们带走。

（选自《四川文学》2015 年 1 期）

肩膀上的春天（组章）

唐成茂

1. 与一滴水的邂逅相遇

名字与名分溶入水中，就不会回头。
不管是一滴水还是一湖水，都生长着灵魂的骨头。
上善若水，穿越骨子，划破刀子。
没有棱角，抓不住缰绳。

在桃花村，与一滴透明的水邂逅相遇。
桃花纷纷扬扬，如雨带梨花，让我的梦想晶莹透亮。
这滴桃花水款款滴落，会惊起桃花梦；洒向桃林，天空会有一丝晃动。
转一个弯，落在我的履历上，人生就有了动静。

一滴轻盈的水和一枚温情的桃花相遇的故事，零落成泥，也有一段传奇。柔软与纯洁也会刺痛坚强，骨子里的坚定和坚强，对峙锋芒和锋利。
就是悬在檐颚下、挂在石壁上，就是没有飞流直下的悲烈，一滴水陪伴一枚桃花缓缓流动的青春，也是一首动人的抒情诗。

与一枚桃花邂逅相遇，一滴水在晴明或黑暗中，咏唱恒远与忠诚。
就是没有妙曼的身姿和骨头里的笙歌，就是只有头破血流也要奔流的勇气，以及不让生命向生活低头的骨气，也令我臣服。

这是人生的雨水，在丁丁冬冬地滴落。
不管谁与之相遇，都关乎这个人一辈子的成败。

这个人一辈子都会有似水柔情。

2. 回到茶山

站在茶山上，头发起飞，黄昏都在行驶，青衫成了翅膀，往事被风缠绕。

站在茶山上，山谷传出古代的琴声，传出昭君出浴的心跳，传出杨贵妃盛开的超拔，传出皇恩浩荡的伤愁。

白云后面的茶山，装在我的袖管里，我挥一挥衣袖，一缕一缕的茶香，前赴后继地撞上，隔朝隔代的彩霞。

我随手扯住一片云，一片云朵上面的仙女，背包打伞的花瓣，从天上飘落。

池塘里的鱼在镜框里游历，半空的碧水越来越肥。

日光已被洗了多次，像我故乡的名节。

天上有座茶山，茶山上只种诗歌。

飞鸟在山上，沾上我的灵气。

在鲜花面前，仙女迫不及待地绽放。

刘邦穿着汉服，系着白马，在茶山之巅，种着稻谷和善良。

清风吹拂，山上的汉字都有了仙气，每一行秀里秀气的文字，都不会算计失落已久的霸王。

就是蛮有杀气的武媚娘，香包里装的，也是粮种、抒情诗集、唐朝的春天。

每次回到故乡，来到我的茶山，我身上都沾满了智慧和淳朴。

在我的城市，钞票堆不起情怀。

现实已经擦身而过，黑马都是浮云。

3. 花　街

有条老旧的花街，在城市背光的地方，抛着皱巴巴的媚眼。

等一棵大树摇下岭南时光，花街上的花要死要活地摇曳。

花街的秩事和伤愁，风不知道，车拖不动。

还有浪笑，关在百年前的小阁楼里。板门夹着的一部分快感，让时光回眸。

花街上飘下锈蚀的泪水，浇湿了悲苦。

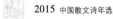

花街的风韵事，花街三缄其口；花街的秘密，只是含苞，并不怒放。

花街上曾经站着半裸的女子，她的身子已被目光戳穿，她的光华已被淫欲掏空。

大面值钞票重压着鲜花，命运就只会气喘吁吁。

抽烟男人打火机上的欲火熊熊燃烧，她的夜晚被一次次，承包和转让，还紧抓不放。

那夜东风恶欢情薄，那夜男人用猥亵投下火焰。

她搂着的不是春风，而是春愁。

打野的男人，抄近路走水路，直奔主题；打野的男人，只管播种，不问爱情。

那夜的童谣血流不止；那夜的欢快，只有尖叫，没有真情。

4. 荔枝树是深圳的史书

荔枝的爱情不是怀抱露珠，是关爱江河和土地。

满山满坡的荔枝，怀揣心事，从深圳出发，抚摸历史的门楣。

贵妃醉酒，醉了荔枝，醉了红尘。

那些沾着马蹄的妃子笑，一笑倾人城，再笑倾人国，让驿站跑死了马匹和传说。

妃子不笑，则时光丢失，故事断裂。

这些南方的荔枝，深圳的荔枝，身怀绝技，行走天涯。

一颗颗荔枝是一页页史书，国破家愁随风而起。时光在故事的凸凹处烧灼。荔枝树上的火焰，燃尽唐王朝的，最后一滴鲜血。

至今押韵的海风，轻轻拭去一些风言风语，折断一些抓人的情节。

有一些喘息，碰到了，荔枝树对着天地的深情。

五月是深圳荔枝花事繁忙的季节，我们的诗歌和日子，都挂上了红灯笼。

每一颗荔枝的褶皱处，都开满理想的花朵。

炊烟之上，田园的手掌之中，五万亩荔枝支撑起故园的宁静、丰腴和满足。

荔枝树的五月水波荡漾，荔枝叶片上走动着，上古的侠士和月光。

日啖荔枝三百颗，你不仅能做岭南人、深圳人，还可以做云朵之上，深圳海洋和土地的故人、圣人。

土地是荔枝树招扬在大海里的旗帜，大海是荔枝树抚摸土地的手掌。

旗面上的风和雨让掌上的风景温暖海子和骆一禾的未来。

深圳荔枝枝丫的尽头，都是浩如烟海的历史和城市的脊梁。

荔枝树黑红的脸庞，视荔枝为诚实的果断和坚强。

每天上午，洒一地的碎银，摇一地的阳光，抓住一片片荔叶，看岁月的脉络、人世的无常。

每天晚上，揪住孤单的明月，抱一封来信，看潦草的人生与眼前的城市，有怎样不可割舍的爱意？

5．等待的人还没有出发
——献给远古的女神

我从你的沉醉中苏醒，我从你的死亡中复活。

夜莺唱着俄罗斯的情歌。

你枕着水流而来，我的敬意和神往飞流直下。

大地从你面前游走。花朵为你而开，月亮在你文字的湖中，照耀苍穹。

你栽种在手心里的星星，在子夜急急忙忙挺拔。

大雁的翅膀弯曲了明月和老家，远古的时代在昨夜今晨，悠然归来。

勇士划开江河水，泉水丁丁冬冬。

这颂诗之声，并不寂寞和低沉。

佩在你腰间的宝刀，砍下舜尧的车辕。风在刀尖上的呻吟至今响起。

多少使命从凌晨出发，飞抵雾蒙蒙的未来；多少历史，还没有名气。

你只能挣破，胸前的青春。

从那个时代流出的水，还没有收回。

你的履历浅白而清澈。

天依然湛蓝而深远，红日硕大而辉煌。

我抬起头来，丢弃过往，放下未来。

我等待的人，还没有出发。

（选自《中国作家》2015年第2期）

过风陵渡（外四章）

李　需

过，只是一种偶然的经过，或可说擦肩。

但，我还是会想起一个人，史称风后，又名风伯，黄帝宰相。同时我也会想起一把衰草下，那座孤零而挺拔的坟茔——陵。

风陵渡过去为镇，现在已晋级省辖经济开发区。

北，条山环之；南，黄河绕之。

宝地也！

过之时，恰巧起了大风。

我站在风里。风起云涌，我心澎湃。

而我，非汉高祖刘邦，无有他"大风起兮云飞扬，威加海内兮归故乡"的气概。

只是，过风陵渡时，那场大风吹迷了我的眼睛。

我稍稍抬抬左手，就轻巧地擦去，黄河里的一颗沙粒。

我握着我的手

旷野，我低着头的故乡。河流流向远方。

时间。落日。

田地上，没有一个人。

一条小路拐着拐着，就不见了。

我不想再次提到那处果园。果园外面的那棵白杨树，高高的喜鹊窝。

暮色。远远处的坟茔。

冬天的风，吹得土崖上的一蓬野酸枣树，呼啦啦响。

呼啦啦响。

我站在四十年间的尘埃上。
我也低着头。
沧海桑田，桑田沧海。
我握着我的手。

大禹渡英雄纪念碑

这座碑，真的太小了，太小了。
在它之上，也许只可落雀，只可落下一只黑蝴蝶。
一只黑蝴蝶，伏在碑的上面。它不知要飞到什么地方去？
或者，它想飞，但它却载不动这些英雄的灵魂！

其实，这座碑，就是一个纪念。
无关乎小，也无关乎大。
我这些老乡，他们照样可以长眠，偶尔，也可以清醒，听一听黄河的涛声。
只有时间才会悠久、绵长。

这座碑，真的太小了，太小了。
我看到的那只黑蝴蝶，是什么时候，飞走了？
静悄悄的。
没带走我的一声叹息。
也没带走英雄的一声落寞！

写给一位失学儿童

风和风站在一起。风很野。你也很野。那座桥呢？桥断了。
山河壮丽。麦田无边。
我和我的诗歌黯然失色。
孩子，你找不见你那件淡青色的校服了。

这时候，只见麦田，却不见一只庄周的蝴蝶，在飞。

大太阳下，你举着你赤裸的双臂；麦子，麦子，举着它的锋芒。
断桥处，没有一条路，可通向远处。

鸟羽，闪烁而过；梦；闪烁而过；风，也闪烁而过。
孩子，你失去了你飞翔的翅膀！

站在麦田深处。
我高举着我茫然的诗歌；孩子，你却举着你黝黑发亮的双臂！

九龙山记

一种压抑的巨大的沉寂，让这个冬天无言。
我望不见唐朝的裴度，还有 96 位宰相和大将。
这曾经风起云涌的家族。朱门。大红灯笼。猎猎如风的旗帜。
一棵光秃秃的树，一棵棵光秃秃的树。

我在觅，一缕淡蓝的炊烟。
我望不见远方。
炊烟只在故乡，只在故乡。

这个冬天，在等。一场雪。
九龙山，在等。一场雪。
可雪，迟迟未到。
一千多年前的那场雪呢？已无法回头。

《易经》如是说：见龙在田，利见大人。
龙在。大人何在？
九龙山，神龙见头不见尾。

（选自《中国诗人》2015 第 4 期）

我们应该这样老去（外一章）
——观戴卫画"九老图"

周庆荣

这一次，我站在画外。如果我有别的去处，我会先留下泪水。

我们一生积极向上，和谐地老去是众人的权利。假如画面的意境是世界的真实，我会独自饮酒，庆贺这伟大的进步。

年少的无知为语重心长的声音留有余地，青春的爱和血性已经让汗水证明，当皱纹和白发象征秋天的柿子，无语的成熟似乎提醒我们从此告别慷慨激昂的陈述。

其实，我愿意安静。

伙伴和爱人，我们一起老。舞台由后生们出场，我们只管胡须飘逸，各自的故事在各自的皱纹里含蓄。通泰的呼吸是人间的大道，屈就无名，我也会心甘情愿地与世无争。

但我的泪水不会这么简单，我想起那些没能够老去的同伴，想起那些被准则和法规专政的生命，想起另外一些因为忧郁和强权的打压而过早地亲近死亡的亲人，他们中间有的因为无法控制自己的心跳而英年早逝，是的，他们没有与我一起老。我们没能一边把酒，一边嘲笑所谓的功名利禄皆为空，我们抚琴焚香，吟着即兴的诗句，挥毫写下岁月的字句，有时因为墨太重，青春的浪漫成为一片糊涂。

所有的伙伴呀，我们要老就老在一块。不允许一个人由于那些力量，那些以专政的名义公然犯罪的往事，反人类却谄媚了特权的黑暗，对，不能让一个伙伴掉队。

九老图是多年以后的愿景，你们如果惧怕我们继续血气方刚，我可以庄重承诺：别担心，只要你们允许我们安详地老去，我们什么也不说，我们不审判卑劣，把它们留给报应。

我走近自己的老伴，她一直为我焦虑，怕我迷失在曾经的烟花柳巷，怕我错认了知己，雾重霜冷，爱，不能发抖。至于冰冻，我们这把老骨头早已不怕寒冷，我们准备并排躺下，一起老一起梦。从此无忧。

（选自《作品》2015 年第 10 期）

土　　地

我无可奈何地去爱，死后也不能离开。

——题记

一

你看，我一辈子踩着你，死后，却只能躺在你的深处。

那时，你永远不会再让我有出头之日，而且，还会长着各种植物和树木，将我更好地覆盖。

是的，我们将终于扯平。别的足音还在响起，尽管，我知道你会以同样的方式耐心地等待。

二

只是，我目前还在行走，我看到你呈现的一切。

花和庄稼，河流山脉，村舍和很大的国家。我还看到一些毒草，它们在民主的区域，匍匐成专制，它们哪里都有。

所以，我脚步沉重地走，踏着你，想走遍千山和万水。找一些光和温暖，解释你的伟大以及我们与你一起形成的人间。

三

我的正常状态非常平静，欣赏你的多姿多彩，你的富饶和你的贫瘠。

存在，是一切的鸟和它们的飞翔。

因此有巢，我所理解的家就是你常见的几间房子和一排树，我的家人都热爱你。他们耕耘如同给你挠痒，至于你自己的舒展筋骨，我便无端地憎恨海啸与地震。

四

我知道你的概念庞大。

但你的名字就叫土地。漂泊，流连忘返或者不忍目睹，我都不敢放弃最后的方向。你庞大概念里的一个点，故乡或者都市，我必须刻骨铭心。

与我有关的一个点，与众多的别人有关的那些点，你能否对它们好一点？

过于浅表的一视同仁，如同空洞的主义，土地，我希望你有所作为。

五

如果一切让我放心，我愿意孤独为一座岛，放弃近处，放弃那些所有爱我的人，每天冥想，并且追忆红尘中的留恋。

土地，你给我承诺，决绝地驱逐谎言和愚民的理想。清理沙漠和荒芜，专政那些逐利的冲动，让各种虚伪反省自身，让收获和美丽成为你的衣裳，让人间和天堂平等。

六

是的，仅仅这些，然后，我可以流放自己。或者，你把我召回，在你指定的地段，把我深深埋葬。

我冰冷的手指抚摸你糙粝的石头，感觉你内心深处的火热，从遥远的地方发出。

我一生注视你，这是我无法摆脱的环境，我只能爱。

如果你愿意觉醒，你与所有的存在签约，那些多事的和丑恶的，从一开始就把它们埋了。

七

一个孩子，他拄着老人的拐杖，击杖而歌。土地沧桑，人也沧桑。

一个孩子，以杖击地。他不吹号角，他看天空的流云，在土地上嬉乐。

（选自"我们微信平台"2015年）

可待因（外二章）

爱斐儿

所有的等待都有原因。

菩提等如来。拈花等微笑。因果等轮回。

我等你，今生的命运。

等到羊群找到了牧人，琴弦找到了知音；

等到金秋穿越了绿色的森林，时间不改变速度的一贯；

等漫山遍野的野罂粟找到了病因般的美，等到真理般的诗歌成为一种瘾。

我等在文字的那端。

等不来被爱就去爱你。

天色尚早。道路上的人间正行走着微暖的春寒。

打扫完前尘往事与来世轮回，剩下比虚无更真实的余生足够等一次美景重现。

无论早晚，伴随恍惚的清醒与醒后的麻醉。

症状必须是爱到痉挛，疼到不能忍。

剂量是关键。

适量的等是药。过量的等是毒。

不宜久服。成瘾难戒。

穿 心 莲

一箭穿心。

留下寒凉与苦味。

穿心而过的空洞，疼得比莲花要美。

比雪莲更耐高寒，在深夜白得尤甚。

谁会在命里遇见你？仿佛火遇见了金。

风不吹，它也会吐出悬在舌尖上那个滚烫的名字。

苍茫抱紧夜色，你在火焰中制造飞雪降临。

花开得沉默，心飞得恍惚。

太轻的誓言和太重的命运之间，一种爱怎样摆放才能平衡一个人的一生？

（选自"王的花园微信平台" 2015 年）

蓝 莲 花

这是自然的夜晚，我能看清你，走在湖水旁边，孤单得像一只失去家门的钥匙。有一会儿，你临水而立的样子，像一块淡蓝色的冰块，盖住你面前溢出来的月色。天地本是一盘布好的棋局，充满神秘的未知。一朵蓝莲花，具备足够的安静和力量，捧出草药和黎明，度稀薄月色，也度更深的念想，声声若清风徐来，如琴上琴声，而止于皓月、明镜。

我自然看得见松间那条清泉，飞流而下，源的那一端是缘，另一端也是。

常常想起你说起的远方，以及远方山顶上的庙堂，回荡在云雾深处的木鱼晨钟。我仿佛看见彼岸那棵菩提树端庄的坐姿，面对一条竹菊吐香的路——就是我一直想走的那条路，通往明天。而你还在持续右行，长长的影子亦步亦趋地跟在你身前身后。

我自然不会经历你的冬天，无法说服湖面厚厚的冰盖，为你释放温暖的涟漪，无法陪你坐在落叶遍地的纸笔面前，完成对寒冷的审判。我只有这一个夏天，可以等在你经过的路上，却被水阻隔，并被四方的雨水围困。唯有这一世超脱出尘的蓝色冰雪，可盛开于你的睡眠，默然接受，爱你的必然。如莲花，爱水；如菩提，爱觉悟。无论我的词语是深、是浅，这无边荡漾的尘世，有你，我便寂静，欢喜。

（选自《作品》 2015 年 10 月）

万灵古镇（外一章）

杨志学

在成渝两个大都市之间，居然有这样一个幽静而超然的所在，把你一下子拉回久远的过去，回到历史上的某一个时段。

置身此地，你会很快发现，时间慢了下来：慢到了工作以外、现实以外。

像一卷有趣的书，等待着。等着安静的心，来把它打开；等着爱护的手，来把它翻阅。打开，眼睛会获得惊喜；翻阅，内心会伴着愉快。

打开这部书，你就往前翻吧。翻过民国，翻过清朝。放慢脚步，你就来到了明代。是啊，这古镇正是明代的产物。"明代"，一个多好的朝代命名啊，让人思绪翻飞，禁不住遐猜——

那是光明的"明"，是一个民族的胸怀；那是清明的"明"，是无数老百姓的期待；那是明天的"明"，明天就是永不失去的未来。

来到万物显灵的小镇，时间一下子放慢了节拍。濑溪河静静地流淌，像一首轻柔的歌；历史的影像慢慢展开，是一幅沧桑而隽永的画卷……

小提琴溯源之旅

小提琴是洋货。我从不怀疑它产于西方，源自异国。可是，自从我的脚步走进重庆荣昌县——确切地说，是走进荣昌县何木匠的寓所，我的观点不能不发生改变：原来，小提琴也可以产生在中国；而且，不是在中国繁华的都市，而是在中国相对偏僻的西南角落。

在这里制作小提琴的手，是一双怎样的手啊！这是一个木匠的手，然而又不是普通木匠的手。这双手那么粗糙，又那么灵巧。一个木匠的手，也许，本来就是这样的粗糙而灵巧。他的手，又有着粗犷中的细腻。美妙的琴音，就从这手上悠悠地流过。

人们称他何木匠。他培育自己的树，取树上之材，把更适合肌肤亲吻的小提琴造了出来。这样的乐器，不仅适合中国小提琴手；世界各地的行家，也都赞誉他的天才。是啊，何木匠是土生土长的天才！

何氏庭院、何氏楼，就是制作何氏小提琴的场房；同时，它也自然成为了何氏小提琴最初的展台。何氏小提琴，称得上独一无二。洋货只是其外表，其内里是十足的中国气派。

作为原生态民间艺术家，作为乡村小提琴制作师，渐渐地，何木匠吸引了越来越多的目光。后来，他被破格聘请为大学教授，成了研究生导师。如今，他的弟子也已经成为学有所长、独具特色的硕士学位获得者。

更富有说明意味的是，何氏小提琴的价格在走高，而且供不应求。即使你很有钱，也得问一声何木匠：卖不卖？这给何氏小提琴蒙上了一层神秘的面纱。你若想揭开这层神秘的面纱，就得走近它，零距离地观摩、感受、触摸、倾听，这样你或许会有些意想不到的发现，免得我这样费了笔墨，可能还不得要领。

（选自《黄山日报》2015 年 12 月）

一个人的成长史

皇　泯

1996 不溃的垸堤，成为洪水中的稻草

七月的雨说来就来了。

七月的洪水也跟着来。

首先是洪水跟在我们的后面跑，后来我们和洪水一起跑，再后来，我们跟在洪水的后面跑。

去七鸭子，我们钓鱼；离开七鸭子，我们成为鱼；

回家，我们被鱼钓。

俗话说，如鱼得水。我们真能成为鱼，就不怕水淹。

鱼和水，在特定的环境下，不可兼容。

水好，不是洪水；鱼好，不是鱼刺。

站在堤岸上的人，前半夜，夸一垸未溃，后半夜就只有一垸未溃。

唯一不溃的垸堤，可否成为洪水中孤苦伶仃的稻草。

1997 一尺亮瓦盛满三米阳光

老屋破了，竹篾夹糠灰的墙壁，漏风。

伤风感冒的历史，止不住吱吱嘎嘎地咳嗽；老屋烂了，冰雪碎裂的瓦片，稀薄。

锅碗瓢盆，晴后还在演奏滴滴答答的交响。

老屋瘫了，白蚁咬噬的木柱，蛀空。

斜拄的拐杖，再也撑不住颤巍巍的陈年旧岁。

砌砖添瓦加钢筋，修补生我养我的栖居。

生存，没有更多的奢望，只要有一尺亮瓦盛满三米阳光。

1998 活命于山，就吃山喝山

岳父是国民党部队逃兵，打完日本鬼子，就逃回家乡的山。

先活命于山，就吃山喝山，山是粗茶淡饭，野菜一碟，也舒心可口。

后隐居于山，娶妻生子，传宗接代。后来，山成为公园，便工作于山，护山育林，养家糊口——

春天，笋子当菜，秋天，枯枝作柴。

夏日里，大树下乘凉，省电。

冬夜里，火炉里煨的红薯，喷喷香。

临终，他拿出珍藏多年的口琴，颤指会龙山，吹响抗日的歌谣，一定是想起当年浴血战场的战友，埋在那高高的山冈。

于是，后辈将他的遗愿埋入会龙山。

无碑，但，骨灰肥沃的草木，书写着永远也不会剥蚀的碑文。

1999 父亲临终，已说不出这一句话

父亲生前，最喜欢说的一句话——
爱华。

父亲清醒的时候，说得模糊的一句话——爱华；

父亲糊涂的时候，说得清晰的一句话——爱华。

父亲爱的时候，说得开心的一句话——爱华；

父亲恨的时候，说得心痛的一句话——爱华。

父亲有人的时候，公开炫耀的一句话——爱华；

父亲无人的时候，自言自语的一句话——爱华。

父亲临终，已说不出这一句话——爱华！

爱华，是我父亲年轻时一巴掌后离异的妻子——我的母亲！

2000 向日葵昂起头颅，才能享受阳光

五楼住家，一楼上班。

七个楼梯阶，四步跨。

家成为旅馆，办公室成为家。

烟龄，已逾三十而立。

年过不惑的人生，在烟雾中缥缈，单桨，摆渡咫尺之涯。

朋友们戏说——

一把吊风扇，在办公室熏成腊肉。

家里的花盆，被烟蒂插成向日葵。

我坚信——

腊肉炒辣椒，更适宜送饭下肚，温饱生活。

向日葵只有昂起沉重的头颅，才能尽情地享受阳光。

2001 西欧，也有叫花子

西欧，也有叫花子？

在罗马，梵蒂冈国门前，一意大利老年妇女，举着一只易拉罐——乞讨！

我不懂英语，更不懂意大利英语，但乞讨的手语全世界通用，我懂。

西欧，也有叫花子。

我并不富裕，也不善于施舍，随手从口袋里翻出所有的硬币。

不是大方，仅仅是十二月的风很冷。大卫站在风中不怕冷，观摩者却止不住感冒的咳嗽声。

西欧，也有叫花子！

我投币后，还没有离开五米远，就听到身后砸向我的硬币，叮叮当当……

我听懂了英语，更听懂了意大利英语——这一点点里拉，打发叫花子呀！

2002 拽住青春的尾巴

鹅洋池，泛滥秦淮河的涟漪。

陆贾山庄，回荡卡拉OK的噪音。

古城的街头巷尾，一扫把就能扫出一撮箕流行歌星。

有人唱红了几个歌厅，也唱垮了几个家庭。

五音不全的我，听到刘欢的《再也不能这样活》，按捺不住即将衰老的春心，凑热闹——拽住青春的尾巴。

朋友们不是调侃——

唱三个小时卡拉OK，打两个小时手机。

我不会唱歌，但会吆喝。

再也不能这样过，再也不能这样活，生活容不得你前思后想，要活就这么活！

2003 传统的东方，向现代的西方倾斜

早上好，并不是英语的短信，却是一句西式的问候。

让传统的东方，从此，向现代的西方倾斜。

二十六个字母，好像还能写出顺序，能写，却不会读。

缺胳膊少腿的发音，成为假洋鬼子的笑料。

一句早上好，打破传统的习惯，又在打破中养成了新的习惯。

谁说，不破不立？

在习惯中死，也在习惯中生。

早上好，早上真好，早上真正的好，只有早上的阳光知道。

2004 篝火晚会，照亮历史的夜空

夜郎自大。

两华里栈道，保护绿色植被，别让现代派过分的浪漫。

一百条横幅，欢迎散文诗人，别让新兴文体受到冷落。

一万人的广场篝火晚会，照亮历史的夜空，挖掘二千三百年前的时光。

夜郎自大？

九曲十八弯的大迁徙，只为寻找一线生存的空间。

八九十里山路的跋涉，只为赶赴一场精神的盛宴。

夜郎自大！

翻过九十九座山，淌过九十九条河，绕过九十九道弯，再度呈现夜郎国

的辉煌。就为一次诗的约会。

2005 命运左右我，我无法左右命运

天津机场上空，乌云密布，洛阳——被迫暂停。

飞机，有打盹的时候，人生，也不得不打盹。

临时的驿站，是旅途中一个未知的终点，犹如生命只知何处是起点，不知何处是终点。

尽管，鬼谷子先生掐算过我的命运，一本线装书卷在胸前，穿劳动布工作服的书生，横着书写的文字从左至右，再也回不到竖写的从右至左。

命运左右我，我无法左右命运。

冬明兄却说，第一次坐飞机就韵了两次起降的味。

也许，飞机可以临时迫降，生命可以重新起飞。

（选自《含笑花》2015 年第 4 期）

雨水幻象（外一章）

郑小琼

黄昏的车头淅淅沥沥地呜咽着，青山隐于烟雾之外。京广线上的灯盏，庄稼孕育着一个个俚语的村庄，它先行抵达铁轨的尽头。

溅着几千万民工的战栗，溅着雨水的头，溅着那头不肯停落的雨滴。

树木，村舍，渐退的山坡，缓慢劳作的农人。幻觉的玻璃之外，退去了一条疲倦而污染哭泣的河流。

暮色从前方插入车厢内，黑暗从铁轨上的黑雨水间涌起。

我看对座的旅客，疲惫而辛酸，残滴着衣锦回乡的松脂，一滴一滴，清澈而苦涩，保持着雨水冲洗过的洁净。

窗外，山河呜呜而过，穿过雨水的戳印，向北而行。

官僚们正把一块土地划成块状抵押给水泥，钢筋，化学制品，资本银行。断枝的树木与砍削半边的山岭是最后的赎金，它们的背后，一群失地的百姓像雨水一样哭泣。

看车，看雨水。
看呜呜而过的河流。
看斑斑驳驳的车厢，火车凶狠地鸣叫。

人世间，人们正像一群赌徒一样抵押着一切。
我把行程抵押给铁轨。把痛苦的生活抵押给虚无的理想。
词典里面，是一张从夏到民国的周期表。它们穿汉越唐，过宋经清，像我此行，经湖南，过贵州……缓慢的车是否抵达目的地。
雨水正下，村庄退后。像过去的时间，埋葬在火车行程间，不复再现。

客家史书

在乌云的世纪，从隐赜的史书间波澜潜行，时间剥落信仰的夔龙。
戍，
祖先们站在边陲，干枯成史书与祭鼎的文字，后裔们觳觫礼拜。清风明月送来一束寂静，岁月的足踝隐没于瓦砾之间。
它跟随着一个旧朝代沉睡于地下，在孤寂的考古锤声中升起，祖先已变成某个细节。

往昔雷殛灾变都化为人世的尘埃，在浩瀚而干枯的史书间，热血与白骨铸成的文字为我们诵读，母亲们仍耕种在贫瘠的土地，子孙们在不仁的历史与黑暗中挖掘黎明，帝王们用贫民们的躯体筑构太平盛世。
从古老的家谱间挖掘一个平民家族的历史，在积满了名利淤泥的背后，家族在灾难与战乱年间的迁徙成为贫民的史书，这支笔像铁锹一样在荒谬的国度挖掘一颗颗被帝王思想污染的灵魂。
历史对于平民一直以灾患追踪着，构成一条蜷曲遁逃的远方。
在迁徙的史书间，王朝们正随波逐流。

在汉字的墨迹间，史书像一块永世的伤疤留给隔世怅望的子孙们。

明月与星辰仍保有祖先的音讯，虽然我与他们已丢失对话的机会，在清风与树木间仍有他们的笑容。

也许就在汹涌的血液间，残留体内的祖先会再走来。

（选自"中国散文诗研究中心微信平台"2015 年 7 月 2 日）

故乡，在岁月里流淌着情（组章）

夏 寒

乡村，悸动的早春

乡村的早春，一吐积郁了一冬的土地的秘密。
话语，透过丝丝迟疑的冷风，发出颤音。
黎明即起，我用骨瘦如柴的词语，撕裂昨夜山盟的誓言。
时间深处，一张白纸上留下涂抹疼痛的痕迹。

夜色轻柔而宁静，却裹住了远天的星月，还有远天奔跑的风。
乡音嵌进一棵古树的根须，原上的野草枯藤缠绕着希冀在攀爬。
土墙跟下，一只蟋蟀正在等待驱赶季节的忧伤。
一个个晃动的身影走出土屋，穿过刻骨铭心的冷清。

日子踏过悸动的小路，又回到寻常的平淡。
人心划开一条通往世界的河道，岁月却在疲惫的城堡中打转。
被折断的笔，沿着一片废墟和荆棘涂鸦。
蜿蜒的河流，从日月里流出起伏不定的长歌。

老哈河的晨曦

是谁，在天籁之外，错把月牙当弓，钩弯了故乡的老哈河？
是谁，苍茫了原野，让父亲的马鞭在旷野中回荡？
是谁，荡起了双桨，在河心赶路，寻找着失落的诗行？

黎明前的轻纱笼罩着远方。河水清亮而宁静，紧倚着河床流淌。
深沉的流淌，使那如叶的轻舟也难以激起浪花的涟漪。
星空，水草，绿树，守望着生我养我的僻远的故乡。

晨曦映红天边的云朵，却朦胧了远古的文明，也淹没城市的喧嚣。
袅袅炊烟缭绕于心之岸，安抚着父亲的疲惫。
我曾沉郁在我的冥想里，翻来覆去的思绪化作了水草的舞动。

傍晚的来临，是一天匆匆过后不容错失的驿站。
枕着草地的长夜，故乡在企盼又一个黎明。
父亲的脚步踏着平凡日子的韵律，却勾起游子无尽情思……

怀想晨起的父亲。挥鞭划出闪电的脆响传至耳畔。
我又看到那如大山一样坚实的脊梁，稳成了一座雕像。
父亲的时光就是土地的时光，将晨曦缩短，又把落日拉长。

依傍故乡春日之断想

一个乍暖还寒的季节，我回到故乡。
记忆，伸出打捞岁月的手，重拾远逝的童年和童年的童话。
干涸的河床上，不知流走了多少青葱的岁月和时光。
但依然有小草的足迹，摇摇晃晃把春天播撒，播撒遍地春梦。

春之声漫过花香幽境，漫过冬季残留的遍野衰草的黎明。
那是声声鸟鸣，落在故乡的杨柳树上，震颤得柳絮杨花凌空飞扬。
含笑的露水已然生成。露珠的在晨光里眨着媚眼，想盯住草芽的意向。
无言的故乡为春天的鸟鸣采集着清丽的晨曲，一吐此时的心声。

屋脊之上，缥缈的红尘高过少年时的梦想。

风铃，曾摇撼过我的思念，惊动了深秋蟋蟀的低吟。

捡起一片落叶，一如我的哀愁尚未走远。炊烟缕缕，伴着我的叹息。

但我也听到了亲人们的血脉在融融春色中漾起笑靥，开始苏醒。

一不留神，路边的一道风景竟生生地刺痛了我的心境。

那是一些残垣断壁，蜿蜒着河道中的瓦砾，还有丛丛荆棘。

有的仿佛诉说着别离的忧伤，有的却在感叹时光如流水。

所幸荒原的门四面洞开，生命的意识正在召唤着一阵阵春风。

故乡的炊烟，袅袅升起。回到故乡，总有太多的思绪。

我从袅袅炊烟中看到了母亲丝丝缕缕的白发，和那白发母亲的牵挂。

母亲般的故乡之春，已在我的诗行中长出黄红紫白多彩的花蕊。

胜似夜晚的星光闪闪，若爱情的经典诗句化作我心中的永恒。

缺水的梁后坡

北方。八里罕镇以北，八里地以外，有一条向北延伸二里长的大沟，叫大北沟。

在大北沟最北端，爬上一个一里长的大长坡，就是梁后坡。

梁后坡背靠一座大山，依着大山的苍茫把苍茫倚老。

再看看，偶尔出现的弓着背面带沧桑的老人，就知道这个自然村不再年轻，也到了风烛残年。

梁后坡，坡上没水。

那里的人们，用沟谷里挑来的水挑出了八九代人的明天。

小时候的暑假，到山上去放马，天天看见挑水的场景，那里的男人女人和老人的肩上一条扁担跳动，两只水桶伴舞。一头装着日月，一头装着生存的艰难走在，被水磨平的生命线上。

重量，步步登高。

没水喝的梁后坡，姑娘大了像小鸟儿一样飞走，找水去了。

梁后坡，小鸟愿意飞去飞来，外面的姑娘却不愿意飞来。

小伙子们，只有忍着干渴，支撑起梁后坡的长坡。

缺水的地方柴草也是干的，容易起火男人的欲望如干柴一样被烈火点燃。后来，小伙子们为了灭火，也不再支撑长坡。

寻找机会：跑了。

没水的村庄，年轻人不再守护。

已出生的孩子跟着年轻的父母远离故土，未出生的孩子去了他乡出生。

老人很无奈，爬不下生活了一辈子的长坡，只有和小鸟为伴。

守候着空寂，守候着那些空房子昨日留下的欢声笑语。

如今梁后坡，三五十处房子，仅有三五个烟囱。在长吁短叹中，无精打采地冒着生命的迹象。

那些空房子的屋檐下，成双成对的麻雀，叽叽喳喳地议论或猜测：主人们去了哪里？

（选自《中国文学》2015 年第 5 期）

东涌的河涌（外一章）

罗铭恩

东涌的河涌，汇入滔滔的珠江，一往无前向东流，向东流入大海。向东，是她对海洋的向往，对浩瀚的渴望，对蔚蓝色的厚爱。

东涌的河涌，也有向西奔流的时候，那是涨潮的时刻。向西，是她对发源地的眷恋，对生命源头的敬畏，对母亲的一往情深。

东涌的河涌，孕育着久远的渔家文化。那水上人家的花艇、渔艇、渡艇，长年累月在河涌上栖身，犹如河涌的儿女。那拱形的艇篷，遮挡过多少岁月的风风雨雨；那蜿蜒的河道，承载过多少沉浮的日月星辰。

东涌的河涌，像一条长长的画卷。放眼两岸，望不尽的自然风光和人文景观。昔日的茅寮、水寨、栈道，今天的洋房、别墅、农家乐，明天的生态园、科技园，装点着河涌的古往今昔。两岸的画卷，有的清晰，有的朦胧；有的遥远，有的近乎。看不够的河涌景致呀，赏不尽的地域风情。

东涌的河涌有多长？长得实在难以测算。河网纵横交错、四通八达。一头连着东涌，一头连着外地；一头连着大沙田，一头连着新天地。

东涌的河涌哟，奔放自如，川流不息。她流淌过昔日的泪水，也流淌着今日的歌谣。她是一条有生命的河涌呀，她的心怀里奔腾着生命的歌唱。

古 榕 树

东涌的古榕树，坐落在弯弯的河道旁边，依偎着古朴的驿站，俯瞰着农艇的码头。茂盛的古榕哟，枝叶盖地，劲株参天，仿佛要遮住整个驿站、整个码头。

东涌的古榕树，历史悠悠，岁月漫漫，它见证过朝代的更迭、历史的沧桑。这里曾是一片由泥沙冲积而成的"沙鼻梁"，人们在"鼻梁"上种下了榕树，榕树后来成为当地人观察水灾的瞭望台。古榕像一个警惕的哨兵，屹立在防洪抗灾的最前哨。

东涌的古榕树，见证过多少婚姻嫁娶。凡"沙涌"的男子迎娶外村新娘，或"沙涌"女子嫁到外地，进出时都要在榕树下停留片刻。古榕树像一个月下老人，为喜事临门的新郎新娘送上天长地久的祝福。

东涌的古榕树，勾勒出多少动人的画面；那粗大结实的树干，带给人们多少回味无穷的遐想。树墩是一个坚强的母体，而树干却分成四枝，各自朝着东、西、南、北方向伸展；像一个含辛茹苦的母亲，养大了四个孩子，各自奔向崭新的里程。

东涌的古榕树哟，留给我们太多的想象空间，也留给我们太多的故事色彩。东涌人的悲欢离合、喜怒哀乐，还有那自强不息的精神，全都镌刻在树身那苍老的年轮里。在她的身上，释放更多诗情画意，衍生无数动人传奇！

（选自《南沙文学》2015 年 12 月）

陌 上 桑

莫鸣小猪

1

一株桑树，把小路撞弯。

阡陌和树，在一阵风里簌簌地唱：秦氏有好女，自名为罗敷。

它遥远的艳歌，在汉代乐府中沉沉睡去。

桑叶在低语，鸟的歌声碎了一地。它们！有阳光的色调。

我猜想：6个春天前，某个风和日丽的日子，它从一捆树苗里遗落。我猜想：它的种子在跟跄而来的孩子口中逃脱。

——我在一棵树的背后看到了——水墨的故园。

2

在一个透明的清晨或黄昏，穿过田野，穿过玉米，穿过一群羊。

顺着桑叶的脊背，一只蚕藏匿在笑容背后唱挽歌。

桑树的手掌被它沙沙沙咬掉，瘦弱的叶子挂不住它锋利的牙印。

它们，一一潜入蚕的身体。它们，半透明地哭：罗敷年几何？二十尚不足，十五颇有余。

3

一棵树，它在视觉的缝隙里熠熠地闪。像上午的叶子，像下午的微风。它天真的构想，等一只饥饿的蚕子接轨。

一颗晨露的追忆，最远也只能抵达最近的黄昏。

像一块石头，不惊不语。倚着低矮的茅草，那曾经叫房子的草堆。

鸟粪、蝉鸣，风、阳光和雨水。——它在长大。

6 岁时，寂寞地开了一场花。6 岁 3 个月忧伤地结的一粒果实。

它迟到的蚕子，与春天隔着一丝的距离。

4

叶子，蚕，丝绸——斑斓的布匹。

一棵树，它的断章停泊在一把剪子的边缘。

时间的钎子，在它的脸上刻下纹理。它浅色的躯干和它头顶虚空的鸟巢摇摇欲坠。

埋葬它的，会是一只木柜。

埋葬它的，是灶膛的火。

埋葬它的，是"柴"的字眼。连同一只踩着火焰跳舞的蛾子。

一棵树，把视线撞痛。恍惚中，我梦见了故园。

那只迟到的蚕子，它咬伤过一片叶子的边缘。

（选自《作品》2015 年第 10 期）

大自然与人类智慧的和弦

木　京

一

山岭之上，风车家族落地生根。

如画的江山告别亘古的孤寂，时尚如异国风情的女郎。

一展风华的是那些温柔的风，那些狂躁的风，那些没头没脑的风，那些桀骜不驯的风。

她们整日里舞蹈着，歌唱着，恣意绽放，蕴储的潜能被一一激活。

于是，一个冰冷的世界温暖起来，一个黑暗的世界明亮起来。

不再需要点燃一堆柴火来照明，也不再需要潜入地府去盗用一块煤来取暖。

只要轻风徐徐吻着那颗铁了的心，一种铁铸的力量就会在风中完成诗性的升华。

轻盈地转动着，重塑着这个世界的轻盈。

山岭之上，风在疾驰，引领着新的文明走进了人类家园。

二

阳光从高天倾泻而下，照亮了许多笑脸，照彻万物的妖娆多姿。

是怎样的活力能让激情燃烧千万年不息？

是怎样的一双无形的素手捡拾起一缕缕散落的光芒？

又是怎样的智库储存起大自然的能量？

在我们需要的时候释放着贴心的爱。

太阳能热水器、太阳能空调、太阳能电池、太阳能……应运而生。

神的恩典赐予我们的拥有和创造。

今天，阳光照亮了白天，也照亮了黑夜。它温暖了冬天，也清凉了炎夏。

阳光妩媚、明亮，阳光拥抱过的日子如诗画般抒情。

三

潮涨潮落，海的裙裾拖曳着，风情万种。

不知疲倦的海水是个舞者，她优雅的舞步使多少人陶醉？

但一不经意，又会踩碎许多希望。

咆哮不已的海水又是一位歌者，她沉雄的低音洗涤着人心，洗涤着灵魂。

但偶有不羁的浪涛，又会掀翻舰船，许多生命永远没了亮色。

海，因为不知疲倦的咆哮而永远年轻。

海的魅力还不止于它无拘无束的自由和活力无限，它潜藏的能量是那样的惊人。

那里，有深邃的思想，更有深邃的力量。

无穷的希望正潜伏在那咆哮着的无休无止的舞步上。

谁能深入那虎穴里的温柔，探访转动世界的谜底易如反掌？

人的智慧可以驯服野蛮，让许多大自然的冲动归于理性和节制的规律。一次浪涛卷涌，便牵动了一次城市的心跳。海浪一次小曲的吟唱，城市的眼眸便春意无限。

我感恩着一片海啊，感恩驯服海的那个人。

（选自《散文诗世界》2015 年第 8 期）

蝉　声 (外四章)

王猛仁

在一个悠然的去处，你款款步入我的沼泽，听凭风浪的摆布。

那舒漫腰肢的柔滑与光洁，让我所有的诗笺，都写着与你有关的漫天盖地的光芒。

每一个晴朗之日或霏霏雨夜，透过飘忽不定的晨雾，独对那一盏孤灯，依然是淡淡的轻唤，旋即，携一曲清音纷飞，或者，捕捉一阕雅句。

站在花枝的梢尖，眺望纷纷飘坠的音符，一串清芬似的花朵，溅起清圆如泪的涟漪。

总设想那个季节的雨丝，是你轻扬的温柔，滋润着我雨季的太阳，生长着美好的序言。

眼前的天空闪着泪光，一页飘零的黄昏从往事中掉下来，写下了一地丰腴。

当我们一同步出这浸泪的文字，重又捧起你汩汩流淌的诗情，每一个夏日，都留恋着蝉的嘶鸣。

心　愿

有句鲜活的话一直被我甩在背后，凉了又凉。

急促的声音一点点逼近，窗外有雨花纷扬，那句话已经浓缩得看不见缝隙。

我静静地端坐着，月光在我身上肆意地抚摸。

积蕴已久的顾影自怜，敲击着我闭塞的心门，如同叮当作响的风铃，在窗前微微抖动。

似乎有一种离乱的身影，在顽固地呼唤，还有一种渴望的欲意在倔强地生长。

没想到添红窗口的冬雪会有刻意的矜持。

没想到布满欲望花篮会有暗淡的眼睛。

独对缄默的残红，幽怨的目光没有终点。

飞翔的翅膀冰结了，飞不出洁白的静谧，心塬封存多日，等待着你旋涡似的呐喊。

风，无奈地对我轻语。

让我满腹的词藻，洒向落雪后的诗行。

午　　夜

午夜很静。

你的脚步姗姗。在这去意还留的片刻，我的心顿时草木皆兵。

流浪的心没有归宿。

尽管离世之日无法测定。

还需要某种暗示吗？

室内的灯为你熄灭，又为你点燃，有意还是无意？

沿着一株挂霜的路径，独想捕捉一串黎明前的黑。

不要说曾经蓦然回首，泪水已将夕阳的颜色漫漫洗净，于时间的溪流旁轻轻叩首。

曾经熟悉的声音，封藏冰雪之冬，被漂泊的心，均省略于故土。

夜的都市，光怪陆离。谛听着天边失落的最后一颗繁星。

总有一个被雕塑的彩带，不分昼夜地站立。

风，像蛮横的手；雨，噼噼啪啪。

所有的智慧与不决，均被一一固守。

静默的卵石，在城市的喧哗拥挤中，浸满了千疮百孔的章节。

背　　后

试图借一些遥远而亲近的故事为我即将铺展的文字取暖。

平日，常常一个人沿着没有尽头的河堤迂回而唱，神色恍惚。

有时，几声鸟啼之后，河水也会托起一枚清楚的明月，照亮一阵清幽牧笛。

已经不是春天了。依然看见那三月风下的垂柳，丝丝缕缕，正轻拂着心的每个角落。

即使在梦里，也不曾有过繁花似火的热和芙蓉出水的红。

此刻，我的爱人，多像一朵意念中的水莲，染上了夕阳的微醉。

树影婆娑，梦魇酽酽。

蹒跚的足底回荡着动人的音符，洋洋洒洒。

阳光被春天抖动的躯体分割着，尽显本色。

一影黯然，几许残白。

再没有重复诗意的清秀。再没有设想中迷人的娇羞。

或许是中午的阳光太温润，雪白的墙壁拖不住你诱人的白纱。

而我，正在中原一隅，在浪花的背后，画满你的雨声。

唱　　晚

曾有意任寒风将思绪扯碎，静默地咀嚼着诗韵，让眸光亲吻每一个不容蹉跎的过往。

一种久违的梦的驰骋，总是曲折地在敲响我的晨钟。

当我若即若离，从冬天走进春天，就会生出许多鲜嫩的笑靥。

如同一次次被积攒的文字，浓浓地呈迷离的雾状。

仿佛遥远的某种心情，纷纷飘散，让我不知所措。

沉睡已久的日子，在一个深夜忽然醒来，打不开的心结与浮尘，被你无节制地挖掘。

想象可能过于沉重。

看晚风停靠的码头，锈蚀的回忆，早已冻结成透明的风景。

让我走进月色望你，以踏烟的步履，一点一点。

望你在我的睫毛上欲落不落，目光正穿透一首千年平仄。

（选自《中国诗歌》2015 年第 5 期）

我与太阳签订了契约（外四章）

——献给新能源的建设者

王成钊

有一个神话，从远古的洪荒，流传到现代的繁华。从钻木取火的老叟，到幼儿园的幼童，横亘千年万年，延续着膜拜与景仰。

华夏的追日巨人夸父，承奉幽冥之神后土的旨意，从载天山出发，追逐太阳，采撷火种，为人间带来光明。英雄的壮举，催生出人们由衷的向往、大胆的探索、无穷的遐想……

有一个神奇的巨匠，将心中的太阳，画在金灿灿的向日葵上。耀眼的一簇，强烈的视觉冲击力，结出一个难解的谜团，让人们猜度了一个多世纪。

有谁知道，梵高的向日葵，是呈献给太阳神赫利乌斯的礼物？当太阳神头戴光芒万丈的金冠，每天驾着四匹火马，拉着太阳车划过天空，给世界带来光明的时候，他的情人克吕提厄不能随车出巡，就变成了向日葵，每天都追随太阳的轨迹。

梵高的向日葵，炫目的金黄，却是孤零零的一盆，藏进展馆，供人们欣赏，追寻希腊神话的故事。

而我用如椽巨笔，涂绘在天地间的向日葵，却是蓝莹莹的，铺天盖地，一片又一片，列成浩大的方阵，敞开宏大的胸怀，让阳光涌入花蕾，绽放在戈壁、荒漠、山梁……

在离太阳最近的地方，以宏伟的仪仗，朝圣太阳！

因为，我是追日英雄夸父的后代，正在攀援远祖延续万年的梦想。

从洞悉神的昭示，到以科学的名义，只是一次史无前例的穿越，我，受地球的委托，就与太阳签订了契约。

以光速，与太阳直接对话。与诸神一起，翱翔在无垠的天宇。

我描绘的向日葵，纯纯的蓝，与天空同一色谱。

远离森林，远离城市，匍匐在阳光最强烈的地方，艳丽了蛮荒，美化了大地。

不论春、夏、秋、冬，始终朝向太阳，轮回始终，保持仰望的姿势。

将人类膜拜太阳的虔诚，化作地球的信息，反射向深邃的太空，宣示人类无限的潜能、无限的创造力。

将光能转换成电能，将阳光转换成动力，新的神话，在我手中诞生。曾经的科学幻想，在我手中，一一演绎。

神话逾万年，巨变只一瞬。我，太阳能光伏发电的建设者，从盗火者变成播火者，将强大的清洁能源，输送到地球村的每一个角落。让曾被尘烟、灰霾笼罩的世界，从此，天更蓝、水更碧、山更青、草更绿……

伟大的认知

万物生长靠太阳。人类从诞生的那一刻开始，就已明白这个道理。

钻木取火，燃薪煮食，人类得以站起来，直立行走，就开始膜拜太阳，追逐阳光，探寻阳光的奥秘。

苦苦的追寻，孜孜的求索，一步一步，始终离不开脚下的土地。

人们伐木烧炭，获得了温暖。开采煤矿，发明蒸汽机，获得了动力。开采石油，驱动大工业发展的齿轮，开始插上翅膀，飞出地球，进入太阳系……

可是，曾经的辉煌，付出了沉重的代价，噩梦吞噬了欣喜。田园被毁，江河变浊，空气污染，森林成为荒漠，地球早已伤痕累累，资源贫乏的梦魇正在肆虐……

于是，人们仰望蓝天，叩问太阳，让智慧飞跃，又一次盘旋在诸神翱翔的天宇。

太阳普照原野，植物神奇的光合作用，吸收了阳光，孕育了生物质能，哺育了生生不息的人类，也提供了历史前行的动力。

太阳强大的引力场，推动地球自转、月球环绕，引发海洋的潮起潮落，产生了巨大的潮汐能。

太阳就像宇宙的魔术师，呼唤风雨雷电，驱动地球的大气循环、雨量调节，送来了用之不竭的风能与水能。

更加神奇的是，太阳能经过我的手，直接变成电能。从光合到光伏，从一次能源到可再生能源，人类伟大的跨越，实现了伟大的认知……

终于，人类掌握了太阳的奥秘，世界就诞生了新名词：光伏发电、生物质能发电、风力发电、潮汐发电、地热发电……

从此，人类进入了社会和谐发展的新时代，拯救地球的密码，一个一个被破译……

嘹亮的集结号已经响起，此刻，我就站立在地球之巅，像一朵巨大的向日葵，代表人类，向太阳致敬。

我，一个新能源开发的建设者，就是华夏追日的夸父，地球的太阳神赫利乌斯！正在将人类亘古的梦想，变成壮美的现实。

（选自《散文诗世界》2015 第 4 期）

春天的壮行

沐浴夕阳的余晖，披上火红的晚霞，我们穿行在追梦的季节，与春天同行。

这是一座新城的第 N 次穿越。不用号召，无须动员，只是"磨坊"的一声呼唤，一声约定俗成的集结号，就引起全城自发的响应。

走出高楼，走出工厂、学校、社区，也走出了人与人之间的隔膜和年龄的代沟，与医务组、宣传组、收容组、环卫组的义工们，汇聚成浩浩荡荡的狂欢队伍，融合了一座城市的温情。

从日落，到日出。从都市，到大海。从冬日里的浮躁，到春天里的温馨……一百里的路程，拉近了昨天与今天的距离，丈量着市民们心与心的贴近。

踏上湾道，穿过红树林，迈上华灯初上的马路，走向车水马龙的街口。一路绿灯，一路欢歌，骄傲地，巡视这座城市的光荣与梦想，向自己亲手创造的辉煌致敬……

从巨厦林立的市区穿出，走进远郊午夜的星光。从拼搏生活的劳碌，走进拼搏意志的欢欣……我们用坚毅的脚步，延伸都市的生机与活力。透过汗水升腾的迷蒙，度量市民友爱的丰满，检测幸福感的丰盈。

踏着蛙声，和着虫鸣，心与心互动，肩并肩同行。体能的极限又一次被突破了，自我超越的快感，正在张扬生命的激情……

如同盛大的嘉年华，彰显了这座城市的个性。

徒步穿越的壮行，逶迤了一年又一年。穿越过春天的故事的队伍，如今，又踏上了新里程。

磅礴的朝阳，在欢呼声掀起的海涛中，冉冉升起。终于，我们拥抱了春天的黎明……

阳台上的春天

三月阳春，播种的季节到了。在曾经弥漫郁闷的咫尺空间，把希望的种子播下。

趁着春雨飘洒，湿润浮躁的心田，把乡恋种在沃土。将梦里萦绕的一片绿韵，移到窗前，引向花架。

盼望着，春绽百合、春兰、鹤顶兰，夏开海棠、米兰、牵牛花，秋闻含笑、玫瑰香，冬赏凌霄、红山茶……

漂泊的乡思，有了扎根之地，好让归属感，也在这座城市萌芽。

未曾凋零的失落，已经埋进盆土。新的期盼将会拔节，顺着阳光，攀援在蓝天下……

拥有了这座新城的空中花园，"家园"就有了确切的含义。

在远离田园的城市上空，也能与春天对话。

让一种寄托，一种憧憬，爬上花架，随春风摇曳，眺望远山，回归心灵的纯净、清雅。

再把一棵生命之树，种进机遇与奋进的一方沃土，葳蕤灿烂的年华……

不夜城的背影

走出劳碌拼搏的八小时，走进玻璃幕墙反射的余晖，回归属于自己的时光。

走进都市之夜，闪进霓虹闪烁的迷离。

浮躁的节律仍在脉动，可机遇，并未休息。

曾经追逐时尚的诱惑，在大商场涂上都市的流行色，享受目光的奢侈，支付时髦的豪爽。或是跳进舞厅，把发泄郁闷的开关开得最大，挥霍无穷的精力。也曾躲进咖啡厅，来一杯特浓的异国情调，悄悄地舔舔不安分的灵魂，嘀咕一句：别太亏待自己。

今夜，一个华丽的转身，要到书城淘宝，徜徉书海，开动猎奇的引擎，搜索商战的信息、胜者为王的秘诀、发明创造的天机。

或是来到海边，在进与退之间踱步，借风为媒，与红树林对话，探讨在狂风骇浪中挺拔的奥秘，汲取战胜危机感的动力。

或是走进酒吧，与三五知己，交流独立创业的奇思妙想，品尝高科技发明的心得，交换勇闯商海的收获。然后，在微醺中再一次碰杯，分享梦想与现实碰撞的欣喜……

太阳睡着了，可这座城市还醒着。

不夜城的一个个背影，即使游走在迷惘与失落的边缘，有了夜色的抚慰，被焦虑撞伤的灵魂，明天也会奋起……

（选自《散文诗人》2015 年第 42 期）

八月，我去草原（组章）

周鹏程

赤峰路上随想

穿过黎明的亮光，列车继续北上。

北方，动车如飞，飞向北方的赤峰！榆树掉队了，沙杨喘着粗气也无法跟上。成群结队的牛羊忙着糊口，禾苗赶着拔节，一一错过了我的视野。

远处的山峦，被天空压成了玉米饼，压出了一股一股的黄！

我把肉身交给火车，灵魂却在五千年之外游历。从南方的雨季到春暖花开，从一望无际的绿草到遍野的沙漠，是谁在掌握命运的闸门？

列车挤压无缝铁轨，以缩短抵达目的地的距离，我们挤压漏斗一样的生活，希望幸福快乐。

铁轨哭过吗？我们却躲在暗处伤悲！远处的山峰，以过来者的姿势，向熟睡的或躺着的或交头接耳的人们频频敬礼！山不要荣誉依然是山，人争着无数的虚无，最终可以做这山的一粒尘埃吗？

越过三峡，听不见猿声，驰过荆襄大地，不见昔日英豪，快进皇城了，也只有灯火闪烁，不见四面楚歌。今天的你还是你吗？

草原，我盼望着看见草原！内蒙古，这辽阔的大地，你欢迎一个来自南方的不速之客吗？赤峰，你有山水之城持有码头文化重庆人的热情吗？

我想起了，"天苍苍，野茫茫，风吹草低现牛头"的壮美画卷。那或许是苍凉的季节，而我是赶在立秋之前，乘风而来。

有草吗？有牛羊吗？天，似穹庐吗？云，会掉下来吗？

贡格尔草原的云

头上就是云，我小心翼翼奔跑，害怕头碰碎了洁白的云。

云，紧贴着草原，蓝天下，西拉沐沦河在轻轻呼唤，草原用雄壮的手臂将母亲河挽入辽阔的怀中。

水是席慕蓉走后留下的泪，乡愁一样的水，乡愁一样的云，宛如一位女子在父亲的草原回眸。

就在这幅画里，我听见了天籁之音：……站在芬芳的草原上我泪落如雨，河水在传唱着祖先的祝福，保佑漂泊的孩子，找到回家的路。啊！父亲的草原，啊！母亲的河；虽然已经不能用不能用母语来诉说。请接纳我的悲伤我的欢乐。我也是高原的孩子啊！心里有一首歌，歌中有我父亲的草原母亲的河……

听，这感人的诗语，能不打动天上的云吗？云，忘记了回家的路，静游一世，观金鼎帐篷，揽黄昏美景。

八月，秋天快速逼近，风在贡格尔草原疾步穿行，羊群、牛群、马群被先知的牧人扬鞭传令，草要退回去了，赶紧啊，赶紧吃饱。

我想那秋风过后一定不是一地枯叶，而是无边无际的金粉。

而云，还是在那里矗立。偶尔也与母亲河里的水相互走动。

今天，那一河的柔波，以云的姿势献身远方的歌者。

此刻，云在头上零距离摆着各式美势，草原上那些永不凋谢的花朵，就是云衣裙上掉下的图纹了。

云，你把天堂最美的最纯洁的色彩献给了贡格尔草原。我多想轻轻抚摸你，就像轻轻抚摸自己的孩子，就像轻轻抚摸自己的故乡。

克什克腾地质公园的神雕

数百吨花岗石组装你漂亮的外衣，敛翅而落，锐目远眺的神情真的是自成吉思汗走后留下来的吗？

高原的霞光如投影世世代代放映你飞跃长空的雄姿。

神雕，草原的守望者！神雕，肩负一个迷离传说的战神！

我坚信，你不是那张弯弓射下的，你是自愿从天而降，守护美丽的克什克腾！有人说秋天过后草原就没有什么可以看的了，还说我们是最后一批来者！这是一个错误的信号！

这神雕，这高原的神雕是上万年的风景！

它守候的这片土地是神的天堂，它守候的森林是大兴安岭的七彩尾翼；它守候的这片草原是蒙古人生活的家园；它守候的这条河流是母亲灵魂在歌唱！

我赞叹草原的英雄！金戈铁马，利箭北战南征，写下前不见古人后不见来者的神话，元朝，世界最大的封建王朝！

成吉思汗以及他的子孙巍峨挺立于了人类灵魂世界的高峰！

神雕，高原看见你就悄悄低下头颅，把一片宽广的领地让给你！你的视野一望无际。那成片的白桦林在风雨中向你欢笑！

神雕，贡格尔草原看见你就无限地把春天延长。延至你脚下，草不枯，花不谢。

蓝天、白云、羊群，还有蒙古姑娘嘹亮的声音，你看见了吗？你听见了吗？

神雕，你在想什么呢？你将千年故事深深浓缩，你将历史永恒停留在这一刻！

天骄走了，从中国的历史长廊里走进了世人的心中！

你留下来了，在阿斯哈图壮观的石林中留在世人的底片里！

一万年也不是归期！

走向秋天的达里湖

前边，一面巨大的镜子，银光闪耀。

达里湖到了！北方的海，高原的圣湖。克什克腾湖群的一道靓丽风景。238 平方公里的巨大水面让人敬而生畏。

穿过湿地公园，午后的阳光下，达里湖哼着轻歌在光洁木条铺就的人行道尽头英姿尽显。蓝！蓝过大海，湖岸线尽情地展延，岸边的水草或者湿地植物谦卑礼让，把舞台让给了上岸的湖水，或者岸上欢笑的人群。

华子鱼，在自由的王国里躲避黑色的鸬鹚，白色的银鸥。蓑羽鹤在远处悠闲独步，有时凝望盘旋的老鹰，有时紧盯羊胡子草里的华子鱼。

这里的空气似乎很紧张！秋天逐渐向达里湖靠近，一场更大的贮备将渐渐拉开帷幕……

天鹅去哪里了？长长的湖岸线，百鸟争鸣，百禽起舞。

在走向秋天的阶梯里，达里湖是最敏感的。阳光衬托的风，咸咸的，湿湿的，凉凉的。这还是八月啊，南方还在火炉中呢，达里湖的秋天来得真快！

太阳直射在湖面，直射在湿地公园，直射在蘑菇一样的木屋顶，这是最后的日光浴了！不久，这里也许是秋风横扫，再后就是雪地霜天了。

达里湖，你的冬长植物，你的飞禽走兽准备好了吗？

（选自《重庆晚报》2015 年 8 月 25 日）

画外音（外一章）
——题旅美艺术大师李洪涛先生同名油画

姚　园

题记：我相信红尘的每一条波纹的背后住着一颗谜一般的心灵。

灵动的善美

那么多灵犀载不动的晨昏，请允我挪用世上最美的一抹，不含风，不带雨，只栽生命初始的绿，只种激情四溢的红，为一个不是约定胜似约定的剔透、盈袖。

一种难以言说的美在俯仰之间悄然来临。

那是不需要语词铺垫的盛开，那红红的不是花瓣，而是心与心的交汇，心与心的并蒂啊。

那由远至今的暖黄不是颜色本身的抵达，而是一个隐喻的温婉吐露。

那是一种不是拥有的拥有。

我相信拥有是本能呼唤的潮起，但给予的涟漪才是人世间至善至美的纳新。

花心望月宫

一个张望的姿势抑或是你心思出巢的一次踏青。

你相信任何一种纯粹的朝向都是碧绿的孪生，尽管你身后密布着一道又一道的接力赛似的藩篱。

你依然以倾城之态抱守，虽然你知道美丽是留不住的山水，你火一般激情，最后倒映的不过是自己的影子；

你依然用张望蓓蕾张望，而月宫在传说的放大镜里不断地成为神秘的部分，和岁月长河的一个问号。

然，这丝毫没有动摇你那颗蔚蓝的决心。

（选自《诗歌月刊》2015 年第 11 期）

无法返回（外一章）

亚　楠

这时，黑色飓风穿透山谷。在低处，它们发出了最后通牒。但我一直迟疑的是，为何没有人能够用愤怒表达，用爱承接万物？

比如科古琴山北麓，苍凉深及骨髓，干渴的土地沉入幽暗。可不是吗？人类的掠夺已经超出大自然的极限……山林退向高处，草场变得贫瘠，河水开始断流——这一幕幕场景，令山谷哀鸣，也让我的心充满伤悲。

啊！贪婪之手为何总在一味地攫取？我想，大地所承受的悲悯，比我的想象更沉重，也比我的爱更宽阔。

可我只能面对土地，空怀一腔幽怨。我知道，人类从大自然中掠夺的，必将在时间的注视下加倍偿还。

虚　空

不断拉长的幻影折回。海浪也如此——潮涨潮落间，有海鸥的翅膀扬起飞沫。这也并不能说明什么。只是，空阔的苍穹落满尘土，废墟在暮色里呻吟，在寂静处，用一掬清泪洗去浮尘。以及寒冬所储备的清梦。

显然这已经回到从前，回到了云端和天河……有彩虹连接它们，并呈现出华彩。我浮游于雷霆之上，追随闪电把寂静掩藏。

而万山丛中，鱼化石栩栩如生。是大海的童年夭折于烈焰，黑暗呈放射状，直逼真实。所以我等待夜幕把握收留，等待另一季，星星开口说话。

（选自《作品》2015 年 10 月）

断　章（选章）

谢克强

磨　刀　石

我已注意你很久很久了。

不仅仅是凭着一块粗犷质朴的勇气，更有乐观豁达的性格，沉稳凝重的责任以及不可抑制的献身的欲望啊，你站在刀锋之上，

霍霍有声。

惊险的情节，随着滴水的歌吟，依着你的坚硬，在时间反复的磋磨与岁月来回的搏斗中依次展开，越过期待，那经历风雨和时间的锈蚀，伤痕累累又锈迹斑斑的思想在破空而至铮铮作响的呐喊与诺言徘徊悠长的怮哭里，渐渐雪亮。

磨刀石啊，面对着你，除了想给你献上一首颂歌外，我还想依偎在你袒露的胸膛上，亦如依偎我爱人袒露的胸膛，度度我到底能够忍受多少诚挚而温柔的磨砺。

认识石头

有谁注意石头呢，石头就是石头，它可能出现在我们身边，或者从我们的眼角扫过，可是，有谁注意过它呢？

确实，石头与我们的日常生活有一段距离。

是一个风雨过后的黎明，我来到江岸抢修大堤的工地，在打桩机铿锵的歌唱里，不远处，一堆普通得不能再普通的石头，结结实实地沉默着，以一种独特的存在引起我的注意。

这会儿，我骤然生出一种渴望，想走近石头，用我略嫌苍白的手抚摸它，拥抱它，并和它作一次对话。

然而，石头是缄默的，缄默不仅是语言，缄默还是一种质感呵。当石头守着自己的诺言沉默地聚在一起守在工地上默默等待，那些平时不被人们注意的硬硬的沉沉的石头，这时骤然成了一种风景，让人景仰。

我突然认识了石头。

是的，石头的力量就在于服从需要，不管放在哪里，无论是默默无私的奉献，还是粉身碎骨的牺牲，依然信守诺言，作最质朴的站立，坚定、忠贞。

（选自《伊犁晚报》2015 年 9 月 30 日）

程门之雪（外一章）

宋庆发

一盹非黄粱；一尺真白雪。

是盹太长，还是尺太短？

紧要么？不打紧。

打紧的是，程门被历史关得严严实实，被梦照得堂堂正正，被杨时、游酢二人站得道统通畅。

只是，后来之人，已无雪可立。

幸好，文化之下，礼终成至理。

映书之雪

皑皑白雪，茫茫间给大地平铺出一面明镜。

此镜，照出寒夜的清寂；此镜，照出季节的孤单；此镜，照出书生孙康的窘迫和淡定。

无苏秦之锥可握，无文党之斧可投，无车胤之萤可聚，只有属于自己的月下之雪，清介待照。

有岁月之蒲可编，有梦想之柳可辑，有音正韵切之经史可批阅，唯前无钓饵，后无鞭箠，仅心存一念：云路鹏程九万里。

再冷坚的雪，也终将柔软成现实生活中的温吞之水，一如黑甜之香，终究封不住未来世界的难眠之喙。

众煦漂山，一雪砺刃。

书生孙康，终成一本厚厚的书，任由后学者一一静静翻阅。

（选自《作品》2015年第10期）

在你的欸乃声中沉醉

何　霖

一

今天，像梦一样的追逐像水草般的温柔，我沿着文字的锈迹水乡的路途寻觅你的芳踪——南沙东涌。

是乘高铁而来，还是坐公交车而至，乃至撑疍家艇而往？

八百年沧海沙田，三百年风云雨雾，让我陶瓷般的记忆变成一滩涂、一丛草、一桨橹、一寮棚、一只鸟，将自己融化到水乡的梦里；一个水波澹澹的名字，让我从城市的喧嚣退居到田园，醉美在东涌。

骝岗山可以作证，沙鼻梁可以作证，头顶上的翻云覆雨可以作证，从珠江上游一路奔腾而来的泥沙造就了你的今生。

唐代的沧海，宋代的围垦，明代的浅滩，清代的造田，历史一步步向前推近。

那首东涌谣诠释了来历："清雍正，苏氏公，顺德碧江来耕种。沙鼻梁，围垦地，'吉祥围'旧名初开宗。"

撑艇的"水流柴"，如江里的浪花，时起时落，唱着咸水歌谣由珠三角沿岸缓缓而来，捕鱼捞虾，逐水而居。当茅寮上第一缕炊烟悄悄升起，艇与土地亲近，土地与人结缘，吉祥围成了疍家人追逐的形象。

时间在海洋的浩荡中，启动了这片土地的历史。

梦在海滩上延伸且疯长，长成了疍家人的故乡。

二

这就是雍正版的吉祥围，这就是现实版的岭南水乡。

风浪过后，一切都那么自然，一切都那么顺理成章。

鱼的味道，酒的味道，阳光的味道，咸水歌的味道，在骝岗河的舟影橹辑中流连，在吉祥围的茅寮酒肆中飘散……

邂逅东涌，在一条素朴典雅的吉祥大道上。盛世鼓韵，舟楫欸乃着东涌人群策群力、奋勇朝前的青铜雕塑；青砖黛瓦、飞檐翘角的特色建筑，东涌以一种渗透历史的岭南文化存在；绿水古巷，大叶榕、小游船、红灯笼、麻石路，多少游人迷失在风情街的景色里。

相约东涌，在一条浪漫诱人的瓜果长廊里。曾几何时，这里为海、为田、为茅寮、为庄稼，整个村庄的人，在这块田畴中流转。如今，那些葫芦、悬瓠、刀豆、狐尾藻、紫蝴蝶、老鼠瓜等植物开始爬满棚架、吐露芬芳，让好事者品头论足。珠帘，犹如吊挂在棚架上的诗句、一泻如瀑的红发，垂吊在眼前，让都市来的红男绿女充满深情，让重拾青春的恋人记忆犹新。

走进东涌，感受骑车的绿道、广场的舞蹈、疍家的歌谣、善意的微笑，以及情侣携手并肩、行进在十里骝岗画廊的曼妙。

这是水做的东涌，醉美的村庄，梦里的水乡。

三

慕名而来，在濠涌、在沙鼻梁埠头，需用水墨的眼睛看风景。

乡村生态旅游休闲景区，在大自然原生态的底色上稍加人工整饰而成。

没有尽头的水上绿道，水清人静、绿意葱茏。泛舟其中，明镜般的碧波，在船后溅起一叠叠浪花，激起一阵阵涟漪。随之，咸水歌声响起，疍家女拖沓冗长的音律让你神情轻松，充满惬意，有一种参与感的心动。

桨橹欸乃，一溜溜的乌篷船沿着凤尾竹、绕过美人蕉、穿过令人遐想的——厚德桥、安康桥、同心桥、东晖桥、邀月桥、吉祥桥，荡漾在水草萋萋、波光激滟的小河里。如同进入一个个童话般的仙境，令人激动情怀，不能自己。

顺流逆流，双桨律动在小鸟婉唱、杨柳舞蹈、芦苇摇曳的烟雨缥缈中。展眼望去，翠绿的蔗田、芬芳的野花、翩飞的蝴蝶，让摄影爱好者的快门闪烁不停。几只蹿起的飞鸟，撩起一缕缕轻盈的阳光，留下一身斑斓的光影。

吱吱呀呀的摇橹声，一些景致进来，一些景致离去。水草中，两只小鸭子在母亲的带领下，追逐着草丛中的虫子；埠头上，一位穿着薯莨布的村姑正在洗衣服，她的小孩也在帮忙拧水；堤岸边，两头水牛嬉戏，激起的波浪摇晃着船舷；小船上，头戴虾罟帽的疍家大嫂，在游客的提议下，即兴演唱咸水歌，每字每句都演绎着东涌的过去、现在和未来……

一幅和谐的水墨画，河流、水牛、鸭子、小船，都来添彩。

东涌开始沉醉，在蜿蜒曲回的小河，在桨橹律动的欸乃声中。

（选自《散文诗世界》2015 年第 11 期）

月光的琴弦（外一章）

庄伟杰

云朵勾出记忆。但那泓月光似乎流淌在记忆之外。

太久太长的遥望，日子也会生锈。

在月升的夜晚，月光常常被云翳遮蔽。抬眼四望，心的容器，空空如也浩茫。

终不见嫦娥的舞姿艳影，为你擦拭斑驳的忧郁。

徘徊于张若虚的春江花月夜，看唐朝的月光，潮水般漫涨。然后驾着月亮船，驶入王维的幽篁里，再转个弯窥探李白空房子的床前，朦胧中闻到沾满酒仙味的月光，似乎满怀愁绪地向你涌来。

梦在梦想中。最先的梦，不叫梦想，而是一泓月光，在眼眸中流动，在骨头里穿梭往来。

当梦把外延和内涵无限度扩展。想象着诗仙驾着一叶扁舟，把自身解放，投向天地间自由的怀抱中。

于是，你学会儿坐在船头，把愁绪撕成无数碎片，撒满江湖。

此刻，一阵琴声从远处飘来。哦，那是王维的《秋夜曲》，还是肖邦的《夜曲》？

携带流动的节拍。拍动着你的胸口，也拍响心之堤岸。

循着月光的乐声，凝神。侧耳。聆听——

一些音色像云霭，浓浓淡淡，忽飘忽舞；

有些音符像幽径，平平仄仄，或长或短。

哟，月光流泻之下，滑翔的回声，四处播撒。

置身于星月之夜的你，内心的隐秘找到流淌的河床；遥看天空漫无边际，仿佛灵光洞穿。

静夜多好。学会倾听。满天星月，似梦似醒。是谁手挥五弦，拨弄月光的琴键，把夜弹响？

即　将

即将从一座城市转移到另一座城市。
明天，又将是另一番光景。
很在乎此刻。在乎此刻有一朵身影，出现——
在依依不舍中。手挥五弦，目送归鸿。
然后，唱一支熟悉的歌谣，只为聆听另一个声音的呼应。
让远与近合唱。或让远的变得亲近，让近的变得深远。
一步一回首。一回首像穿越千年的期待。

我思，故我在。我在不断探询，你却缄默不语。
明天，即将登程，即将漂泊在另一片星空下。
今夜多想走向你，多想敞开心扉，敞开久已封锁的歌喉。
以诗以酒助兴。让歌声像传奇。
洞穿记忆，乍现灵光。唤醒一粒粒字符。
存录离别的脚步，以及夜的喘息。
一页迷离感伤，一页浸透喜悦。

（选自《诗歌月刊》2015 年 10 月）

站前路（外一章）

一　舟

桂花飘香，熙熙攘攘的站前路。

低头走着，背着包，刚下车的我。

"大哥，请问，火车站在哪?"

甜得醉人的声音。抬头，一个美得令你神不守舍的年轻女子立在面前。

愣了下神，我笑着指下左后方，叫她抬头看见车站顶上的大钟，告诉她：一拐弯就到。

一声谢谢和着纯真的甜津津的笑靥，她拉着箱子走向车站。

望着她的背影在桂花的氤氲中飘远，我的心有一种莫名的感动。

是因了她纯净的美丽？或是因为她那一声"大哥"？还是因为给人指路的成就感？

我背着不轻的包，在站前路拐角处，徘徊了很久。还想逢一个问路的女孩，在桂香中飘来飘远。

我想去见你

我想去见你，带一枝含苞的玫瑰。去看你茉莉的盛开。让两个颜色相互映衬，让两缕芬芳纠缠在一起。

我想去见你，带着灵魂和肉体。我要用全身心爱你。

我想去见你，我们只是两棵树的距离。再生长一寸，我们的手就牵在一起。

我想去见你，让泪珠打湿你的笑靥，让微笑接住你的泪雨。看，微笑和微笑连绵成山脉了。

泪光和泪光熠熠成星群了。

我想去见你，我们之间阻隔着一层冰封的窗户纸。一个热吻便足以融释那千年的寒意。

我想，真的想去看你！

可是，我的根无法从泥土里拔起，我的时针，和你差着一个世纪。

（选自《散文诗人》2015 年第 42 期）

心歌，唱给大禹渡（外三章）

红 筱

一

都说黄河水，一碗水里有半碗泥。可这泥，却是最具有魅力的黏合剂。

目光，若是被吸引，脚步自然而然地慢了下来；情感，就会停泊在最心怡的港湾。

二

脸颊，紧贴着龙头神柏。一起迎接，那晨曦里第一缕阳光的抚慰；一起聆听，在晨风中播放的大禹故事。

曲曲弯弯的河水，仿佛停止了流动。裸露的河床，和一道道忽隐忽现的溪流，这深深浅浅、或明晰或朦胧的色调，就算是最高超的画家，也无法描摹出，如此这般的韵味和景致。

当一丝游风吹过，朵朵白云下的庄稼，轻声唱和——

青青的麦苗；金黄的瓜果；红了高粱；绿了荷塘……

是大禹重新定义了生命的色彩，是禹帝重新赋予了：这春播、夏长、秋收、冬藏的生命律动，人世间的喜庆与张扬。

三

河水，拼尽了全力地向上、向上。它们，从河谷一直攀爬到了高坡，登上了峰顶。变成了乳汁、甘霖，最后历练成了：圣水。

圣水淋漓下的果园，桃红梨白，杏黄梅紫，瓜甜李脆，硕果累累……

圣水浇灌的菜园，芝麻开花，花椒舞蹈，青葱的菜苗，喜上了眉梢……

圣水滋润透了的花海，春芍夏兰秋菊冬梅，灵动美艳；熏衣草，花气袭人；棋盘花，朵朵向阳节节高；牡丹，花开富贵国色天骄……

花仙子挥动着魔术棒，人们辛勤地耕耘。四季，跟随着他们的脚步转动，变化着色彩。蜂舞蝶恋，鹤跃欢歌，天鹅们驻足停留，凤凰来仪。

圣水，洒向了人们的心田，一张张阳光般的笑脸，绽放，绽放。

四

一抹泥黄，既是不占空间的隔墙，也是很好的保护色。

在这朦胧的，迷人的河水里畅游，是自由的，安全的。不用担心走光，也不必害怕拥挤。

真的好想做一尾黄河鲤鱼。

憧憬着，想象着：一直奋力向东、向东划进，就可以投入大海的怀抱里。与天高、与地齐，化作鲲鹏展翅翱翔；

黄河里也有惊涛骇浪。可是当你跃过了龙门，就可以一日千里，快快长大，成为了一条可以腾云驾雾的蛟龙。上天揽胜，下海探奇，造福苍生；

即使不幸搁浅于河床，也可以像美人鱼那样，与乘着气垫船到来的游人一起舞蹈、一起歌唱。还可以和孩子们一起在水草间嬉戏、运动、讲故事；

最大的不幸莫过于被渔网网住了，成为了鱼宴上的一道菜肴。只要是能听到品尝者的一声赞叹：好味！那也是咱鱼儿生命价值的体现，满心的欢喜。

（选自《散文诗世界》2015 年第 8 期）

祖山神韵之遐想

一

六月的人祖山，满山满野的青葱。

绽放于眼前的翠绿，不断地延伸拓展、延伸拓展……

迈着欣喜的步伐，不停地向前、向前。翻过了一道梁又一道梁，爬上了一个坡又一个坡，健步登上了162级的石阶，毅然挺立在北斗七星阵上，极目远眺。

您，就在我的眼前，深情地、深情地凝望着远方。一双饱含泉涌激情的巨眸，一张微微翕开的大嘴，似乎有很多、很多的情怀要表白；有许多、许多的故事想要述说。

天边，飘来一朵祥云。瞬间长成了翅膀，与您一起在天地中翱翔。

高庙之上，龙在飞，凤在舞。

龙，把青山裁为衣衫，用白云来作纺线，缝制出了锦绣龙袍，披挂在身上。真真的是：一座座青山紧相连，一片片白云绕心田哪！

鸟，拖着参差的尾翼，在空中划出一道道凄美的弧线，向着密林的最深处，飞去。当它们再度飞回来时，已然涅槃成五彩斑斓的凤凰，舞动着最绚丽的民族风采。

龙，铮铮钢筋铁骨，豪气冲天，腾云驾雾，济世祈福；

凤，歌舞田园，播种春光，收获幸福，收获平安！

二

六月里的人祖山，山风清爽。

倚着一棵白皮松遐想，任凭思绪在那长长的、曲曲弯弯的战壕中，自由徜徉。

山风中，吹拂着先辈们的味道。

是您吗？亲爱的母亲，在那抗日烽火燃烧的日子，您穿越这郁郁葱葱的吕梁山脉，奔赴抗日中心——延安。

是的，真的是您。这白皮松至今还能感觉到，您触摸过的温度；这茂密的林中小路，还能听得见，您轻轻走过的脚步声。

战壕里，弥漫着一丝淡淡的烟草味道。有点呛人，但很亲切，很熟悉。

对的，就是这个味道：是咱自家出产的土烟的味道；是咱中华儿女不屈不挠、足以战胜侵略者的味道；是自强不息，永远捍卫尊严的味道。

人祖山上，用一块块石头筑就的碉堡与战壕，已经昂然耸立了千百年。

它们将继续耸立千百年。为了记录：下一次血的洗礼之艰辛与辉煌；为了永远见证：中华民族珍爱和平、追求幸福生活之坚定信念与情深意长。

三

凌霄花，怒放！

花，盛开在农家小院。

围墙、栏杆、屋顶、窗边，庭院里满处攀爬，随性播撒着温馨与甜蜜。

花，盛开在河岸边。

船哥哥撑杆打下来一束束，带回家送给俺媳妇。花，晾干了，沏出一壶香茶。俺船哥哥喝了，定会百尺竿头，更上层楼、更上层楼。

花，开在了悬崖、开在了泉水溪流边。

香气随流水飘逸，乐坏了水里的鱼虾、湿地里的青蛙。小乌龟捧着满满的花瓣，献给龟妈妈：祝她长命百岁、再百岁。

花，开在了田间地头。

这里没有富贵荣华可以高攀，没有清流时尚可以沾光。可能让劳作的农人看见了开心，让走过的路人闻得到芬芳，花儿在尽情地绽放。

上学的娃娃经过，采摘下一大把把。献给了老师，插在了教室里，溢满了清香。

在一条才刚铺好的水泥路上，留下了一串脚印。六月的骄阳，立马就把它们牢牢地刻在了路面。这串脚印，比猫的要大；比虎的要小。

哦！是你吗？爱美的花豹姑娘！你是要采摘这凌霄花，做成美丽的花冠么？

凌霄花，守护所有生灵的吉祥之花。

凌霄花，在人祖山上，怒放！

岭南水乡情调

1

水无色，却能展现无穷魅力。

莲荷栽于盆中；种在水缸里；养在池塘边；挂在船篷上……水色便顿时鲜活起来。

2

一尾一尾，好多好多尾，多到数不过来的锦鲤，像花团锦簇，在水中绽放；也许，它们更像是一支支利箭，射向了心房。万箭穿心哪！

心，被射穿了。开出的心花，怒放！

3

植物长廊上，垂挂着千千万万的瓜果。它们，从青到紫，由绿转黄，追随着四季的节拍，不断地变换着色彩；它们，紧跟着人们兴高采烈的脚步和心跳，摇摆着，飘逸着，一起尽情地舞蹈。

苦瓜不苦，它们已然没有了苦恼。它们开怀大笑，笑开了花，笑成了：一朵朵红彤彤的奇葩。

4

水中画，无论是鲜艳浓烈，还是淡雅清幽，随性挥洒。

一座座站立于水上的小木屋，水边的楼宇、栏杆、小桥，道不尽的柳绿鹅黄；

一艘艘竹篷船，竹几、竹椅、竹碗、竹筷子，花香、果香、茶香，在欢声笑语中飘荡；

新楼雅居、古宅阡陌、蔗林果园、雨打芭蕉，风情街、农家乐、古炮楼、大戏台，水车、风柜、石碾、雕像……

5

亲情、友谊、习俗，往来于水中熙熙攘攘，满载着疍家人迎新的喧闹与欢乐，装满了岭南水乡丰收的喜庆与自豪。

无论是锅耳墙的青灰，还是新娘穿戴的靓丽，历史的凝重与现实的欢愉，情与色，跌落于水中，交织在一起，调出了最为独特的：岭南水乡情调。

爱

1

爱，是一种能力。

当你弱小时，爱是一种学习，一种吸收。学会了宽容，学会了恭迎，敞开你的心扉，吸纳爱的光谱。慢慢地由弱变强，由小变大，由贫变富，远离嫉妒与邪恶，融入爱的光影中。

当你强大了，爱是一种给予，是一种付出。领会慷慨，品悟善良，珍惜生命，同情弱者，慢慢地觉悟和体验"施"比"受"更快乐，就会感觉心中充满了爱的能量。

2

爱，是一种担当。

为人之父，要教会儿女：做人必须坚强勇敢，要拥有强大的内心力量；为人之母，要为儿女做好不怕困难、战胜困难，敢作敢为之榜样。一举手、一投足，一一示范。

勇敢和内心强大，不是为了争强好胜，打败别人。而是能不断地战胜自我，战胜心魔。就像小狮子问狮王"为何不和疯狗较量"的结果那样。

当父母老了，作儿女的责任，是要让他们过着：自己想要的、有属于自我空间的、快乐的生活。就像放风筝那样：该放手时放手，该拉扯时拉扯，让其适度地飞翔。

3

爱，是一种修炼。

善念，是爱的根基。品行修为，皆从向善开始。善待自己，善待家人朋友，善待全人类，善待你所能及之天地万物。

一花一草一木，皆有灵性；一沙一石一土，皆为造化。风花雪月，懂得欣赏；鸟儿鸣唱，能耐心倾听；朽木破衣，当物尽其用。黛玉惜花，宝玉多情，宝钗务实，皆为爱之修炼。

学会尊重，学会感恩，学会珍惜，学会礼让。就算是面对强敌或弱势，也能持一颗平等仁慈之心；哪怕是位极权贵或是深陷囹圄，都要心存敬畏，都要心胸豁达宽容。

4

爱，是一种智慧。

世间万物皆为思；世态炎凉皆为感。爱，是最大的人生智慧。

舍弃阴暗，投向光明；舍弃污浊，迎来洁净；舍弃贪痴，赢得善美；放弃虚伪，才会拥有真情；放下负累、忘掉名利，才能让心飞翔。

对与错、爱与恨，都是相对的，只有舍得是绝对的。爱之舍得，更是如此。

（选自《散文诗人》2015 年第 42 期）

夏日的乐章

萧　风

立　夏

从春到夏，其实仅隔一朵花的距离。

不是么？

油菜花刚刚卸下金灿灿的头饰，告别春天流光溢彩的舞台，漫山遍野的杜鹃花便纷纷放开歌喉，唱红了《夏之声》激越而欢畅的旋律……

紧跟着——

雪白的栀子花怯怯地开了，火红的石榴花灿灿地笑了，竹篱上爬满牵牛花淡紫色的梦了……

就连少男少女们甜蜜的心事，也与夜来香一起悄悄绽放了。

哦，这孕育了花朵孕育了果实的土地，也孕育着爱情孕育着希望。

正如爱情不一定都在春天里发芽，你能说只有春天才是开花的季节么？

春夏之交，正是万物孕育的时节。

积蓄了整整一个春天的灵秀之气，这时已酿成一种磅礴之势，一种茁壮之美，在原野上奔突，在天地间升腾。

冬小麦开始扬花灌浆了，

油菜荚开始日渐饱满了，

樱桃果开始由青变红了，

桑树叶开始肆意疯长了，

蚕花姑娘的梦也开始日夜涨潮了……

一切都在躁动，一切都在酝酿，一切都在拔节，一切都在滋长，一切的一切呀，都走在通向成熟和收获的路上……

初夏的江南，到处弥漫着生命律动的呐喊。

这来自泥土的声音，那么亲切，那么动人，如守望麦田的父亲，轻轻地唤着我泥土味的乳名，使我青涩的诗行激动得泪流满面……

小满

小满，是通往成熟的驿站。

这时节——

麦穗儿灌满了雪白的乳汁，

豌豆荚装满了翠绿的珍珠，

枇杷树挂满了金黄的喜悦，

桑葚果储满了紫色的甜蜜，

连芦笋青青的池塘里，也溢满了"小荷才露尖尖角"的诗情……

橹声蚕歌里的江南哟，

更加风情万种，更加楚楚动人了！

"小满三日望麦黄。"

麦子是大地上最亲切的植物。

站在郊外的麦田里，我扎根成一颗芒刺如针的麦子，开始在五月的暖风中灌浆。

阳光一束一束深入麦子体内，深入我的灵魂。

一种温暖从芒尖直抵心底！

让那些日渐饱满的诗句，也激动地双眼盈满泪水……

不知为何，此时此刻，我忽然思念起故乡的麦田，思念起麦子般朴素而亲切的母亲……

（选自《北海日报·散文诗百家》2015 年 6 月 11 日）

爱在天地间（组章）

晓　弦

考古一个村庄

考古学家像个仙人，在村庄龟裂的大晒场运足气，借古道热肠的线装书的浩浩乎洋洋乎，说这是一个贵妃一样典藏的城池。

像在默写村庄的天文地理，他在村庄仅存的一面灰色土墙上，用炭笔一一记下：道路，城墙，楼台，学宫，府衙，道署，寺庙，水塘，沟渠，牌坊，古树，闸前岗，府前大街，田螺岭巷，花园塘巷。

他像熟练的甜点师，将芝麻葱花疏落有致地撒在烧饼上。

他还记下村庄的胡须，眉毛，嘴巴，鼻梁，额头，青春痘，美人痣，记下男人醉生梦死的花翎的官衔，和欲望喜悦的红荷包。

一百年前，三百年前，五百年前……他把这张烧饼烤得焦黄诱人。

他说一千年前，小村是位香喷喷馥郁郁的处子，眼神清澈，肌肤水滑，丰乳肥臀，腰如丁香；

他是岁月的间谍和时间的特务，他现身村口，就带来一出精彩的谍战戏，令用心者感叹，用眼者唏嘘，用情者春心萌动。

（选自《作家报》2015 年 5 月 1 日第 48 期）

爱在天地间

认定了这座大山是爱的归宿，自天际垂下的粉色的拯救之路，像披了云霓的挽联，需要一步三磕，才能读懂月亮的心经；

认定了这座大山是羞于交媾的欢喜佛，是密宗的自由极地，是高耸于天际的爱之无字碑；

这是一场痛苦而漫长的朝拜，在时间的天平上，影子注入影子，步履叠加步履；

一座大山，一对男女，像梁祝遇到着火的春天，化蝶是必然的归宿，在翻越三千多级血染的台阶后，将爱之蟒，牵进一个哥德式的地堡，那深深的冬眠里。

此刻倘有雷霆，必是为爱加冕；此刻如有暴雨，必为忠贞的青蛇显形。

爱太软，盘踞在针芒的一滴玉露，得了真经，然后滴水石穿于古老的时光岩，滴出一条蛇蜕样虚拟的天路；

而灵动的瀑布，鼓动一场埋伏万年的纵横捭阖的突围，以兑现一宵千金的承诺。

（选自《上海诗人》2015 年第 5 期）

养蜂者说

阳光用灵动的指尖，弹奏一间钢琴般的精致小屋。

尽是诗，尽是爱，尽是醉，尽是娇与憨，尽是蝉翼般闪烁的光影；

四周，是嘤嘤嗡嗡的吟诵，隐隐听见："诗，摩擦音，心灵的通道。"

那些忙碌的蜜蜂，在不停的炫舞中寻觅花的精华，在安静的栖息里吮吸爱的琼浆。她们小小的内心，蛰伏一百个野性的春天。

流韵的蜂语，书法狂草般，陶醉于铺天盖地的花潮。

额顶上的太阳，把屋顶湖蓝色的电池板，认作浪漫的琴键——远方被蜜蜂群缓缓抬高彤云的风景，是琴键里喷薄而出的如蜜的光阴。

这间神奇小屋，像时间温婉的公主，有光洁的面庞和动人的身姿。幽蓝的皮肤下，藏匿着如火如荼的情欲。有人从她的唇边，不停地拿走花蜜，和她乳峰上灯塔一样的爱情……但她肯定不是生活的中心，就像屋顶的十字天线，和上帝的位置，稍稍有些偏离。然她弧形的屋面下，豢养着 220 伏特的爱情。

浸淫于浩瀚的花事，像太阳前世今生的情人，接受阳光永远的爱抚。

那盏盏桃花灯，像爱情密钥，一旦被养蜂人訇然打开，那姹紫嫣红，那缤纷绚烂，都化作瓣瓣馥郁的桃花梦。

还有桃花云，还有桃花潭和桃花醉，生命的每一个驿站，都洒满成簇成团的花粉。

而现在，年轻的养蜂人毅然将这间小屋，请上太阳能大篷车。

只因春天的又一场情事，在远方恣意地铺展——那是太阳在吭哧吭哧的奔跑中，呻吟出带电的秘密。

（选自《青岛文学》2015 年第 10 期）

诗 意 绿 廊

冷先桥

整整三公里，如同一道绿色的音阶，奏出东涌水乡古朴的唱腔，个中美妙，难以言说。

人在绿色的长廊中穿行，虽然是盛夏天气，更兼天空艳阳高照，人在绿廊中却可享受这浓浓绿色植株覆盖下的阴凉。头顶垂下一串串，一个个丝瓜、蒲瓜、水瓜、老鼠瓜、葫芦瓜、刀豆、西番莲……自然而然地散发各自的香气，仿似一股电流传送到都市枯竭的梦里！若隐若现地抒写着美丽的绿意盎然的心情。

三五对恋人，牵手，抱拥，演绎夏天火热的激情。内心渴望与道旁的每一棵植株携手，一起陶醉，或者在五彩斑斓的夜晚，用瑟瑟的秋风，涂抹荣枯，疼痛与幸福，一遍遍回味孩提时快乐时光，一点点复原青葱生命中的温暖，梦回春天的花期。回味着生命里的过往，其实在岁月折长河，曾有多少过客不也如一道背影，抑或有的连零点记忆也无。

在浓浓的绿阴下，想想曾经走过的路，淡若轻痕，我们总是流连于人生各处灯火的笼罩，而岁月却总是流露出生命短暂的章节，仿如桂花的清香淡然飘过，人世多数欢笑极易散落！记得曾有一位禅师说，俗世中我们有如沙砾，唯愿众善以沙砾整日的摩擦心境，一次次观照自己的内心，一次次擦拭迷离的眼睛！最后随着人世间凛冽秋风，清扫四下曾遗忘的角落，即便曾有过尘土穿梭，即便有过些许感悟与释怀，那不过如轻痕，不过如轻缓歌声，漂泊长久过后，只留下一大片坦荡安然景致！

氤氲炎热的夏天，我们随性地走在东涌绿廊上。路旁缀满了各种藤蔓植株，细碎的花躲在绿色的叶片下，幽雅释放着润滑的馨香。让人不禁联想到乡下可口的桂花糖，还有那老糕点师世代相传的绝活酥软的桂花糕。香甜的滋味夹杂着儿时的记忆，瞬间跌入无忧无虑的记忆巷口，仿佛那里时刻都逗留一个卖货郎在那里。果香花香四溢的涌现挑动着心扉。绿廊似乎带有神秘的魔力，每个人都抵挡不了它的诱惑。似乎有从每一片绿叶缝里传来优美的一首首清新的小曲子，以便使五线谱般笔直且一成不变的生活多一些令人惊喜的曲线。

（选自《散文诗人》2015 年第 42 期）

给木棉花的颂辞（外三章）

成　春

我的灵魂，在每一朵木棉花上燃烧和绽放。

南国充沛的雨露阳光，使你青春昂扬。在宽阔的马路上，在狭窄小巷里，在幽静的庭院中，都有你激情燃烧的青春。木棉花，你高瞻远瞩的目光，在万千花朵之上。你的笑脸，焚烧所有的黯然！

俯看那如网的道路和如织的人流，也仰望那太阳之下的蓝天。

结实的花托，硕大的花朵，不褪色、不萎靡，多具阳刚之美，木棉花，你犹如一个热血男子汉！五片厚实强劲的花瓣，使我想起那紧紧相扣的五环；你那血染的风采，也让我记住火的光明与温暖。百花都有我梦想的色彩，而你让我看到"血性"的光芒。我不知道别人如何解读你的花语，但我觉得，人，就应该像你一样：有燃烧的血液，有燃烧的情感！

木棉花，你用自己的热血，点燃阴雨的三月，描绘人们仰望的红色梦幻。

而我，却让自己的所有，深入脚踏的大地，和你生死相望。

哈达的语言

拜向大江之源，雪山之巅，哈达是一种庄重而又浪漫的语言。

凝聚万千美丽，浓缩万千企盼。一条轻飘飘的哈达，一份沉甸甸的情感。呵，那洁白的哈达，那五彩的哈达，那在向天地挥手的哈达，是一种连接天上人间、跨越生死之界的语言。

你说要把地上所有的花朵织成一条哈达，献给亲爱的母亲；你说要把天上所有的白云织成一条哈达，献给心爱的情郎。

那条从千里之外带回哈达，时常在我眼前幻化成一双真诚的眼睛，一张热情的笑脸。呵，美丽的藏族姑娘，你是千万条哈达的化身，在火热的南国，始终给我雪域的清凉。

羞　涩

洁白的腰带，束不住万山春光.

你的羞涩，是因为心中的秘密，还是因为眼前无数陌生而热辣的目光？

此刻沉默的长鼓，涨满多少憧憬和渴望！有时一种邂逅的目光，会使人穷尽一生的企盼。

表情是一种来自心灵深处的语言，也许你能阅读，也许你只能想象。羞涩的微笑，有如手中沉默的长鼓，何止万语千言。

曾经多少风吹雨打，曾经多少冰冻霜寒，长满含羞草的大山，青春之花总羞答答地开放。

一针一线

那一天，是你用目光划动了我心海的波浪。

那一夜，是你用歌声唱出了我心中的太阳。

从此，彩蝶总在我心中翩跹，夜莺总在我梦中歌唱。

秋风起，心上的人儿，远方是否寒凉？

我要绣出心中的花儿，让她微笑在你的梦乡；我要绣出心中的爱恋，让她温暖你的异乡。

我的针是沉默的誓言，我的线是温柔的牵挂。

你把线的一头牵去千里万里，线的这一头，锋利的针，时时扎疼妹妹的渴望……

（选自《诗歌月刊》2015 年 10 月）

未着彩的祈祷书（组章）

李俊功

三 字 令

如此繁复的世界，需要超现实的简单：
一场自我的斗争，以它所体现的一贯努力，晴空拨云。
自佩铜鉴。
避开张大的虎口陷阱。——突然回过神来！

你是一个人的极其寂静！
执着于沉默的表达。

审视于我的眼前事物，未可见的事物，神灵，佩戴着正面的眼镜，热泪，寒光，星辰，某种焊接，仿佛云烟供养，山水道场。
从习焉不察的纷乱日常中，带出穿越隧道的快行列车。
"必须说服自我。"（安德烈·纪德语）
耳畔素歌不绝回响。
连同真水、本质，一卷复一卷阅不尽的春光。

多么自然的取向：

道德经。
必是我心中永远的
三字令！

有

使命般站立，眺望往昔和前程，如同眺望远天和大地。
神思飘飞，即疆场。
你手摘星辰，寒夜散尽，打开漆黑紧锁的关隘。

没有任何是可以隐藏的。行有所见，言有所见：一切皆是。
我为之前暗生的小小技巧，向诚恳的生活道歉。我为之前讨好虚荣，滋长的自私和愚昧，历经忏悔，剑指罪过。
拨开风霜荆棘，自觉和道路一端等候的痛苦或者磨难会面。

谁能躲藏过一双眼睛的审视？谁能逃避过一颗心的追问？

众神并非远离。我在双肩建筑神殿。
天有眼：昼之日，夜之月；
照耀所有生命的透明。
地有影：你的良知，你的言行。
仿佛直立的求证，仿佛
跟随着的笔墨，书写的一条条无声规劝。

关 不 住

它们四处流窜，驾着瘟疫的大飞机，和蚊蝇的自我陶醉曲，碰撞着温柔的眼睛，斑斓的外衣，抱紧了那些散步的人，体弱多病的人，没心没肺的人。
关不住，麻烦就大了，
一群群野兽，乘着白日和不经意窜出来。
我被强行占有：我并不爱它们。

流着血，地上的猩红色，掺和着破损的零件，失败一次次散落。
一粒，或者几粒药片的失效期。

等同于粗暴的丢弃！

别企望多次碰见它们，赤脚踩着玻璃碴的破碎，吱吱的摩擦，就像骨头的相互击打。

秩序的窗户上狂擂的拳痕。一所盛满恐惧的房屋，四壁透风的窗框，幻变的肋骨，仿佛缺心眼的流浪者。

关不住的人和关不住的身体，以及关不住其间滋生的黑暗，这些突然间有意或者无意放出野兽的人群，我看见他们面目无色，引火烧身，交出阵地和枪械撤离自己。

现在，我捆紧全身刀锋，像紧紧关闭那扇驯养野兽的大门。

一把锁的梦境，锁着它们永远地酣睡。

（选自《奔流》2015 年 5 期）

梦回吹角连营（节选）

堆　雪

英　雄

英雄身披夜色，从黎明站起，看到这个世界最大的日出。

英雄是在黄昏时分倒下的。他倒下时，被鲜血浸染成火焰的晚霞招展成一面面猎猎战旗。

英雄，就是在那一面面战旗的拂动中，缓缓倒下的。

由于有火焰和风的托举，英雄倒下的瞬间，比我们想象的要慢要轻。

英雄倒下的瞬间，像是一个信念的突然失重。

是的，英雄倒下的过程很慢。英雄是不容易就那么快地倒下的。

英雄倒下之后，我们看见一片沉静的淡蓝色山脉，逐渐自远处的地平线，缓缓隆起。那山脉在抵达我们仰视的高度时，才停止生长。

我相信，英雄躺下的地方，那些山的海拔会被重新测量。山中草木，也会在沃血后迎风疯长。

英雄身中数弹，他献出的热血，就是我们看到的花溪。

在石头和乱草中，英雄最后一次抬头，目睹了这个人类的浩瀚星空。

作为一种精神，英雄不死。

当他的意志，挺过最漫长黑暗的夜晚，最终成为一个时代最动人心魄的情景：

他身披夜的风衣，从黎明慢慢站起。

他眼中的日出，要比我们现在看到的，大好几倍。

硬　伤

我确信，每一名军人心里，都有一块硬伤。

那是足以致命的硬伤。就像，至死都无法弯曲的信仰。

身为军人，总能碰到命运里的那道硬杠杠。就像，针尖碰上麦芒，铁碰到钢。

就像寒冷的哨位上，每次抬头，都能看见超级月亮。

就像枪声大作的射击场，子弹脱靶，留在心空的回响。

就像当你爬过滴着烈焰的铁丝网，眼前兀立起一堵墙。

就像弹片旋转着钻进肉里。刀剑冷飕飕地，架在脖子上。

就像弹尽粮绝，还要咬紧牙冠，赤膊上阵。

当鲜血停止喷涌，当呼吸渐次平复，当滚烫的伤口开始结痂，当身体里的那根软肋，在疼痛中愈来愈硬。

我们，以接受伤痕的方式，接受现实。以接受荣誉的方式，接受死亡。

记住硬伤，记住柔软生命与世俗现实的僵持和对抗。

记住：我们用血肉收藏的那块，摸起来极像头骨的奖章。

（选自《西北军事文学》2015 年第 1 期）

遇到章鱼（外一章）

灵　焚

究竟有多少的家庭，都成了一座座被人废弃的水族馆？为什么这里的夜晚总与萩原朔太朗的"章鱼"相遇？

蛛网在厨房贴满封条，灶台早已锈迹斑斑。

一条饥饿的章鱼把雪白的秀腿伸向窗外，以夜色佐餐。

一种单一的饥饿顺着下水管道，向整个城市的每一家、每一户私奔。

饥饿在传染。

当每一家章鱼都在各自的水槽深处升起炊烟。管道里饥饿奔跑，饥饿连成一片，直到夜晚在声音的汪洋中打着饱嗝。

空虚的城市，从辗转反侧到骚动不安。

单一的饥饿从手脚开始自我吞咽，然后是躯体，饱满的双乳，妩媚的五官，直到把凝脂堆砌的胴体，月光柔婉的丽质饕餮殆尽……

把自己吞噬得无影无踪的章鱼，每晚还趴在华灯万里的夜幕上。

蜘　蛛

今宵酒醒何处？此时，一群身体肥硕、四肢却骨瘦如柴的蜘蛛，正陆陆续续爬出夜总会、酒吧、丰乳肥臀的按摩房。

月色正好，霓虹灯在身后逐渐昏暗。

河床正在龟裂。等不到杨柳岸，蜘蛛们已经筋疲力竭，就地伸出毛茸茸的四肢收集露水，补给一夜之间彻底干枯的河流。

晓风习习，却听不到水声回响。

此时，花瓣与花香不再有甘霖相濡以沫，空气喘息，雾霾弥漫。

（选自《作品》2015 年第 10 期）

你说你要带我去月河

王素峰（中国台湾）

你曾说你要带我去月河
去走江南水乡
去找灵犀相伴

你是说你要带我去月河
去洗凡尘铅华
去作生生世世梦里人

你甚至说你要带我去月河
去赋彩笺尺素
去说相思无尽处

说什么乌镇、南浔、西塘，月河也是。说什么小桥、流水、人家，月河都是。说什么清丽、婉约、素朴，月河就是。说什么浪漫、风雅、轻狂，月河可能又是……

月河啊！月河？

净说那人间相逢一世稀，可都是朝朝暮暮枕河居啊，枕河居？

都说那死生契阔两相悦，可就是吴侬软语情难绝啊，情难绝？

甫说那尘缘未了长相知，可还是五百年后都是诗啊，都是诗？

你可认真地说你好想带我去月河
去那云影相投的波心
去揣测徐志摩的踪影

你也郑重地说你真想带我去月河
去那远远的那头
去想象余光中那窄窄的乡愁

你更严肃地说你就是想带我去月河
去那青石的街道向晚
去感受郑愁予的窗扉紧掩

说什么明清旧府，说什么嘉兴古厝；说什么三河三街，说什么朝东最乐；
说什么廊棚秀帷，说什么缕雕砌铸；说什么柳丝轻扬，说什么青瓦白墙；说
什么繁华街巷，说什么朴雅长住啊…
月河啊！月河？
就那环河如月、曲水阶跻，就那燕儿比翼，是那莫泊桑的月光就决定不
缺席？
就那灯火荧荧、墨檐飞起，就那叠声细语，是那莫扎特的小夜曲都不甘
寞寂？
就那日照天蓝、云空荡漾，就那俪影双双，是那莫奈的印象也会相信情
意长？

你这会儿说你要带我去月河
去那情人的梦乡
去预约牵手的云裳

你又说你要带我去月河
去那月老的家乡
去预约牵手的婚堂

你终究还说你要带我去月河
去那诗人的原乡
去预约牵手的牌坊……

（选自《星星·散文诗》2015 年 7 月）

沽河之秋（外二章）

栾承舟

秋风起兮，烟笼碧水。一百种鸟，展翅如云一样自由。

茂林水网之间，植被遍地蓬勃。

而绿野水剧场里壁灯幽幽，管弦低鸣，一缕若无若有的琴泉之音，氤氲着雪样年华。

盛世芙蓉，甜美的大沽河之秋，滨水绿地，一株天竺葵，爱情之花，绽放她的歌声。

梦的闪现：时光、年份消失，生态小屋，那样一种存在，那样一种观念，雪白或碧青的，审美，就是激情，就是久违的，返璞归真，已经开花了啊！

与鸟同乐，所有的心，飞上蓝天。

湿地岛多彩多姿。他树枝上的那一只五彩鸟儿，正在经历云中听风的景致。

黄　昏

刀刃一样锋利的呼唤，源于一只迷途的羔羊。

农家宴小酒馆里，心之劳累，旅途风霜，在燃烧。那细细的冷，已化为乌有。

土地被掠夺。所有梦想，如若羊的悲剧，长过百年。

站在半岛最宽容的河流一隅，鸟的啼鸣，虫的啾啾，如空谷滴水；入夜，火是乡村神性的舞蹈，像人的弥望，轻盈和行走；像祝英台幻化而出的蝶，她的火焰，将把暮秋的冰凉和苍绿打扫干净。

有着体温和手泽的炊烟，走过迷雾、月光之后，看见了枝头之上的翠鸟鹭鸶，

一丝一毫也没有变老……

走过午夜

这时，时光轻轻响了。谁的眼睛，亮出一片柔情，汪着诸多的内容？

一束月光，端着自己的杯子，在走。

今夜，小街接受了大量的静，工厂的喧嚣被风偷走。物质的生产，真的与黑同在了，不再发出干渴的声音。

市声，轻薄如一张纸，是谁在写，最为真实的内容？

我的目光，端着一杯梦呓，在今夜，能够喝到自己的水吗？

黑的火焰，翩翩落着。

一次接一次，从鲜花开放的声音中昂起头来，黑风恶风啊，为了什么，竟要扑灭人间，比血还要纯净的，最后一盏灯火？

（选自《诗刊》2015 年 2 月）

你在那儿（选章）

黄金明

1

我在走向你之前仅听说过你。那些目睹你的人已被加冕，那些触及你的人已获不朽。你使用的语言太简单而无人听懂。唉，但愿我爱你，而我早已丧失爱的能力。那些通向你的道路像鸟飞过的天空，像一场雨有无数把绳梯而在顷刻间破碎。同一块土地，生长着不同的树木、庄稼和杂草。你的脸是玫瑰花瓣中隐藏的庙宇，你的手是尘土和虚空被风吹散。每一个走向你的人，像每一个波浪，被身后的源头推得更远。

2

那个梦想家，必须以船桨为钥匙，才能打开波涛的门锁。必须以大海作隐喻，才能描述你的神秘与辽阔。他站在一棵大槐树下，感到自己像若有若无的槐花在飘，而离那个庞大蚁穴越来越远。他的祖国是一个陌生人的梦境，是一根沙子编织的绳索。每一秒钟，沙子都在凝聚或脱落。请体验梦境之外的移民术，一只蚂蚁乘坐高铁抵达了邻国的边境。

3

"我梦想长大后驾驶宇宙飞船登上月球。"三十年了，那个小学生才发现梦想的权利一直被剥夺。他骑单车走遍了大地上低矮颓败的村镇，这个异国的亚当，他借助别人的身躯又活了一千年。他在每一条路上跋涉，只是为了回家。他遭遇过难以尽数的穷人，他们的脸庞荒凉如月球上的石头。上帝通过折磨他的子孙来惩罚他，他常沉醉于描述往事。尽管记忆中的伊甸园越来越模糊，就像漫天白雾于刹那间消散。

我都如期地接纳

林葵花

无论幸福是否已如期，无论苦难是否已远离，我都如期地接纳了。

没有回避，没有拒绝，孤独与喧嚣，已没有什么原则与准绳，回到我心中的，仍是一个最初的灵魂，在天地间游历了一番之后，如今又回到我的心中，让我真真切切感受着生命。

记得你曾对我说过：不要在乎生，也不要在乎死，更不要在乎爱得深或浅，生命的如期而至已是一份喜悦。

有了对生命的真悟，宽容，不会计较大川亦或是小流，因为百川归海，万物归一。

声犹在耳，当我想起你时，抬头只看见——云在青天外！

欲望多，烦恼多，什么时候才能达到自己的要求呢？

什么时候才能有满足的心呢？什么时候才能了悟此生呢？

不苛求自己，不伤害别人。

我知道我不再年少了，不再有虚幻，不再有妄想，不再有挣扎，当我望过山的高旷，水的长波，人生就如一幅宁静的画卷，了然于心，却木然于身。

于是问朝问暮问红尘：哪些何必？哪些何苦？自己也麻木了！

当清风拂过杨柳时，我，还能波平如镜么？

生活着，无论是痛苦还是欢乐，都不会驻足停留，永不消失。

欢乐带给你的热情就像是白天的阳光，不管多么温暖和灿烂，到了晚上也就消失了。痛苦带给你的哪怕是鲜血淋淋的伤口，熬过漫漫长夜，到了清晨也会愈合结痂，流动的生命不会停下它的脚步，来延长你的快乐或痛苦。

只有沉静的心才能得到永恒。

在沉静中我们沉淀出痛苦的残渣，让灵魂得到提升；在沉静中冷却我们的热情，不让自己燃成灰烬，也就不会一无所有。

不以物喜，不以己悲，用沉静的心迎接每一个白天和黑夜吧！

（选自《散文诗人》2015 年 12 月）

衰老的河（外一章）

陈志泽

这一条河老了，牙齿全都脱落，浪不再锐利；消瘦的流水，只有在跌落石崖时才惊飞出那么多长在心里的白发……

河牵着一身病痛，

河总在刻着皱纹，

河喃喃着令人厌烦的往事，把一天天的时光嚼碎。

旱季到来了，一个个沙丘突起，淤积的泥土杂石显露出来，堵着浅得见底的河道，河一路磕磕碰碰行走，水渴望着水，却只能冒烟。

涨水时节，暴雨还不时从天上倾泻，河把自己淹了，从上游飘来的污物，紧贴在它的身上，它只能驮着沉重的无奈走。

河知道很快地，它就要消失，而这一段河床又特别窄，水推着水，背后的催赶使它不得不扶着岸，扶着河里的岩石，扶着漂浮的枯树勉力走去……

河走得坦然。

有些事情是刻在骨头上的

有些事情刻在身体的什么地方都留不下痕迹。

有些事情刻在骨头上——一字字都溅出火星，发出浊重的声音。

有些事情是重复着刻下的，重重叠叠乱如麻。

我时常割开血肉，为了阅读，为了不再有那样的事情刻在骨头上。可割开的血肉很快又愈合了，重复刻下的事情又被掩埋，只有在灵魂刮风下雨骨头疼痛时，内心的闪电才照亮上面刻下的每一个字……

（选自《星星·散文诗》2015 年第 6 期）

切 叶 蚂 蚁

徐成淼

高举起数十倍于自身重量的绿色叶片，切叶蚁，像威仪万方的将军，在森林中高傲地穿行。

它们用锋利的牙齿，电锯般地切下多汁的叶片。将小半座森林的树叶，一一搬进自己的巢穴。

阳光照射，微风拂煦，空气中弥漫着叶绿素浓浓的草香。叶片有如旗帜，在灌木丛中招摇。成千上万只切叶蚁，高举大旗，汇成一道道绿色的洪流。绿帆高高扬起，船队首尾相接，浩浩荡荡地破浪向前，密匝匝不可一世。

蚁巢里有它们自己的田园，宽阔而井然有序。切叶蚁嚼碎绿叶，铺成周密布局的草场，而后在上面播撒菌种，耕作，施肥。流水线周而复始，切叶蚁精心经营着它们的现代农庄。

待到袖珍的蘑菇陆续长成，收获的季节来到，切叶蚁得到了造化丰盛的犒赏。精美的食品，是生命无敌的宣言，是一枚枚耀眼的勋章！

永不中断的运输线，独一无二的田庄，是万物生生不息的权威证明。千万年来，自然的密码就这样代代相传，那精密的设计，令人惊叹造物主的无微不至、法力无边。

最微小的生命，造就了最奇伟的工程！

切叶蚁更显自豪。忙碌于漫长运输途中的时候，它们会更高地扬起自信的头，将一杆杆绿色的大旗，辉耀成普照苍生的光环。

似在向世人告示：自己是堪与万物比肩的最优秀的物种，诚可以向那些自以为是的可怜虫，投去不屑一顾的眼光……

（选自《散文诗世界》2015 年第 2 期）

山路如绳（外一章）

蔡丽双（中国香港）

巍峨的山，陡峭的山，险峻的山。从山上垂下一条如绳的山路，更似羊肠，弯弯曲曲，坎坎坷坷。

山路，是祖祖辈辈的脚板走出的。一个个脚印，贮着风雨沧桑，贮着汗血泪水，贮着苦涩艰辛。

山路的一端，悬着生存的挑战，另一端，举起生命的图腾。这是一条维系着山民忧乐的脐带。山路虽小，却缠绾着深邃的思考，缠绾着殷勤的求索，缠绾着热切的期望。

行走在山路，不能是背着忧伤的过客，应该是勇于开拓的强者。心不老，情不变，心中的梦想之花，一定长艳不谢；心中的理想之歌，就能成为千古绝唱。

山路，是大山的一条伤痕，还是大山的一脉芳情？

如今，高速公路和铁路，穿山而过，一日千里，不再是缥缈的神话。

在碧树丹花的森翳翳的掩覆下，山路在大山划下的伤痕，日渐愈合；大山的一脉芳情，汽车、火车和动车，日日夜夜载不完。

乡村黄昏

乡村的黄昏，宁静诗意浓染了西天的红霞。乡村在黄昏中，抵达了一个故事的高潮，欲把一天的情节，束于拱耸之处，在昼与夜的边缘，降下帷幕。

鸟归巢，牛尚未归棚。一朵朵夜来香浑身力气，准备在漫长的夜里浓溢浓香，以柔克刚。

年年岁岁，送走一个黄昏，写下一段历史，延伸寸寸目光。乡村的黄昏，幽雅的笑容悠悠绽放。

耕作的人，珍惜争分夺秒，想多洒一些汗水，以多收三五斗。

夕照里荡漾着神秘的色彩，眺望着星月接班。

谁都想在黄昏中，抛却千重心事，在夜梦中积聚精力，好踏上漂泊之苦旅，寻找心灵的家园。

人唱牛哞，收工路上的意境，欲入诗画？谁在盼望一碗糯米酒，驱尽一天的疲劳？白昼聚积的块垒，应该一一用清醒的拳脚击碎，喧闹、浮躁乃至麻木，宜于厚重的感恩和心灵的本真中，化解消敛，从而拽出生命的感悟和沧桑的真谛。

黄昏的乡村，乡村的黄昏，在田园诗人的毫端演绎着粗犷与细柔的苦瘦和欢腴。

（选自《香港文学报》2015 年总 135 期）

西北望（组章）

刘海潮

雀 之 灵

晨曦微露，阳光从夜的那头一跃而出，坚定，自信，无拘无束而又洒脱悠扬。

哪一圈红晕是你最初的绽放？

哪一缕阳光是你最后的故乡？

尕海是前世的尕海，胡杨是来世的胡杨。

不求站成你的风景，只想今生今世做一棵红柳，为你挡过风雨，又为你遮蔽骄阳！

西 北 望

水的那边，还是水；沙的那边，还是沙。

水从沙粒之间，渗透，挣扎，一点一滴，涌动，流淌。

十指连心。

湖面跳跃，打碎的金子散落一地。

骆驼刺昂首，仰视，霞光律动。

风过耳。

蘸着湖水泼墨，挥毫，纱巾扬起，蛇状的声音在湖心荡漾。

坐 井

就这样，就这样坐在井里，观天，观四周光滑的壁，长满苔藓。

月就在井的上方，就在井口的边缘，一不小心就要滑下来，滑到我的双眸。

四十多年了，关山，大漠，红柳，胡杨

多年的父子成兄弟，而你我最终还像路人。

阳光恣睢，肆意落下。

曾经我用双手验证胡杨的年轮，只是，只是没有一片叶子是为我而绿，为我而黄！

我是那株最后的胡杨

三千年以前，我在你咿呀学语的路上，看你啼哭，看你含笑，看你走成秋天，走成别人的风景。

三千年了，石头化成了水，阳光结成了冰，我仍长在你出发的地方，不敢挪动半步。

千年以前，我为你伫立；

千年以后，你为我守望。

青涩走过，走成了懵懂与羞涩；翠绿走过，走成了炙热和燃烧；而今，湛蓝扯一丝白云做你的纱巾，映照出千年厮守的金黄。

沙里淘金，星星点灯。

手握沙粒，流失的是来时的路，还是途中的干渴、饥饿与怅惘？

光芒已经散去，音符到处流浪。

没有奏响你最初的笛声，那就让我成为你最后的胡杨！

（选自《星星·散文诗》2015年第10期）

银：断想

宋晓杰

1

我喜欢你的暗哑——在看到太多的血、铁和糖之后。我喜欢你的缄默，有辉光，不会太过明亮；有价值，但可靠、安妥。你压低嗓音，在角落里沉积着岁月的光斑、生命的舍利，直到本身已充满，无须再增多。

2

导热。导电。你知冷知热，细若游丝的牵系，绵长，不绝。你是媒介、浮桥，天堑、鸿沟，都在你的静默中，悄悄弥平、轻巧覆盖……

你不是耀眼的白，是默默挪移的光影，是青草蒙上的一层雾……你等同于清霜、凉透的席子、月下的荷塘、平和的心境……你稳住阵脚，像个中庸的人，不在疾雨中奔跑，不在烈日下急行，不在呼天抢地中歌哭。你清泠泠的目光温柔适中，软硬适度，让粗糙、简陋、羞耻显而易见。

3

你是我的地理学、心理学，是兵荒马乱的中年之后安稳的居所。迎迓。

接纳。祭祀。传承。我双手托举着，你透明的身体、不熄的灵魂，如一条动荡的河——如果你是水，请洗濯我陈年的晦涩和阴霾；如果你是酒，请打开沉睡的山洞和净瓶……

4

心软！在暗处，你也能反光。

你的心肠和诚恳，和胃，养人——像水，像粥，像温良的夜，像没有油珠儿的朴素菜蔬。你是日常中的低眉敛目，是天鹅绒，是一种准备好的规整……在坠落的中途，我们相遇。

"你是我一直要等的那个人！"在你面前，纯洁的时空旋转着拓延，我几何倍数地缩小，微弱，轻浅，如即将融化的盈盈露珠，颤抖着——也不敢说出爱恋！

我清空多年的芜杂，迎接清洁的爱人——要经过多少颠沛与流转，要经过怎样的淘洗与打磨，才配得上你的苦难？

（选自《散文诗》2015 年 10 期）

无　题（组章）

苏雪依

茶

从来佳茗似佳人。

以高山之泉水，以宜兴之器具，以玉韵之纤指，泡这一壶碧螺春，看那春色如何在小小乾坤幻化万千气象，氤氲一巧笑倩兮，美目盼兮的风华女子。

未品而香已杳杳，原来这佳茗早已渗透于心。

品时却微微苦涩。原来经过长久的期盼，这一朝欢会已觉出时光的无情，匆匆，太匆匆。

而后，又是绵长的甜蜜。既有一次心仪的相会，三秋、三岁乃至三生亦不为憾！

品茶，你须得坐于梅枝之下，有皎皎明月相照，兼流星二三，清风徐来，心地乃一派透彻干净。若是身陷红尘，心被财禄，那再姣好的女子，再美丽的茶叶，亦变成一汪糟粕，徒徒浪费了那活活清泉水。

最高的境界，是茶醉。人世不知，梦哉优哉，而此女子，已属于一生矣。

夏　　暮

钟声悠悠，穿越巨大的时空，涤荡远处的红尘。

倦鸟已归巢，长尾巴松鼠已上树，而一只仓庚，用趾翻动青蒿的册页，以矻矻的低音缅怀时光的流逝。

溪水从寺内流出，流成一支缓缓的曲子，沾湿了，跋山而入的鞋履。鞋子停下了，一颗浸淫人间太久的心，也停下来。听见轻轻吁叹一声。

就坐在面前这块大石上吧。雪亮的石头，岁月磋磨的石头，月光星光以婴童之心朗照的石头。

一枚叶子倏然滑落，拂上清俊的面颊。秋的第一个使者，落在白石的脚下。

空山岑寂。木鱼笃笃地响起来。清渺，恍惚。依稀可见那青灯之畔打坐的女子。

星星，终于一点一点浮上来，遮盖了这浑然一体的山与寺。

泰　　山

汲九霄之云气，瀑千里之晶泉；

撷玉虬之灵犀，坐大岳之巍巍。

屹立于泱泱齐鲁，看世间尘烟千变；

侧枕于黄河之畔，观九曲之人生。

而他无言。

涵养星辰，辉纵日月，蕴秋实春花，纳四海气象。而他无言。

怪石嶙峋，青松如戟，斧劈山削，无路可寻。而他无言。

有山民者猿攀狄挣，虎口谋生。久而久之，引来天子叩拜，众生朝圣。而他无言。

春日草木苗苗，夏日林密荫盛，秋日果实累累，冬日白雪纷披，而他无言。

其实他有千言万语，但观朝阳如血，烟霞磅礴；但观星辰肃立，烟暮沉沉。而他无言。

孔子曰逝者如斯夫，而他无言。

诗圣曰一览众山小，而他无言。

曹植曰千里殊风雨，而他无言。

张衡曰侧身东望涕沾翰，而他无言。

……

他无言，亿万斯年，是一个故事。之后亿万斯年，亦是不可追回的历史。

河水滔滔，松风阵阵，雨雪茫茫，印迹全无。

是以，他无言。

（选自《山东文学》2015 年 11 期）

湄 南 河 畔

夏　马（中国香港）

题记：六十六载，光阴荏苒，情牵的湄南河，却是在我的思念中，汩汩流过。

湄南河畔一盏灯塔

风云急变的伟大年代，湄南河畔亮起了一盏灯。

茫茫的黑夜里，灯虽孤独，却给人们带来了激情与希望。

灯火在湄南河两岸椰林深处、在佛都破落的木屋小径，忽明忽暗、悠悠闪烁，无数追求光明的赤子，在灯影下传阅祖国解放战争节节胜利的信息。兴奋中，有人引领唱起了"解放区的天是明朗的天……"的歌曲，歌声伴随着他们沸腾的思绪，飞向日夜思念的蓝天。

暂别了，我心中的湄南河

说是暂别，就因为湄南河在我心中，有太多的怀恋。

如今，北国风光独好。冉冉升起的朝阳，正荡涤中华大地一切污泥和浊水。海外炎黄子孙所追求的民族复兴的理想，正在展现。

面对这锦绣前程，湄南河两岸的热血炎黄，又有谁能无动于衷？

于是乎，当局询问学子们为何要回去？所得的答案都是：因为我是中国人！

这一天湄南河畔的"孔堤码头"，特别热闹，成千上万等待回归和前来送别的赤子，都一齐欢呼：暂别了，我心中的湄南河。

（选自《香港散文诗》2015 年 12 月）

找不到你了（外一章）

赵宏兴

找不到你了，你在光里，一小片红色的光芒，不是来自太阳，而是来自我的思念。

我想出许多的结果，唯一想不出把你放在哪里。

你是液体的，是逝川，流经我的面前，俯首间，我照见了自己。

你躲不过我的寻找，在海的蔚蓝里沉浸。

夜

我睁开的眼睛，首先是要寻找一支笔，把这异地的黑暗描写出来。

是神话的到来，
还是我内心的独白？

灯光就在的头顶，那是我逃离的洞口，外面的天空和自由的呼吸，让我是多么的兴奋啊！

仍然是一声虚幻，在向内里的空间崩塌。
仍然是一阵汽车的轰鸣，奔驰在众生之路。

（选自《分水岭》2015 年 11 期）

游乐园（"K"系列）

秀　实（中国香港）

1　摩天轮

夜色缓慢地泛滥。我浪荡在一条繁闹的道路上。吊悬着的街灯在一场微雨后静歇着幽暗的黄晕。城市躁动中又有着细微的宁静。

港口旁的摩天轮开始亮起，如一个有规律而繁复的星座在旋转着。我立在旋涡的边缘。看到旋涡中心的 K。

K 披着一袭灰黑色的风衣。牵着一只奶白色的羊。K 的旁边是一个年迈的女人。她佝偻的背影令我感到她的幸福。

脚下的石块，裂痕逐渐拓大，终于喷出花火。我逝去，如一盏流星。

2　旋转木马

那群在圆盖顶下奔跑着的木马。

响着简单愉快的叮咚声，马群相互往复追随，有节奏地起伏着。飞扬的鬃毛如一列快速运行的火炬。

我不知道马群要往哪里去，也不知道它们有什么庆典。K 在一匹棕色的小马上，正专注地策骑着。他头顶上稀少的黑发，是我记忆中的一个片永恒飘飞着的羽毛。

（选自《散文诗人》2015 年 12 月）

在武汉至成都 D366 次动车上

龚学敏

鸟刚一张嘴，就被自己鸣叫声中破壳而出的手，
扔进了江汉平原的鱼肚白里。
摸着钢铁过河，如同幼年时给过我暗示的一棵老榆树，
读过的书想要舒展一下我吐出的烟叶，
眼镜便受了伤，和黎明一起，陷入藕炖好的金属中。

动车的头部源于和雨滴一样的巢穴。飞翔的鸟，
和另一种速度之间的距离，
有时更像一根草被遗弃的经历。

动车不动的时候，我在恩施的站台上用头发抽烟。
日渐空虚的身子，
陌生的风吹过的白发，像是庄稼地里弯着腰的女人，
还有打火机一样农业式狡黠着的来回走动。
时间被我用广播里的声音钉在雨滴们潮湿的缝隙中，
动车动了，
身后的雨幕布被我的念想拉扯得一塌糊涂。

成都平原的迟暮像是一团正在被炖烂的猪肉。

睡觉的茶叶，和夹在书中的站台，
在动车的空间里用四川话拖家带口，老人们的旅途，
更像是一盘乏味的回锅肉。

成都和所有逃票的女人一样，
不停地给时间补妆，
直到被尘埃裹紧的鸟鸣拼着命地一张嘴，
便被银针扎破了。

（选自《大沽河》2015 年第 2 期）

月牙湾（组章节选）

方文竹

白　虎

甘心街几个人在一起谈论白虎。
谁见过它？

"我曾骑在它的背上，抖一抖威风！抚摸过时光收购站。"
"我曾在一本书里见过它。如虎添翼：它真的有一对吓人的翅膀。"

它像一阵风滑过甘心街的上空，呼啸了一阵，可是谁也不曾看见它那滑轮一样的翅膀。

"它活动于云端，冷眼看人间。

或被上帝所掌握，完成了一次生命伟大的转化。"

其实，它就在我们中间，在我们的身体内——
一天一天里，
一点一点地消耗掉了。

人多的地方

人多的地方，有他前世的针，浪漫主义地插下去，不管你痛不痛。

人多的地方，他放空气球，多华彩！现实主义者，有时候也可以轻松地打开自己的魔盒。

逢场作戏，戏文已填好。为改动一个词：他泣血。他流泪。三十年的血泪，浇不灭四处蔓延的尘烟——

人多的地方，黄金甲无所用！

人多的地方——

笼中的老虎像宁静的雕塑，一块被传来传去的奇石却在夸夸其谈。

男女老幼的身体组成广场。他不揣摩人类，空空的双臂只抱紧一座孤单的岛屿，任凭心灵的细浪撞击着它。

在月牙湾，一个人与一个人的相似之处，在堆积，在旋转，一群人是一个人，一个人是一群人。——限制。开放。水滴石穿。

像战争广告，炮火纷飞。暗夜里，自己才成为自己的敌人。

像伤口穿上了花衣，尘烟与星光分不出彼此。

像合唱。我是一个流窜的音符，开始对号入座。中途，邻居关切地送来拐杖。

人多的地方，秋风传递着小道消息。飘荡的枯叶引经据典，像挺精神的绅士和淑女，完成着命运的转折。

月牙湾的黄昏，打开了一个巨大的抽屉。

人多的地方，他寻找云中的梯子。当然，也不会省略一扇暗门。

（选自《散文诗》2015 年第 9 期）

蜈　蚣（外一章）

徐　庶

人间有病。

我有病，见人就颤抖。

煎药6付，单付蜈蚣2只——老中医毕朝忠圆珠笔一抖，在我肚里放养了12只蜈蚣。

我有毒。

蜈蚣啃噬我曾嚼过的毒舌、烂过的毒心、黑过的毒肺、恶过的毒肝。

我改吃素，沉默，低头看人。12只蜈蚣也跟着戒酒，戒色，清心寡欲，不说话，不高看人。

寂寞时，我放一只蜈蚣，再放一只。风筝一样，蜈蚣满天。我穿着寂寞的花衣裳，它们也穿着寂寞的花衣裳，从不随便放毒。

在红尘跌倒，再跌倒……12只蜈蚣，渐渐长成12行内心喜悦的庄稼。遗憾的是，没一棵可以入药。

花开三朵

花朵有刺。

窗前，有花枝为你等候。

亲，我为你种的三角梅漫山遍野。怕你看不清来路，它在三个方向同时笑开了花儿，笑开了花儿。

它一微笑，整个山城都笑了，长江、嘉陵江都笑了。

这定是世上最灿烂的笑靥。

一朵向炊烟，袅袅娜娜，细如你的腰肢，是我为你燃起的信号灯。

一朵向溪水，三步一回头，欲走还羞，你听到丁冬就是我在招呼了。

一朵向咳嗽，最灼热的词都哽在喉头，如我为你扔下的细细的沙子。

这定是人间最缠绵的相逢。

叫水的脆弱，你可别拎紧了，一掂则破。

叫烟的呛人，你可得屏住心跳，捂住鼻子。

叫沙的障眼，你可得揉揉，世上有一种泪，贵比黄金，更容易把什么看清。

亲，三朵花，为你而开，和我的三次拥抱一样灿烂。是不是，你也轻轻笑了三声？

（选自《散文诗人》2015 年第 42 期）

包 公 祠

孙重贵（中国香港）

走进包公祠，阳光灿烂，抬头一片青天。

朗朗青天之下，开封大地之上，也有一位青天，一位刚正不阿、铁面无私的包青天，卓然于世。

东配殿前，我骤然停下脚步——千年之前，《铡美案》的场面正在上演。

寒光闪闪的龙头铡下，忘恩负义、抛妻弃子的驸马陈世美，心惊胆战，惶恐不安。

包公手托乌纱帽，大义凛然，敢于触怒皇室，顶着天大压力，与国太和公主叫板。

做官难，做清官难，做不畏权贵的清官更是难上加难。

包公明白，龙头铡这一刀铡下去，可以痛快淋漓地铡下陈世美的头颅，然而，也可以铡断自己的大好仕途。

吉凶未卜？

清心为治本，直道是身谋。

包青天就是包青天，宁肯丢官弃职，也要为民请命，执法如山——公堂上一声斩令下达，陈世美身首异处，大快人心。

得人心者得民望，包青天被人民千秋传颂，一座包公祠巍然耸立开封府，历尽风雨沧桑，岿然不倒。

面对包公塑像，心潮澎湃思绪万千：包公就是一把清正廉明的铡刀！只要这个世界上还有不公，还有强权，还有贪污腐败，还有作奸犯科，这把铁面无私的铡刀就会

在包公祠高悬，在开封高悬，在人民的心中高悬！

（选自《香港散文诗》2015 年第 49 期）

蝶（外一章）

语　伞

用蝶翅古老的诱惑窃下一支天籁之音。

手指的任何姿势，足尖的任何姿势，意识的任何姿势……

都悬于骄横和混沌之中。

在庄周的蝶翼上，任何姿势都在炫耀赤裸的悲哀。

谁也溶解不了这种悲哀——

如蝶。咬破自己的生死。涅槃。羽化。在喧闹里浮动云和波涛。

翻卷。搏击。

披着空山鸟语，我们都是蝶。

张开羽翼，雕刻被火焰密封着的光彩——

从一滴滴艰苦的胚胎开始。

梦

从拥挤的欲望里退回。

现在的每一秒钟都是后一秒钟的睡梦，现在的每一秒钟都是前一秒钟的梦醒。

沉默在睡与醒的边缘燃烧。那些生死寿夭，那些苦乐悲欢，那些是非荣辱，那些高低贵贱……在一团巨大而模糊的光圈里——

踢撞。摔跤。流血。

没有瞳孔注视宇宙即将破裂。

绚丽多彩的眼皮下没有谁能把梦翻过来，让早上和晚上相遇。

海浪背着开花的眼泪。

山川举起苍茫的疼痛。

我旋转。弯下月光的凄凉。靠近澄澈。哭着——

吻辛酸的灵魂。

（选自《作品》2015 年 10 月）

人生咏叹调（外一章）

田景丰

生命的价值

——写于 2015 年清明

在南疆高山之巅的烈士陵园，我目读那些鲜花簇拥的墓碑上血色的文字，默默地呼唤这个 60 年代出生 80 年死亡的英雄群体的陌生姓名，涌动的血液中蓦然浮起关于生命价值的思考。

很多人的生命价值都是在生命存在的过程中形成和显现的，有些人生命漫长且临终依然残喘苟存不肯离去，他们生命的价值也许就是生命的存在；有的人呱呱落地就展现了生命的高贵，而我眼前的这些烈士却是在死去的那一刻才凸现出生命的伟大，像闪电雷鸣，惊动山河，震撼人心。

我眼前这些长眠地下的烈士，原本都是一群刚刚走出花季雨季男孩，是知青、中学生或农民，他们青春的华蕾尚未完全绽放，还没有来得及让父母看清楚他们长出了胡须的面容、来不及向心仪的姑娘表白爱慕，甚至来不及进一次卡拉 OK 厅穿一次牛仔裤，就战死疆场，掩埋青山化作了泥土。

然而，他们的名字已镌刻在石牌上，写进了共和国的史册。从他们倒下的那一刻起，年年岁岁都有人带着鲜花纸烛来祭奠，怀着景仰崇拜来悼念。他们的生命与山河同在，成为一个伟大民族的骄傲，也成为一个家族世代的荣耀。

人生的路

原本以为人生的路还很漫长，漫长得没有尽头。

于是便漫不经心走着，漫不经心把那些构成生命的日子撕成碎片随意抛洒。

当鬓发斑白，步履蹒跚时才蓦然惊醒，于是想转身去捡回那些洒落的岁月。

可是，回去的路已经被折叠，

折叠成额宇间注满叹息的皱褶。

（选自《散文诗人》2015 年 12 月）

青　蒿

蔡　旭

1

一种中国小草。

这种色绿、叶多、叶子互生的一年生菊科植物，实在太平凡了。

在中国，从南方到北方都很常见，到处都可找到。

从古到今，到处都可找到。早在《诗经》里，就得到吟诵。

突然有一天，它登上了诺贝尔奖的领奖台，让世界为之震撼。

它的名字，在全球传颂。

人们说无论怎样评价它的贡献，都不过分。

2

一种中国小草。

它的获奖，连它自己都感到意外。其实一点也不意外。

从它身上提取的青蒿素，成了"抗疟神药"，挽救了全球数百万人的生命。

本身拥有的这一优秀品质，甚至连它自己本身，原先也不一定知道。

只知道在山沟与原野默默生长，以坚强与忍耐回答各种严酷的考题，以最微小的需求去完成生命的过程。

只知道孜孜以求大自然的养分，并随时准备，在机会到来的时刻，绽放自己的绚烂。

3

一种中国小草。

找到它，也许有人说纯属偶然。其实一点也不偶然。

据说，那群找到它的人，通过了4000万种抗疟化合物和中草药研究，整理出包括它在内的640种草药单，但研究无数次碰壁，遭遇了瓶颈难以突破。

在190次失败之后，载入史册的第191号样品，宣告了100％的成功。

是的，是金子总会闪光。

它的闪光是必然的。

当然，关键是它本身要拥有闪光的品质。

4

一种中国小草。

率先与带头发现它的神奇的人，被人惊喜发现她与它早有缘分。

《诗经》说："呦呦鹿鸣，食野之蒿。"

在3000年前就相遇了？其实，她们的第一次合作，是在20世纪60年代之末。

同它一样。几十年来它一直在不声不响地发挥神奇，而到了今天才突然一夜爆红，让世界惊叹。

命运总是与本性连在一起的。

它又名草蒿、苦蒿，也叫臭蒿或香蒿。是臭是香，不同的人有不同叫法。

它性苦寒，只知默默生长，不善出头露面，又与世无争。

一次次被掩盖，应不属于罕见。

多少人为之打抱不平？不过不平的人自身也或有体会。

当然也总会有质疑的：这是所有小草的贡献，怎么让一片叶子去领奖？

让我回答吧：因为这一片叶子最有资格。

5

一种中国小草。

在中国生长，被中国发现。

从南到北都可以找到。从古到今都可以找到。

就看你能不能找到？

就看你去不去找？

去找，或许你也能找到。

（选自《海周刊》2015 年 10 月第 61 期）

看　鸟（外四章）

李　耕

坐在飞不起的石上看鸟的自由的飞。

看久了，自己便觉在伴鸟飞去。鸟的翅，能载起我远飞的梦么？

石，安于石的沉重，从未想过自己鸟一般飞起来……

鸟的生涯

斑斓羽翎，天赐。天籁之音，是鸟独有的。天下之富庶或荒寒，随其在自己的翅下风起风落。

沧海，桑田。沧海桑田，不是鸟世界的沧海桑田。

鸟的梦，在自由之天空……

冬　树

枯瘦的枝丫。巴掌上，未剩一枚酸果。它，

稳稳站在硗薄的黄土上，在回忆什么？在企盼什么？

我只觉，母亲，老了。

寒风中，从喘息声中听出：再穷的土地，也是自己的。

雾的岁月

茫茫雾墙，熟悉的面孔，白茫茫的隔膜。

隔墙的面孔，曾是邻居，并非陌生，何以一瞬成了陌生的面孔，在荒唐的雾的十年。

被陌生的，还有并不陌生的冷的岁月……

有影相伴

远处的呐喊，不是我的方向。近处的呻吟，不是我的方向。

路，崎岖曲径，蛇的形状。

天南海北，穷途末路，山高水险，或进或退，沉沉浮浮，有自己的影子相伴。

面对深渊，我对影子说：你，寻自己的出路吧！

影子答：不！

影子，坚韧有如我的自己……

（选自《大沽河》2015 年第 4 期）

在大禹渡与黄河对饮

干海兵

在大禹渡，和失散多年的自己重逢。

一杯薄酒，涌动落日与云影。内心的河床开阔而平静。大河不死。

芦苇雪、高粱血。应该有一匹脱缰的野马回到了从前，把爱过的重爱一次：

杂草、灌木、沙泥鸿爪、块垒土丘……让水成为水，让酒成为每一个大禹要回家的门。

酒，是中年将去的夕阳。大波微澜，咫尺天涯。

黄河，是一颗高粱上将落未落的泪珠，遇柔则柔，遇刚则刚。

与黄河对饮，大禹渡如镜的波光闪烁着前世今生。

（选自《大沽河》2015 年 1 期）

齿　轮

木　月

摇着笔杆忙忙碌碌，曾几何时抚慰自己的肺腑？仿佛按时定点吃吃喝喝，仅仅止步于免除饥肠辘辘。

人和机器有什么区别？不过是补充能量后继续运转的玩意儿，"万物之灵"的帽子，说白了也就这点出息。

世界如同严丝密缝、制作精良的齿轮系统，一发牵，全身动。不愿的，推着慢慢挪，愿意的，领着向前冲。

谁是始作俑者，已无从说起，也不必辨清。或许你往前推搡了一把，那份力挨次传递，周游地球，又从背后袭击了你。这算不算朴素的因果报应？

俯身细看，齿轮们互相制造麻烦，或者说意义，以便疲于奔命的大脑，再也没空去理那个扰人心神的终极命题。蓦然惦记，也会弹弹指尖，像打发华服上一只蠢蠢欲动的虱子，志得意满，沾沾自喜。

（选自《散文诗人》2015 年第 42 期）

捡拾甘南的碎片（外一章）

牧　风

玛曲：呜咽的鹰笛

谁的声音把鹰隼从苍穹里唤醒？

是那个站在黄昏里沉思的人吗？抑或是他手里颤动的鹰笛，一直在夜岚来临前悄悄地呜咽。

鹰笛在吹，我在风雪里徘徊，舞动灵魂。

鹰笛在吹，云层里鹰的身影挟裹着冷寂落下来。

兄弟班玛的口哨充满诱惑，远处的冬窝子在早来的雪飘中缓慢老去。

寺院的诵经声响起，他还在回归的路上。

牧鞭在黄昏里发出响亮的弧线，牛羊沉默不语。

远处，阿尼玛卿浓浓的雨雪和恋人的背影让班玛的心思窒息。

他厚实的嘴唇僵硬如石，鹰笛在吹，就像吹动脑海里湮没的记忆。

夕阳迫近，青铜之光覆盖缓慢行走的黄河，班玛的步履更加沉重，余晖中他和草原融合在一起，成为夕阳下忧伤的风景。

迭部：次日那的曙光

西北一隅，秋色渐浓。

凝重的白龙江水让山下的次日那村依水而寒。

九月里，小小藏乡透视着一种神秘。暗夜里小楼上的灯火摇动着纤弱的身影，灯下的人沉思良久。几声犬吠，几声清丽的鸟鸣，打断了他的追忆，推开窗棂，火塘里的松苗传出阵阵清香，润之仰望着星空，此时的次日那寂静中显得有些沉闷。

一双宽大的手在行军图前比画着，一支卷烟递在手上，思绪太多，布满血丝的眼神扫视着屋内的一切。消息已经传来，拥有二十万斤救命粮的崔古仓，已被杨土司暗中打开，润之紧锁的眉头倏忽舒展。1935年9月15日，次日那在晨曦中送走毛泽东，藏寨旁边旺藏寺的钟声一直萦绕在润之的耳鼓。

（选自《散文诗》2015年第2期）

一 棵 树

陈劲松

我写到的那棵树：
它有鲜花的头饰，清风的披肩。它有露珠的项链，鸟鸣的耳环。
我写到的那棵树，它在春天跌倒。
还没来得及喊痛，它绿色的梦便被一把斧子惊醒。

一根春天的肋骨被抽走！
（而更多春天的肋骨正被抽走）
那棵树咬紧牙关，面对着疼痛的闪电。
伤口呈现：
年轮旋转的切面，依然旋荡着绿色的风。
第一圈至第一百圈，岁月在悄然流转。
斧子落下，飞溅起时间疼痛的涛声。

那棵树烈士般在春天倒下。
它再也无法捧住一粒粒青色的鸟鸣，它再也无法像挽住一匹受惊的马匹般，挽住狂奔的风。
那棵树已经倒下。

在这个春天之外，我们应该，代替那棵树喊出它的疼痛！

（选自《作品》2015 年 10 期）

树

陈铭华（中国台湾）

我是树！我要自由！我要舍弃泥土！我要浪游！我要拔起根茎！我要不顾一切地逃出去。

我仍然是树。我的天空是泥土。我的须发是根茎。我仍然无处可逃。我仍然不知被谁倒栽在天空里。

（选自《散文诗人》2015 年 42 期）

与一条河流一起

郝子奇

如画的岸边，让秋在叶子上慢慢变红。
一些鹤，让千年的传说，从峭壁飞到水岸。
这时候，淇水不言，正在阳光下呈现着千年不变的澄明。

小城在河边醒来，不经意的雨水，让散落的楼房，在诗意的树林中展开。

谁也无法完全读懂被《诗经》抱紧的河流。清晰的小鱼游动着。岸边的人被突然起飞的水鸟，从历史的深处带回。

起风了。安静的竹竿弯下了腰，把辽阔的空旷，递给流淌的河水。

飘动的云，这时候，已从河水起身，轻轻擦过小城的天空。

与淇水一起澄明的，是干净的小城。

它们的净，是整个北方的梦想。

在岸边，正在弯腰拾起废物的老人，他的执着和坚定，是阳光下最美的凸现。

如果他的卑微，成为这个城市的感动，那么，和千年淇水一起流淌的，不仅仅是鲜花，树木，和楼房上明亮的窗口，而是，更为干净的灵魂。

（选自《星星·散文诗》2015 年 3 期）

"我念众神的名单，就好像看到一群山羊在跳跃。"

九 月

念——众神，山羊——跳跃，两者的出现靠的是潜意识的流动，没有预谋规划，意义的不确定性、两者之间的不相关联性，构成了一种生命的张力之美。

两者存在一种言说不明的喜悦关系，延续的画面里充满了自由奔放的愿望。

诸神无处不在，但今天已经没有了任何显像能够证明秋天之后，冬天还会回来，罪孽的河流里飘荡着的还是作恶多端的手段，惩罚还是停留在神职人员的口、心、意之间，停在那些搬弄是非的无聊人群里。

神永远浮在神职人员的意念中，宽恕的只是一个念头，罪大恶极无人可以赦免。

谁有罪？谁之罪？谁来惩罚？

神的问题，在这里如一件风衣，没有包裹着火焰，而是一点点被吹开、呈现。

我们会看到山羊跳跃的影子里，是我们虚荣的人群已经爬不上那座长满了树林的山头，力量的退化使人虚荣到举不起自己的拳头——守护在我们身边的善良之神已经远离。

如果说昨天只剩众神的名单供我们念诵，那今天，连名单的那页宣纸也早已随亡者焚烧在田野山间了。

我日夜看见一群群模糊不清的山羊散落在梦里的半山腰，等我带它们回家。它们可以让焦躁的心灵安静下来，让那些正直的灵魂免受魔鬼的折磨。

（选自《作品》2015 年第 10 期）

狐　　狸

崔国发

有时我们真想，揪出狐狸藏在小树洞里的大尾巴。

欲盖弥彰：白的狐，黑的狐，青的狐，紫的狐，火的狐……一个个夹着尾巴，貌似低调，却在一种机巧的伪装中欺骗了我们。

狐狸成精，它的狡猾已名闻遐迩。一生出没在绿色的大森林里，行为诡秘，花样百出，与它打交道时，它总是喜欢引诱你上当，喜欢施展出你意想不到的伎俩和小花招。

看上去，狐狸眼观六路，耳听八方，腿脚利索，脑子灵活，也能深谋远虑，却让人无论如何也没有想到，它的所作所为，从不忘为自己留出退路，而对别人设置了很多迷人的圈套。

很早以前，它就凭借着深草丛或茂密的篱笆打掩护，躲在背地里干着鬼头鬼脑的事，不动声色，悄然潜伏，阴谋的背后，是想使越来越多的猎物，陷入它事先准备好的泥淖。

它善于抓住一切有利时机，对家禽、野兔、斑鸠、鹌鹑、蜂王、鸟儿伺机攻击。满肚子坏水，只要眼珠骨碌一转，立马就想出歪点子，把自己的幸福建立在别人的痛苦之上。

狐狸还热衷于变通，根据形势的变化投机取巧。它的情感细腻，嗅觉敏锐，追猎的时候，能够随着心绪的波动而变换音调，咬定青山，也不会有一丝一毫的放松。

长路漫漫，遍地荆棘。与狐狸作斗争，光有英雄气概是不够的，还必须兼有智慧和钢刀。

（选自《安徽文学》2015 年 7 月）

斯坦因的敦煌之旅（外一章）

扎西才让（藏族）

1907 初夏。

当北面荒凉的山峰遥遥在望，英国人斯坦因，来到了被世界忘却的地方——一处自由宁静的沙漠。

佛国的世界，世俗的生活，甚至那西域王宫的奢华，丝绸之路的艰辛，都历历在目。

他的对面，一个姓王的矮个道士，害羞、紧张，偶尔流露出狡猾、机警的神情。

在斯坦因眼里，这道士，也是孤傲而忠于职守的形貌猥琐的中国男子。

他顾不上研究这些文书的年代。他只关注：用怎样的方式，来拿走多少经文。

装箱能手的车队出发时，千佛洞外，刮起了那个夏天的第一场沙尘。

八十岁那年，斯坦因死在阿富汗，他的墓地建在了异乡的沙漠。

他给自己写下了墓志铭："通过极度困难的印度、中国新疆……的旅行，扩展了知识领悟。"

不知为什么，对于1907年的敦煌之行，他只字未提。

寡妇阿龙和她的女人社

伯希和3257号文书，记载的是寡妇阿龙的故事。

一千多年过去了，阿龙在文书中用中指画出的指节线，还在告诉人们她那鲜活的生命信息。

战乱前，祁连雪山上扬起了风雪。

战乱后，被吐谷浑抓走的小叔子又回到城里。

他夺走了寡妇阿龙仅有的一块土地。

有性格的节度使曹元忠，写下了这样的判词：

从这土地上，阿龙可以获得她应有的一份。

燃灯节上，敦煌像艘巨大的船，在夜晚的沙海里，载着阿龙驶向心中的净土。

阿龙加入了女人社——女性佛教信众社团。

在她死后，社里的姊妹就能替她操办一个体面的葬礼。

这真切的生活也被文字记载，在鸣沙山下，千年来的民俗细流流淌至今。

（选自《延河》2015年2期）

"网恋"者言

沈　漓

恋爱中的远方人：

你对我的期望超过了我的所有，既使我惶恐不安，也使我更加努力让自己的梦想成真。

也许生活单调的调色板使你我都感到不满，尽管这生活的色彩在世人眼里可能也称得上是丰富和谐的了。然而世界上的许多事情既出人意料又千篇一律，人们不满、创造、求变、尝新，最终又自我陷落到不满的原点。

西西弗斯的神话其实就是人生普遍的真理，只是人们把神话看得太高了。

这就是不能和你谈论婚姻的原因。以你这么聪明的人，怎么没能把生活的本性看透，而要去重新推动那块翻滚坠落的巨石呢？

谁也没有引诱对方，而只是引诱自己。人们想拔着自己的头发飞离这个世界。虽然这是不可能的，但是，幻觉和幻象却实实在在发生了。

生命的存在，能够爱与被爱，便有了双倍的美好。

一旦美到达了顶点，便会成为一种不完美而永驻心头。

不要嗟怨东风，它吹尽一树繁花，却带不走关于爱情丝丝缕缕的记忆。

纵然是擦肩而过，即便是水月镜花，又有什么好幽怨遗憾的呢？

风和云不必相识，网上邂逅也不必相知，大家只是春日里匆匆的过客；但是春天里那只飞去飞来的小燕子，又有谁不认得，又有谁不喜欢呢？

（选自《四川文学》2015 年第 1 期）

虎　跳　峡

黄恩鹏

峡谷深处，水的基因泛滥。雷电披挂盛妆，巨石潜伏天上。

大水，以险绝的方式向过错靠拢。

而我，仍要走近一只虎。一只虎啊，滇西北一条江里的一朵咆哮的大浪，啸声如雷，惊涛裂岸。一小片雨和一小片云拥我入怀。江边的驿站，于极地的风中摇摇欲坠。通灵者端坐云间与神对话。那些声音，像是悼念亡者的祭文，说了亿万年。

但是现在，有人在峡谷修建水坝，他们与虎商量水的问题。

太阳被切碎。王在流浪。月亮躲进诗人的词里避难。几千里之外的雪山燃起了大火，火势汹涌，从清晨到夜晚，那些冰雪被烟尘抢劫一空！我如一只虎，伏在青山之侧，攀云向上，用尽了最后的精血、汗里的盐和潮红。我把梦想抬升，再向上，虎已绝望。

大绝壁下的我脚步蹒跚。太阳被破开，一粒粒光在眼前迸溅，大神飞掠而逝。

（选自《作品》2015 年第 10 期）

欢聚的海灵

邱春兰

无需一阵阵一声声，骤起咆哮之音，岁月能听到我们的呼唤与欢腾。

我们欢喜被海拥在广阔的怀抱里，我们灵魂贴于海激荡的脉搏中，任击起的海花洇开我们欢语的引领亦如汹涌的浪潮，起伏跌宕甚至席卷映照在浪峰上透射的霞光，包括鲜红的光彩或火焰，包括焰心里的天。我们不为囚渡，我们是海的精灵。

我们无比靠近并在本我被色彩渲染之间，灵魂超之于世俗和神圣。

我们前生今世霎时相遇，我们知觉和灵性相守至今，我们鲜活！我们新生！唯蔚蓝色的力量，唯掀起翻卷的海浪，唯万千涌动激情，唯不知不觉起起落落；唯冲击，唯有颠覆，在海的起伏呼吸之境。

（选自美国《常青藤》诗刊 2015 年第 20 期）

秋　天

徐慧根

这些隔了数年继续吹着的乡风，吹亮了故乡大片大片金子一样的阳光，吹亮了故乡大片大片银元一样的月色。

这个无意间泊在黄河故道的秋天，让相思的菖蒲、火红的柿子与细碎的星光，虔诚地走进我的文字，从容保鲜。

秋风乍起，把爽朗的笑声传遍乡村与城镇。

季节，毫无征兆的一个转身，将人间的幸福瞬间镀亮。

暑热消退，蝉鸣收藏，菊花开满了山冈，墙角的修竹瑟瑟，顺从着阅读远方的秋风。这漂浮不定的风景，仿佛走过了陶渊明的身影，一寸一寸侵入肌体。

秋天的帷幕次第拉开，飞来了翱翔的云雀、绶带鸟，飞来了一厢情愿的风，沾满了我笔尖上的丰腴。

秋天，疯长的恋情，吞下了土地上沉甸甸的庄稼和果实，在岁月的沧桑中发酵，等待埋在时光深处的那一声春雷，告白以往……

（选自《安阳日报》2015 年 10 月 15 日）

关于你和一条河流

毅　剑

你早就知道的，我是一条河流的儿子。

你不止一次地说过，今生今世，你终将与我携手沿着这条河流一起赶路。

如今，河与我还在，你却不见了。

我来到你的城市，走过你来时曾走过的路，想象着，在没有我的日子，你又是怎样的生活？拿着你给我留下的照片，熟悉的那一条街，那一片风景，却不再有你出现的画面，即便我背转身，我们也再回不到从前的那些天、那些月和那些年……

一个有着优美背影的女人的最佳动作是背身离去——我知道，回忆——就是这样的一种女人！

那些曾经开花的石头，它们一直绽放在我内心的深处，许多想念你的日子，我就让思绪沿着那条河岸奔走。你知道的，那条河就是黄河，让我越是走近她，也就越是离她久远的河流，她终将穿过我的生命和梦想，在一个我和你今生已永远无法一起抵达的世界：命中注定——我将是来世里，她怀中那条跃过千网的鱼！

（选自《岁月》2015 年第 9 期）

歌　唱（外一章）

王小忠

一只可爱的羚羊，它带着尘世的艰辛，走过每一片土地，鲜花盛开；它走过每一片草原，温情处处，它走过祖国的青藏，走过青藏的甘南，留下三河一江日日夜夜在歌唱。

亲人们劳作于草地深处，逃生狼群的追逐。我坐在草地上，一次又一次地叨念，那些鲜花、牛羊以及久居心底的长鞭姑娘。草原的尽头是否有新生的家园？荒凉空旷的人生，悲悯绝望的爱情，一切犹如飞舞的灰尘。

我的诗篇是未完的泪水，我的歌声被冬雪覆盖，我的寻觅是轻浮的闪回。

养育青藏的阳光和雨露，也养育我的生命和亲人，它们在我今生的世界里投下一抹鲜红的疼痛，投下无法更改的热爱和永恒。

我于万丈光芒的尕海湖畔梦回，于水草丰茂的黑河牧场痛哭；我于法器高鸣的桑多河寺焚化，于寂寞空旷的甘南草原再生。38840 平方公里的土地，"爱与不爱，同样是痛苦与缠绵"。

甘南草原，当草色隐退，你倒下去是白银，站起来是黄金。

骑　手

什么秘密如此坚守它神性的思想？尽管我身负感恩只身在草原。尽管我背离亲人的眼睛，迈开坚定的脚步，而大地温厚的冬阳依然灿烂。

捧在掌心的花朵呈现阳光的颜色，一季又一季的衰败里，我不能带来新的血液和热爱，就让我把自己不断衰老的消息传递。

梦中相约的亲人，他们提着灯笼在草原的另一端行走。我的歌喉已嘶哑，但依然歌唱草原的寂寞和广阔，并不因为那些留在黄河源头的青春记忆。我要去寻找那个遥远年代里为我们带来幸福的骑手。

新的梦境中我们开始新的迁徙，而有些变化使我仓皇不及。

这突然的衰老和哀思将会成为大地之上潮湿的坟冢。

如果他们再次返回，带着阳光的手指来敲我房门，那么他们就象征自由和温暖。

请让我在指尖涂满朱红，让他们潜入我心怀深处，开出红色的花苞。那时候我带你去草原，爱和恨，前生和今世在植物肥大的叶片上，闪动着雪一样的生命亮光，那将是裸露在月光下我对亲人的坦诚。

（选自《散文诗》2015 年第 12 期）

虫 的 吟 唱

葛道吉

天籁的静谧与烦躁，通通被不经意的唧唧哩哩的轻鸣浅唱所淹没。

像诉说。像表白。不着文字。不染风尘。

数万年的山村小雨，重复着继承着长辈的基因，张扬着飘飘洒洒噼里啪啦的悠韵，维系出日子的绵长与柔韧。

迎接狂风！傲视洪水！永远着尘埃的落定与落定后的萌生、繁茂以及无止境的枯荣。

秋，有了风姿韵味，更挑逗着声腔的蓬勃。

高亢，低回，轰烈而缠绵。

自然世界的主角！就铺上一帧素笺，一如大地与天空的辽阔，任虫的唧唧、哩哩，或直，或曲，或扬，任意谱写，来去自由。

如此，看到的也只是田垄苍茫里的绿色轮廓！

其实，青草和泥土早已习惯了！

（选自《大河报》2015 年 1 月）

秋 风 吹 过

如 风

一

繁花不再。草原枯黄。转场的哈萨克牧人赶走羊群，也赶走了炊烟。

群山，原野，静默地站在秋天温和的阳光里。终于安静下来了，这沸腾的人间。

用不着遥望，抬起头就可以看见山巅闪着银光的皑皑冰雪，冰雪之上，是苍蓝苍蓝的天空，没有一朵云彩飘过的天空。

走在暖暖的阳光里，我的目光，随着这仁慈的阳光缓缓抚摸着空旷的大地和沉寂的雪山。无所不在。

无可救药地，我热爱着这原始的宁静，属于原野世袭的宁静。

旷野的风，迎面吹来，穿过我身体里的忧伤，向后退去。

二

秋风吹过。不要下雨啊，也不要下雪。

田野里的棉花被光秃秃的棉秆举在高处。一些庄稼还在地里，

农民的眉头正锁着乌云。

一车干草在运回的途中，一群羊走在转场的牧道。

秋风吹过。一只鸟儿正在赶路，两只獾子就要挖好过冬的洞穴。

秋风吹过的原野，一道山梁上走来了远归的游子，

杏树下一粒沙尘落进了母亲的眼睛。

（选自《湖州晚报·散文诗月刊》2015 年 1 月 25 日）

时 间 之 手

三色堇

星群撤离了对古城墙的照耀，辉煌不再，但历史却被铭记。

这是一个特别需要表达的夜晚。

它的箭楼、正楼、角楼、敌楼、女儿墙与垛口依然透着汉长安的纹饰。

时间之殇未能在此疏浚城壕，它再次验证了德谟克利特的哲学。

大把的灰色为时光珍存着古城墙的尊荣，历史正与我浩荡在深秋，我说江山如画，我说旷古的城门，坚守着神的旨意，我说今夜如此奢侈。

挽着时间之手，却无法推开红尘之门。落英已经缤纷，内心溢满清辉。

我是一个怀揣十三朝古都之人，我不会让岁月变得索然无味而心怀悲郁。我收藏着深秋与历史的这段耳语，收藏着时间里的风声和它最生动的韵脚与意象。

（选自《散文诗世界》2015 年第 5 期）

尕海湖边的老人

许文舟

你手里的转经筒，被风擦得有银的光亮。我注意到风，总是把尕海湖的平静弄破。湖碎了，天空依然完整。

那双手，抚过琴，接受过祖母绿钻戒，收留过孩子的委屈，扶起过倒伏的青稞。现在，这双手只能扶着桑烟，忘记自己是尕海湖边最美的公主。

这么大年纪，符合我对娘的想念。你变形的腰身，你比白发还乱的皱纹。

转动，你的世界，才静得下来。你的孩子都离你而去，去哪里，你并不特别清楚。有人才是故乡，有神才叫远方。

衣服已经很旧了，我真想舀起湖水，让衣服上那些盐粒，回到湖水里。那顶毡帽，显然堆积了过多的风雨，已辨不出颜色的方位。

你一生跟在羊后，跟在雪后，跟在贫穷后，最后是衰老与病痛，把你推到前面。

捧起湖水，你该看到自己年轻时的那抹高原红了，你该看到，同样把你捧在掌心的男人。

娘，去看管你大雪里分娩的母羊吧，邪恶有神帮你盯紧。在你身后，适合想我母亲，她不转经筒，总是唠叨，那些从她眼前越走越远的儿女。

（选自《湖州晚报·散文诗月刊》2015 年 7 月 26 日）

大　鸟

张稼文

噢——前面，有东西惊飞而起。它背对着我。一小条，银灰色。它在空气中悬了一下，然后斜刺而上，升空。

那一瞬间我感到不安。我本能地调适自己腰胯部位的那根安全带。（有吗？）同时显出一副颇不情愿的样子。（身边有那在不停地催促的航空小姐吗？）

不是飞机，也不是松鼠。是一只大鸟。哦，我松了一口气。不过它并没有高飞远走，它只是停在一棵大桉树更高处的枝头，然后"恰——恰——"地叫唤。

是在报警还是唱歌？

还有，刚才它并没有张开双翅啊——它是如何飞起、上升的？靠意念还是幻想？或仅仅自然地便可以凭风而上。

"恰——恰——"我小声地学它。我忽然觉得它是从我身体里逃出的事或物。

（选自《湖州晚报·散文诗月刊》2015 年 7 月 26 日）

一只鸟在汽车挡风玻璃上死去

杨　锦

每小时 160 公里的高速路上，我看到一只鸟猛然撞上了汽车的挡风玻璃。

砰然的响声只是瞬间，我看到，一片羽毛沾在沾满污浊的玻璃上。

我知道，田野上一只鸟已经死去，我想举手加额，在胸前划个十字。

真的，有点隐痛。

午后的阳光下，汽车继续在驰骋。

多年之后，我一直记得，有一只鸟在挡风玻璃上，折断了飞翔的翅膀。

（选自《作品》2015 年第 10 期上）

孤　　渡

黄曙辉

一个人的旅程尚远，天黑之前，必须赶到对岸。

天已擦黑，山高水长。

左岸黛色的山崖，危言耸听，岩鹰的翅膀，像远古的寓言，让人敬畏。

右岸的田畴，一望无际。远处的暮霭，连接尘世的苍茫。

一叶随水漂流的小舟，停滞于洄水处，像一份不期而遇的爱，容与回旋。

登舟。孤渡。

纵一苇之所如，何处是岸？回头是岸，对岸是岸。水在水中，岸在岸边。

沧浪之水，洗不清诸多的念想。一叶孤舟，载得动整个世界。别无选择的选择是一种选择，无路之路才是唯一的道路。

大风起兮，波翻浪涌。风声鹤唳兮，孤舟孤渡。

渡己，渡人，渡命。

一个人的旅程尚远，我还在远离岸边的水中。

一叶孤舟的影子在水里不断碎裂与变幻，一人孤渡的情景在天地间没有观众，也无需观众。

天黑之前，我保持静寂无声。

（选自《诗潮》2015 年 8 月）

放倒的村庄

杨剑文

他被放倒在床上，村庄也就被放倒了。

脸色雪白。

墙壁雪白。床单雪白。

窗外，下着雪。

雪，巨大的白色床单。大地冰冷，疼痛。

他的脸上下着雪，眼角下着雨。插进全身各式各样白的、红的、紫的塑料管像从城市地下浮起的通道。

通向哪里？目的地何处？

遥远的村庄下着雪吗？无声无息，没有消息。他倒下之后，村庄也倒下了。现在，村庄比一片雪更冰冷宁静。

墙壁雪白。床单雪白。他感觉，白的空旷的房子在塌陷。这就是被放倒的感觉吗？

他曾轻易地放倒一头猪一只羊，甚至一头肥硕的黄牛，让它们流淌出红色的血液，裸露出白色的皮肤，然后让它们倒立起来，用更多的红的血流淌出、冲刷出夕阳的河床。

而现在，他也被放倒了。只有他一个人的村庄也被放倒了。是谁放倒了他们？他血管中黏稠的血又会流淌出、冲刷出什么呢？

白的房子无声。白的村庄无声。白的雪无声。

（选自《湖州晚报·陕西散文诗巡展》2015 年 6 月 28 日）

十一月的风

王　剑

十一月的风，沿着田埂或茅舍，湿漉漉地吹来。

村外，河水静如处子。浣衣的女子两颊通红。鼓鼓的胸脯，羞得太阳睁不开眼。

这时，水鸟从季节的另一端，横穿而过。金色的啼鸣，在柳枝上发芽。

阳坡上，羊群开始啃食最后的青草。放下农具的三爷，用一根箫，吹凉了秋。

十一月，回不回家并不重要。

风已经冷出一种走向。一轮昏黄的月亮，轻唤我的感动，或想象。

（选自《山东文学》2015 年第 3 期）

自　白

唐鸿南（黎族）

亲人，当我们的寒暄在荒野上握手。我说，我也是山里的穷孩子，我们是兄弟姐妹。

你却说，你是山外的贵客。

接着，一把锋锐的山刀，随声应和。

你家仅剩的那只老母鸡，就这么倒了下去，滚在沸腾的锅里。

老母鸡死了，我的心不想死去。

老母鸡如同我们的穷命啊。

以致每次想起你，我都有说不出的痛！

（选自《边防文学》2015 年第 3 期）

子弹穿过梨花的白

谢明洲

一颗子弹穿过了花朵。黎明滴下了芬芳。将守望进行到底。

撕开那块沉重的幕布和脸面。

诗句和体温犹在。

被思乡者所爱慕的春天尚未去远。

悲欢淋漓着。一步一步移近真实与美德。是在黎明。一种无形且苍劲的力。子弹穿过了梨花硕大的白。

（选自《山东文学》2015年第6期）

桃　花　巷

李松璋

去桃花巷的人，已顾不上欣赏树上的桃花。

今天，他要带一个名叫桃花的女子离开！

黑暗时分，但晨光已现。那个叫做黎明的人，已经站在了一座城池的某个幽暗角落。有人睡着，有人醒着，也有人，正义无反顾地走在沉沦的路上。

满院的桃花，粉色。脸上的风韵。它们最最经不住岁月神偷的小小把戏，一觉醒来，镜子里已满是风雨过后的残败。

几滴晨露悄然落下。或是时光的泪；几片桃花悄然落下。或是人间的悲。

手指苍白。那个名叫桃花的女子，轻轻撩开窗纱。

（选自《作品》2015年第10期）

我们在悬崖上看云

李　浩

我们在悬崖上看云。通往蓝天的公路上，弥漫着杂草的香气。

我在爱人的身体里，我在死者的手掌中，我在这个晃动的岛屿上

给爱人讲："云的孩子唱云中的歌。"给爱人讲："熟睡的天使带着上帝的微笑。"

给爱人讲："星和光回到了神的殿里，岩石息于险峰。"

（选自《作品》2015 年第 10 期）

雨

花　盛

雨浓密而苍茫。

阿万仓草原上，一群牦牛不急不躁。

它们，习惯了无尽的风雨和提前抵达的寒冷。它们，和时光一样，缓慢移动在这片无际的湿地。

而阿万仓草原，依然辽阔无边。

那些细碎的花，夹杂在草丛间，忽隐忽现。

像我们一群陌生人，恍惚在尘世的雨中。

玛尼墙上的经文，雨滴一样悬挂在信仰的枝头。风一吹，便滴滴答答落下。一滴又一滴，滴进尘世的深渊，像一个路人的忧伤和思念。

（选自《诗潮》2015 年第 1 期）

风　啊

陈平军

师傅，请你把车开得慢一点儿，让我再看一眼母亲蹒跚的脚步，渐渐模糊的背影。

让我在这个寒冬的早晨，透过隔不断我无边牵挂的车窗，再看一遍，下满母亲头顶的大雪，渐厚，又渐薄的雪，反复翻飞的雪花，拍打着窗棂，又落在我的惦念里，沉重的疼痛让我彻夜难眠。

风啊，你刮得小一些吧，在我耳边呼啸而过的是我无法言喻的沉重，空旷而凝重的天空下，你单薄得像一片飘摇的黄叶，在枝头摇晃，我多么担心，一不小心你会被无情的寒风带走。

风啊，你只有减轻一点对他的肆虐，这样他就能绕过村头那口涨满希冀的老井，扛起沉重的柴火，穿过低矮的土墙，将蕴藏温暖的柴火塞满火红的灶膛，让腾腾蹿高的火苗跳跃着舔舐漆黑的炉灶，舔舐我受伤的心灵。

风啊，你看火光中，端坐在矮小的板凳上的影子，多像一尊观音，目光柔和而安详，他在心中默念着保佑我一路平安。而灶头闪烁昏黄的油灯和她静静等候的淡薄月光再次挂上树梢，也把母亲的思念与牵挂渐次消融，让她在安静的月光下悄然睡下。

风啊，如果可能，你就轻些，再轻些，请你带着我无边的思念和牵挂，柔柔地拂过她真实的梦境，透过内心的月光映暖母亲沧桑的脸庞。

（选自《散文诗》2015 年第 2 期）

九月，北回归线上的风

张玉馨

九月，草原褪去了繁茂。

剪割机的大手笔描绘出秋天的童话。

在大片的玉米没有回到仓廪之前，匍匐的秋草覆盖了亘古不变的北回归线。凛冽的风，在回归线上徘徊着，徘徊着。

只有草原的辽阔，可以让风撒欢，狂奔，歇息……

草原坚守这一份赤诚给风。

给风停下来休养生息的借口。

在草原，没有远客。永远没有。回到草原就是家，是再不想离开的家。

风，坚定了这唯一的信仰。把家安放在草原的毡房里。安放在燎黑的奶茶锅底通红的炉火旁。安放在羊群和马匹的味道更浓烈的草库伦。安放在山顶敖包飘荡的哈达上。安放在钴蓝色的夜空里一条银色的河流中央……

北回归线上的风，继续往北吹，在白雪压境的蒙古高原上，用一道刚烈点燃了漫山野火……翅膀缱绻的云朵，只有绵延不绝的相思——

在风里，摇曳……

（选自《散文诗人》2015 第 42 期）

村 庄 寓 言

张绍金

鸟儿忠于值守把早晨准时叫醒，阳光顺势睁开鸟眼开始呼吸，村庄通往四方的路因嘈杂而渐失应有的耐心，在大口大口地呼吸。

村庄原本是山脚一块空荒的坡地，被独具慧眼的时光开垦，一座林子长得不知不觉地茂密了。另一块空地，被一个女人企盼的心念填满，雪花飘不进来，记忆落不进来，可是春风栅紧了护栏。

现在，你的名字很时尚，走动起来把一条街的腰肢晃得耀眼，如刚张挂起来的一块多姿多彩的店牌，你的名字就此时尚成一条街的繁华。逼仄的巷口把你布满霜色的脸庞摄进镜头，里面铺设开一个温馨的家园。

幸福于村庄创造的平庸，幸福于村庄身后山岩突兀的刁难，幸福于深陷危机四伏的密林甚或老院石桌上错一步即输的棋局。不要再顾忌什么，该回归的自然回归，该淡定的定然淡定，等待才是你终极的宿命。于是，你脸上的笑容因年轮清晰而不再搁浅。

故土是一庄子长了腿的老房子，跟随我四处流浪，无怨无悔。故土舒展的眉毛又一次拂去了忧郁，脚和眼光都因行走而结出了厚实的老茧！

村庄的喘息是一条永不干涸的溪流，河面上啪啪拔节的阳光以山竹兀立的姿势裸露自己仅有的隐私。那座跨过水面的古木桥，无奈得把自身断裂的思念低矮到所有人都能触手可及。祖辈们的歌谣把木桥踩踏成一根古旧光滑的扁担，挑在肩头，一起顺河东行。

哪怕是一些细微的情绪，都可以打捞上岸，打捞不了的那片薄云漂白成溪水的姐妹，一同往东淌去，光着的小脚丫是溪水燃烧着的火把，那便是村庄寓言般的告别？那便是扑面的青山内心的独白？

于是，缓缓绕过村庄，我的溪流，在一个峡谷的高岩上完成崩溃或逃生，一切又将重新开始。许是身后久久注视的那位女子在你狼狈不堪时及时地大呼小叫，溪流才将全部的思索聚成一潭绿水并即将成瀑。

（选自《散文诗》2015 年 4 月）

宅

陈茂慧

是动词。

是她卸下重负，去掉伪装，独自面对自己的灵魂。

是天空高远，被翘起的屋檐遮挡光线。

是屋外大雪封山，屋内春意盎然。

是他在远方踏青，她在北方的巢穴梳理凌乱的羽毛。

低下头来，她轻叹："这座城，终于寻着自己的主人了！"

那些冲锋陷阵，飞马扬鞭的时日，那些翻山越岭，披荆斩棘的光阴，那些沧海横流，望海兴叹的岁月，都成旧事。

一棵树，适时出现在窗外，在风中不断摇晃。

灯都亮了起来。

大雪依然在飘。看不清路途，世界一片清静。

一些小枝条不堪雪的重压，发出巨大的断响。

内心的风暴再次席卷而来。她必须先安顿自己躁动的心。

她必须自己和自己和解。

必须抱紧秘密——这虚弱、虚软、虚幻的喟叹。

多么单调的色彩！她处于绝境，她挣扎，她要更新历史，她要写就新的传奇。

"撤退，赶紧撤退！"她命令自己。

眼观鼻，鼻观心，她盘腿打坐。诵读《心经》。

天空只是阴了一半。另一半用来调节时令和节气。

她退回。她必须宅住。不去管那些细枝末节和曾有的或即将发生的变化。

在阴的这一半，她坚守。

她收起自己所有的锋芒。

阴郁就阴郁吧，暗就暗吧，灯光都无法照亮的角落且由它。

有厚厚的墙，有坚固的门窗，有安静的心。锁，是摆设和挂饰。

一段时光就这样封存起来。

果实和青翠在秋天已被收回大地，柿子树安静地站在向阳的山坡。等待一阵春风吹过，等待雪花融化，等待再次花开、结果。

她深信，树就要返青了。

她马上就开花！

（选自《星星·散文诗》2015 年第 9 期）

七步奇迹

向天笑

你陷入别人为你设计的陷阱里，短短七步，步步刀光剑影，步步暗藏杀机。你每一步都踩在风口浪尖上，你命悬一线，你的小命捏在别人的手里。

你怦怦的心跳，像炒锅里的豆子，一粒粒都处于爆裂的状态，那么危急的关头，内心深处像海潮一样汹涌，表面上却像深渊一样平静。

你付出的是真爱、真情，却只能任人鞭挞。你默默地承受着，从不想到哪一天翻身为王，哪怕你甘愿为仆，他也要想方设法把你打倒在地，甚至还要踏上一只脚。

你内心翻滚的浪潮，像千军万马一样，呼啸奔驰，多想逃离这无边的苦海，多想他能够回头是岸，可他依旧追赶，让你毫无退路。

哒哒的马蹄声，席卷着你对亲情的绝望。你的真情、你的尊严，像一块干净的草地任人践踏在脚下，你只能隐忍着，而且一忍再忍。

你的内心像煮在釜中的豆子饱受箕火的煎熬，曾经那些如花盛开的灿烂时光，早被别人抛在脑后；为了那所谓的颜面、所谓的光环，早就不顾及你与他是同根而生，也不顾及你与他连体多年。

尽管你的内心在哭泣，可擦干泪水，你依旧笑容满面，依旧谈笑风生，早就置生死不顾，只是抛不下一生的情分，对他绝不了情，更忘不了情！

你临危不惧，不乱方寸，绷紧的思弦，在七步之内，弹出千古绝唱，把你也弹出了鬼门关。

真没想到，短短七步，走出千年辉煌，创出万世奇迹！纵使走过千山万水，也不如这七步惊心动魄，让足下生辉！

哈哈，诗能惊天地，诗能泣鬼神，诗能打动铁石心肠，诗能让踩在脚下的蚂蚁，长出翅膀飞翔。

（选自《千年咸平》，河南人民出版社，2015年4月）

河　堤

司　舜

春天款款而来，风在期待美丽转身。

我沿着河堤行走，像一颗尘埃，不急不缓，河水也是。河水很空但似乎在搬运什么，也许水里藏着什么秘密呢。我内心也有秘密，可是我不知道怎么搬运，往哪里搬运？

景物都是熟悉的，树木、草芥，田野，远山。这些，都是我喜欢的。我喜欢的是它们的品质：

无论季节如何变换，它们都过得那样简单，没有溺死在幻想里。不像我，常常放不下个人的忧伤。

大地在展开身躯，翠绿快要出生，没有什么可以代替翠绿温暖着我。

我走在河堤上，开始有了翅膀，我爱上什么，什么就在我身边飞翔。

（选自《山东文学》2015 第 1 期）

我不掩饰对雪的爱慕

南小燕

在北方，我不掩饰对雪的爱慕。

这纷纷扬扬的精灵影子般走动。

它破译了光的密码，仿佛世间万物都是它可以随意装扮的新娘。

与一场雪相遇。

在童话世界里延续久违的笑声。

远方从遥远的唐诗中弥漫过来，一切的凋零和衰败变得恬静而柔和。

雪，多像一个技法娴熟的魔术师，毫不费力变换了万物的色彩。

一切，都被笼罩在苍茫之中。路上涌现的是白，窗户里飘出的是白，树梢上停留的是白，行人身上披着的是白……

把来世交给雪吧！让自己变成一个晶莹剔透的雪人，没有污浊之心，不用惦记和悔恨。

成为美人，用雪的清纯，等待迟来的英雄。

或者成为英雄，用雪的剔透爱一个星辰般淡薄的美人。

这样就足够了。

我用自己的方式存在。

用自己的方式，尽情地——

为一些真相欣喜，同时为一些真相流泪。

（选自《散文诗世界》2015 年第 5 期）

农　具

王忠友

时光凉，擦满霜。

收完最后一粒粮，割完最后一棵草，大大小小的农具，挂在牛棚的墙上。

镰刀，锈迹斑斑，那是母亲褪不去的老年斑。锄头柄，又黑又亮，那是父亲的老骨头磨就的老时光。泥土里霹雳咔嚓的大镢头，因伤过蚂蚁，垂下倔强的头。碰伤过蝴蝶翅膀的草耙，怎么也不肯拿掉那片难受的叶。还有三叉钩、木锨、耢……

我数了数，不多不少，正是父亲的年龄加上母亲的年龄。

老牛在吃草。

"哞——"的一声，我发现，一条牛鞭，潜伏中间，弯曲，幽暗。还在暗中抽打它们——

沾满79年的辛酸、寡言、风湿，85年的血滴、咳嗽、失眠；

磨掉79岁的低泣、寒霜、黑暗，85岁的穷命、憋屈，苦胆。

（选自《散文诗》2015年第9期）

我（外一章）

王　元

在一个满天星辉的冬夜，悄悄的我来到了这个世界。这样的时辰，凛冽中蕴含着生机，黑暗里充满了神秘。

我就喜欢那样的黑夜，喜欢做梦。曾几何时？背靠青山绿水，仰望蓝天白云，倚想满天彩霞，怀抱火红太阳。

可这一切竟只是天边迷人的彩虹，长河落日。后悔？高兴？

拾起的虽然只是一堆残碎的梦，梦就梦吧，总比连梦也没有的好，常常这样自慰。

不过，梦终究是要破的。撑一支长篙，驾一叶扁舟，告别昨日狭窄的小河，驶向浩瀚的大海，也许那里会有意想不到的收获。

（选自《香港散文诗》2015 年 11 月）

邂　逅

这是不期而至的美丽相遇，原本不相干的两个人，因为彼此会意的一笑，或者轻声细语的一句问候。

在陌生茫然的城市街头，正在不知所措之际，因为热心周到的指路，甚至不厌其烦地引路。

在拥挤不堪的公交车上，疲惫地拖着沉重的行李箱，一次不经意的让座，或者下车时帮手推把行李。

在通往江北机场的二号轻轨上，偶遇一位单纯而美丽的姑娘，随意的短发配着合身的白色短袖衫，周身散发出淡淡的兰花香味。

家住机场附近的她刚好与我同路，帮着我购买车票又热情带路，我们一路天南海北地攀谈，既不为图报也不为相识。

在不知不觉中轻轨将到终点，我几次想打听姑娘的芳名和地址，又一次次地打消了念头，始终话到嘴边却没说出口。

还在犹疑不决之际，姑娘已在双龙车站下了车，慌乱中只见她伸出手向我招摇，瞬间姑娘的身影便消失在汹涌的人流。

随后我就后悔，为什么不鼓起勇气把兰花般的姑娘留住？其实世间的事情常如此，总是在错失之后才感到怅然。

（选自《散文诗人》2015 年 42 期）

爱 语 呢 喃

杨永可

自从结识了你，爱海涨涌情潮。澎湃着，奔腾着，眉梢眼角，闪现着雪浪花溅出笑意。

从一见钟情，到心心相印，每一个脚印，都贮着爱海情潮淘涤出来的心灵精粹。

话相倾，心相许。山盟海誓在相视一笑中，凝铸成千年琥珀。牵手更牵心。心有红丝一脉缠，缠缀成不解之缘。

情芽爱蕊，会茁壮成参天大树，会缔结成美满硕果。相恋相爱的每一个刻骨铭心的细节，会连缀成人生的爱情史诗。

不要刻意追求爱的华丽，情的鼎沸。有时候，平平淡淡才是真，扎扎实实才能久。一现的昙花，不会开于千年银杏的枝头。

爱情绽开的丽葩，要用心灵深处的圣洁清泉去浇沃，才能永葆青春的活色生香。在姹紫嫣红的爱情花海中，焕发着挡不住的魅力，繁衍着扑不灭的芳焰，或跻身百花齐放中，或高标一枝独秀处。

爱情离不开人间烟火，就像花树离不开土地。在日常生活中，以平淡奇崛精彩，以简单升华珍粹。爱情离不开柴米油盐酱醋茶。爱情在衣食住行中彰显本色，传宗接代。

千回百转，爱情总流归生活的大海。也许，海上有人手执长篙，撑起木兰舟，浅唱低吟，寻寻觅觅，撑过绿肥红瘦的流年，想留下锦绣诗篇。这种幻想式的笔墨，能经得起生活海洋波涛的拍击吗？

风风雨雨数流年。不要在爱情发黄的残卷，觅找落红残紫。有人说，爱情也许是一个王国，一个皇朝，一个部落，一个城堡，一个战场。在里头，有情圣，有王者，有凡夫，有情奴；有情趣，有情痴，有情仇，有情殇。难道像光怪陆离的大杂烩？见仁见智也！

爱情，如何保持初恋时一往情深的活香活色？这，既要安于平凡，乐于平淡，惯于相敬，勇于自省；这，也要褪尽浮华，摒弃虚荣，泯灭攀比，抛掉沉溺。

站于爱情的峰峦，既要珍视现在的恩爱，也要回眸过去的沧桑，更要高瞩未来的美满。

爱情，是滚滚红尘中一团生命的烈焰，是皈依岁月勇往直前的侠士！

（选自《香港散文诗》2015年秋季号）

端 午 水

海　叶

端午降落的雨水，带股尘埃的腥味。光着脚用一根香烟，支起江南微凉的夜色，仿佛夜色如此的不堪重负。

甚至，背不起诗人背后的那些时光。

那就背一点儿大地的芬芳吧。

雨水，在急急地赶路，仿佛只为了爬上那长满青草的屋檐。

端午，我的表情如艾草一样新鲜。草香带着雨滴钻帘入户，轻翅一擦，就把这个传统的节日，变得温厚、明亮、轻盈而结实。

端午的雨水，冲散了草木游移的阴影。其实，沉默或遗忘也是一种永恒，能让亘古的日子，在那些入典的草叶间氤氲。

古往今来，已有无数人书写过这个日子。那些诗句里安放下的心愿和孤独，真的能消解对时间和命运无休止的追问吗？

绵延的雨水，带着音律般的节奏，依旧在一个和无数个背影中起伏……

（选自《大沽河》2015 年第 3 期）

雨　天

庄　剑

那把蓝色的伞，在浅灰色的天幕中，翩然而至。

你，是谁写给雨天的一封情书，居然把小桥旁那棵石榴树的眼睛点亮？

记得早上一个朋友的微信问，夏雨为什么会像秋雨一样缠绵？

是的，夏雨缠绵，缠绵得像把把移动的伞，朵朵流动的云。

花既然开了，为什么还要谢呢？

人既然聚了，为什么还要散呢？

这个看似傻傻的问题，难道真的问得不合时宜？

雨中那枚青涩的石榴，能否告诉我？

点点滴滴，滴滴答答，不紧不慢，不徐不急，像记忆中教堂顶上永远不停摆的那口钟。

雨为什么能够如此低调？

那些雨中仍然嬉笑的人们为什么不能？

那么，失恋的人能否把雨声重新组合成快乐的音符？

然后在点点滴滴，滴滴答答，不紧不慢，不徐不急中让自己的内心，安静地在易变的尘世里低吟浅唱？

让人遐想的雨声，还有那些应该在雨声里感悟的灵魂，在雨天的伞下，是否就可以开成三角梅似的寓意？

然后，雨过天晴。

（选自《北京日报》2015 年 7 月 14 日）

恋　菊

赵　凯

一

应该是秋天，你才有那些冷艳的光芒照耀着我，也照耀着这个美丽的春天。花如落雪，泥土的沉香翻开我所有生活的记忆。一丝爱的疼痛，在风中，也在雨里。所有梦的开始，都是黑夜里的舞蹈，就像我所有写给你的诗歌，都与这个春天有关，与你有关。

二

花开了，被岁月尘封的雪片在漫天飞舞。风在哭，打湿所有幸福的日子，那些在岁月里被雨伞撑开的泪花，也忧郁成最后一道落英。爱在风里，也在雨里，你是秋天里最忧伤的花朵，日子抽长冷冷的雨丝。我站在这个春天里，思念绵长，与这个春天有关，与你有关。

三

这是一丝没有结果的疼痛，就如花的色彩，路过了茫茫花期，飞舞的蜂蝶，成为折断的翅膀。我总想看你在秋天里的微笑，哪怕秋天在哭，雨也在哭。爱情在这个春天里流浪，住进你思念的小屋。我想你花开的日子，天空应该下着小雨，也下着小雪。

四

想你的这个春天，应该与爱情有关，与你有关。一场夜雨，淋湿了春天所有的梦。我是一粒尘埃，我是你花开时的最好温度。绽开的痛苦，是这个春天里最美的温暖。想你的这个春天，天空不会有雪，我希望那些幸福的根须穿过这个春天，也穿过你的夜晚。

五

想你，是这个春天最美的梦，是我饥饿时最幸福的晚餐。花开的时候，我知道你的名字一定是一场大雪，一定能点燃这个春天的激情也能降低这个春天的温暖。孤独，让我只能穿过这个夜晚，像一阵迷失的晚风。雨，打湿你孱弱的心灵，爱是温暖的阳光，也是这个如梦一般的春天。

（选自《伊犁河》2015 年第 5 期）

乡愁：押解我回乡

白炳安

我伤害过故乡的一草一木。

我逃离故乡已经几十年，见了从那个方向飞来的鸟，想躲避，承受不起陌生的沉重。

是乡愁押解我回来。

面对故乡，我是可耻的，除了认出故居，我的记忆里一片虚无。

一只狗围着我转来转去，我望着脚下的土地，低下了头。

风吹乱了我的白发。

把乡愁当枕，依旧一夜难眠，心下起细雨，沦为泪。

（选自《散文诗世界》2015 年第 3 期）

过　滤

亚　明

忽如其来，小小的嘴巴，温润、冰凉。

我享受着这久违的缠绵。

此时，距南方喧嚣的数百里，没有绚丽的灯火，没有繁闹的人间。

只有踱着细碎脚步痴缠我的情人，只有慢得像月光的时光。

——一定有人抛下了个巨大的过滤器，过滤了我眼前的风霜，大地的尘埃，以及我额头上的仓促的光阴。

这多好。将过往的光阴一过滤，那些花朵再也不会留下垢渍。

我也不必固守那朵喧嚣。

（选自《散文诗人》2015 年第 42 期）

在梁祝里驻足

鲁本胜

蝴蝶穿过了秦时明月汉风唐韵。

他的飞，在碧蓝的天际，历千年而不变。

宁静，安详而柔滑的曲韵，尽情演绎着爱之吟叹。

草桥结拜。三载同窗。十八相送。楼台相会之后，天空便是爱的春天。

他们的歌，一声比一声凄恻动听。

从对方的眼睛里，风读出了海枯石烂，生死相依。

一双蝴蝶的故事，感动着大地。

（选自《时代文学》2015 年第 4 期）

比陡峭寂寞

转　角

比黑暗黑，比远远，比陡峭更寂寞。

为从此时开始，为一万种活命的理由，为一路向下的陌生境遇，你潮湿在野花与松针低矮的辽阔之上。

你劫营，掠阵，草寇，奔逃，塑成远离繁华的烟。

而匍匐者在聚焦的伤口处弯成难以忘却的岁月，用手与首缔造坠落与虚无的关键所在。叹息的河流被滂沱大雨倾倒出你一世风霜，而你消失的速度远比真实更加真切。

我在等一个孤独的名字——张爱玲。

我们终于有了相同的忧郁，相似的幽深的取舍。

挨挨挤挤的草木黯淡了，消失了，神秘了，荒芜了，缤纷了，混乱了……

终被凌迟在暮色四合的远方。

你的，我的，或者是——

我们的。

（选自《山东文学》2015 第 1 期）

午 夜 书

任俊国

夜如一条河，流淌过城市、村庄。流淌过街道、窗口。

流淌过时间的缺口。

偶尔有一滴露珠滴落，打断蟋蟀的琴声。风扯着月光的裙裾，窸窸窣窣跨过树梢。

很多人从梦中走出，在河的岸畔，喊渡。我的失眠是一艘免费的渡船，却无梦问津。

一只猫，踩破一匹夜瓦。

在星光泄露处，一个梦中失眠者，泅过夜河来盗书。我，计无可出。

（选自《山东文学》2015 年第 4 期）

第一次和香樟树这么近

冰 岛

第一次和你靠得这么近，空谷壳的天气塞满了湿气，我能从你的身上触摸到中午湿湿的太阳。

膝盖在漏水，绿叶在散步，它们好像都有相近的感觉，下次来我就带着风带着更多的鼻子和嘴，把湿气攻占，和你在一起，就像那个电视剧谈死亡也谈书信。我依然有很多热望，热望诗的繁殖系统像你一样。有水果托盘在月光里跑动。有时我就想把你挖到一个词里，湿一湿我的纸张、荧屏、笔尖。

我只能靠回忆拣起一个函数，小时候野兽可常在我身体里行走，曾经被风干的诗歌遗骸渐渐开始了心脏的跳动。

我毕生都在寻找一个南方蓝天上一块白云，像你一样充满湿气的词汇做我的键盘，让我的文字和信仰储满红色音韵。把一些虚无的垃圾无根的幻想挂在窗上风干，在你树下吹起一管长笛，面孔通红，被湿的玩具渐渐膨胀。

（选自《大沽河》2015 年第 1 期）

它们走过的地方，阳光肥美

雨倾城

天空飞在水里。

一脉清流，带着大野的苍茫，穿越草色、知了与夏天，轻漾古今。

最好的时间。

一群白云，时而停留，慢慢咀嚼午后。它们走过的地方，阳光肥美，喧嚣归隐。

"这一生中的好时光，还与了我的河山和村庄。"——泱泱之水，读出鹤壁不为人知的喜悦与疼痛。

我愿在这一刻老去。

我愿在他乡辽阔的水域，不住奔跑，淘洗最洁净的质地。我愿城市上空，鸟儿们奔向四方，投下善良和容纳的影子。

我愿长跪俗世，看无数个鹤壁、无数个你，在祖国大地有序生长。——明亮，且健康。

多少次，我闭上眼睛。

只是，请你原谅。那些美好——

我，拙于说出。

（选自《山东文学》2015 年第 10 期）

今天是个好天气

曹立光

淡蓝的天空下，有一朵优雅的白云在梳妆。结伴飞行的燕子呢喃春光。这些发光的好心情，都给忙碌的人享用吧！

今天是个好天气，上学的风筝被风牵着小手，早班的露珠得到青草的赞誉。

婚礼的鞭炮点燃爱情，轮椅中打盹的毛毯沧桑中有淡定，如脚下的河水，绵延不息。

看得见的，看不见的世间万物：

因为温暖，我们拥抱，因为敬畏，我们感恩。

（选自《大沽河》2015年2期）

雨　霖　铃

霍楠楠

与一个失明的传说有关，千佛曾居于此。

我相信，它身上普照着永恒的清辉。

一条河流，流经明媚光洁的书简，隐于浅墨迂回曲折的运笔，檀香就韵出来了。

几滴雨水，穿透雾霾重重的云霞，与几串塔铃的低语浅吟，佛经就译出来了。

黎明中的塔身，正吐露出一曲引领，用一步一吟的鸟鸣，发散于腾空的梦境。

第一层居住着沙粒。第二层居住着石块。

第三层居住着蚱蜢。第四层居住着青鸟。

……

万物被其唤醒。万音皆可入药。万籁自成诗行。

……

入夜的灯盏，如次第弹响的音阶，轻和着欢快跳跃的思绪。

柔美而沉醉。

最终落入河流的绝唱，也必将，化为天空的，另一朵云。

（选自《山东文学》2015 第 2 期）

晨曦透过树的枝叶

方齐杨

冷清的晨曦透过树的枝叶，静静地立正在纪念碑前，不计算时光的流逝。

在这之前，黑暗在这里站岗，远处的灯火那么遥远。

黑暗逝去，晨练的人群陆续光临。

纪念碑前，亚光大理石台阶上，开始凌乱。

压腿热身的人们，大汗淋漓。

那些随手放置的物件渐渐冷却，像搁置已久的历史。

阳光越来越饱满，花拳绣腿的人群停了下来，大声交谈。

纪念碑不言不语，就那么立着、听着。

碑下热血的英雄，分明活着，在历史里心跳，并仰望天空。

冷清的晨曦透过树的枝叶，静静地站在纪念碑前，直到万籁俱寂。

（选自《中国诗人》2015 年第 1 期）

折射云雾的光芒

仕　凉

在岁月的长河中，本想，抓住点什么，留住点什么。但结果，除了经历着时光的流逝，什么都无法留下。

有些愿景，得到的应允，美丽如花。其实不过烟花焰火燃放，耀眼的光芒，总是转瞬即逝。

有的时候，看上一种美好的幻象，往往需要漫长岁月的沉淀。而看清一个人的城府，往往就在须臾之间的开悟。

有的时候，追梦、逐幻，虔诚初心，穷尽余力。就像扣错了的纽扣，一排排地往下错位着。弹指一挥间，执迷的日子，一下竟被流失很多年。

以为，命运的手，总会翻出硬币的正反两个面。非此即彼。

然而，攥着硬币的那只手，永远都不会摊开。

大凡相遇，必有因果。大凡忧欢，总会消停。

昨天的故事，被今天的现实弄得面目全非。今天的日子，已不见昨天习惯的人事。明天的路上，不再会被风景蛊惑。

（选自《散文诗世界》2015 年 9 期）

素　好

周　伟

只一个素字，就喜欢上了。我说，素——好。

素，是你的名字，也是我追求的境界。

素总是美好的，随手写下：素白，素淡，素洁，素净，素雅；素颜，素纱，素裹，素绢，素华；素雪，素荷，素月，素韵；素文，素笺，素卷，素简，素描；素意，素心，素爱，素德，素养；素食，素人，素室，素尘……

在素常的日子里，存有一颗素心，怀抱一身素爱，寒冬便会渐渐远，春暖气息自然香，日子也就缓缓过。

有人说，日子就是最朴素的棉线，嗞嗞从手缝穿过，你可以把它捏成死疙瘩，也可以翻结成美丽的云花。

你也常说，做人要怀一颗素心。我当然知道，拥有一颗素心的女人，定是一香不与凡花同的女人——气吐如兰，洁白无瑕；优雅清丽，清香久远。

而你，就是这样的女人。心若素简，花开自在。

素年锦时，春月清日。素说美好，雪言温暖。安之若素，静若如花。

在这素常的世界，爱素好古，能素就好！刹那间，一切了然。

（选自《散文百家》2015 年第 2 期）

法国卢瓦河：华丽的香波堡

朱祖仁（中国香港）

苍穹。蓝天。白云。一轮太阳，无遮无挡地照耀着一座五百多年的狩猎城堡。

城堡，一颗岁月历练的明珠，展现法国卢瓦尔河谷所有城堡中最宏伟，也是最伟大的一处妩媚与妖娆。

她和阴柔的舍侬索堡被封为一王一后。华丽的姿态，予人以童话般的梦幻感受。明亮的大理石殿堂，脆性的双旋梯，平添了一声声丰厚的韵律。

那些油画，那些人物造型，那些梦幻般的雕琢，闪烁着超然艺术，直至如今还刮起了一阵阵痉挛般的旋风。

香波堡的另一个妙景是它的外形。是超现实主义的杰作，托起潮的响声。

香波堡，寂静地怀抱克娄颂河。她那熄灭了的笑容，高耸着他宏大的心事与怀想，后人淡忘不了。

香波堡的守腊苑，也成为布隆森林繁茂的橡林，配上平静流过的卢瓦河，衬托起香波堡的神秘。

当人们在森林中漫步，仍感受到当年法国贵族弯弓射鹿的气氛。

城堡，是皇权的象征。

故人的足迹已远，但遗下王者气质。

香波堡，一部厚重的历史因而变得璀璨夺目。归功于文艺复兴时期，至高无上的显赫君主弗朗索瓦一世的伟绩。

（选自《香港散文诗》2015 年 12 月）

秘　　密

刘丽华

把你的秘密告诉一株栖息于路边的野菊罢，它卑微的身份会理解：别人爱他鲜衣怒马，头顶光环，你说你只爱他独一的灵魂，它能相信。

把你的秘密告诉山风罢，它会伸出手臂，环抱聚拢，不让那些儿忧伤，漫山遍野，飘散、失落。

把你的秘密用尽力向大海掷去罢，三千水深，另一江湖。

如果注定，蒙昧不清的情愫是为矜持而付的代价，那么，熹微的晨光中，如若他向你走来，你不要，不要失声痛哭！他必不知道，脚下的裂帛声声，是荼蘼花尽，如旷野里悠长等待的回响，也是绝唱。

（选自《散文诗人》2015 年 12 月）

大秦的风：一路向南

黄　刚

一把剑，青铜的剑。

使命骚动于统御六国前夕，出发酿就于八百里秦川的咸阳宫。

寒光在公元前 219 年闪过。秦始皇拇指轻催,剑,猝然出鞘,锋指南方——从千古一帝的掌心发轫!

逾黄河,越秦岭,跨长江,裹挟着满槽的剑风,凿穿五岭!

伴随猎猎旌旗,赵佗麾下的五十万虎狼之师脚踏秦腔嘶吼的壮乐,将仓颉的精灵播撒在岭南广袤苍凉的荒野:规整刚毅的方块字,被铺排成棱角分明的,一畦一畦,逼退疯长的稗草,一丛一丛绞杀老辣的荆棘。

将终南山的松炭研磨成漆,勾兑岭南的江河。这南方的水,亢奋如马,向海呼啸,裂空嘶鸣。

中土的文明因那万古黄土的催化,沿江发酵,润泽辐射。历经秦风、汉骨、唐风、宋韵洗礼,以及明清的雨露滋养,蜕变为孕育精神生命的产床!

蜕变,从梅关古道卵石凹陷的马蹄窝,从两壁岩褚褐的血色余晕,从嵌入山体的佛堂香烟,一寸一尺地向南演化、向海推进。

放眼五岭以南,咀嚼人文风尚。

粤语的音韵是否嵌入了几缕秦音?汉剧的腔调是否飞扬着几声秦韵?客家的饮食是否洋溢出几许秦味?

风吹去,五十万拓疆的大秦勇士魂安何处?志在四方的他们,如飞扬的蒲公英,絮飘四方,落地生根!他们将秦人的基因植入岭南后裔的骨髓,绵延,承续了两千多个春秋……

伫立粤赣相交的梅关界石,北望,南眺。在五岭之下的雾霭中眺望,看见了岭南亿兆百姓的先人——秦人隐约的背脊!

江河以下,平畴无际。大秦的风,一路向南。

梅关古道的孕床上,北袭的季风浩瀚成不遏之势,南熏的气息逆光而上,持续温润——它们遭遇,吸引,对撞,纽结,受孕!

于是,大秦的风在五岭以下嬗变,嬗变成一股穿越远古的崭新的风——岭南风,横空出世,恣意江海:一路向南,一路向海,一泻万里,一啸千秋!

(选自《江西日报》2015 年 11 月 20 日)

水

喙林儿

一滴水，是几万年几亿年前的形态，是最初的，最柔美的表达方式。

或许，就在那一刻，灰姑娘恰好看到了王子的俊美英朗，王子恰好也在那一刻看到了灰姑娘脚下一双鞋子的美轮美奂。

舞池在一抬头的注目里旋转，星星停止了呼吸。

只有一双鞋子在闪烁，晶莹剔透，六棱的光芒折射出天地造物的灵秀。

该选用什么样的言辞表达呢？

一滴水是羞涩的，一滴水是不善言谈的，一滴水的眼泪是看不到的。

一滴水远离了尘世的喧嚣，一滴水隐藏在岩层的深处。

静默。流动。千回百转。

天在下雨，她不在；河在奔流，她不在；王子在寻觅，她不在。

人们都在度量着自己的秋天，人们都在奔向自己的粮仓，人们都在各自的树梢上挂起自己的月亮。

王子的目光嵌顿在时光的深处。

日和月不停地更迭，木质的轮转动起铁质的轴心。

（选自《国家诗歌地理》2015 年第 10 期）

低　语

洪　烛

　　我低头对着佛像祈祷，佛听见我的低语，却不见得知道我心中所想。他以为我和所有人一样乞求幸福，其实我只希望：不幸少之又少。

　　我默默对着玛尼堆祈祷，路人看见我的表情，却猜不出我的需要。人们以为我寻找一条金光大道，其实我在企求：错误的选择越来越少。

　　我终于可以面对你微笑，你读懂我的眼神，却读不懂我的欲言又止。你以为我想表达自己的爱慕，其实我在为你祈祷：明天只会更好。

　　很久以后，我还会对着雪山祈祷。过来人的一副热心肠，雪山哪里知道？正在转山的人以为我走不动了，其实我想得更远：唉，愿天下有情人都能白头到老。

（选自《诗选刊》2015 年 5 期）

幽 谷 鸣 泉

陈泗伟

　　你生在遥远的山岩，长在幽静的溪涧。一袭青衣，两袖月光，在清纯透彻中，你闪亮着人性光辉，仿佛天上娇羞的仙女神秘地降临人间。

风萧萧兮易水寒，你一别大地母亲的怀抱，带着对山林幽壑的无限依恋，迎着风，冒着雨，历经几多湖光山色，星移月转，如开赴边关的勇士，从未迷失自己前进的方向，沉着而自信地奔腾向前。

问世间情为何物？面对尘缘世道，你一路走来，荡尽心中尘埃，吹开陌上花红，用柔弱的心性感化世间的强硬，用纯净的心境容纳世俗的疯狂，母性般无私的爱，抚平了大地的不平，浇开了四季的绿芽，一切孱弱的生命因你滋润茁壮成长，一切破败的景象因你冲洗洁白干净。

千亿年来，你柔情似水，净心素雅，不污不垢，独自往来，淡看浮华。在离迷人世间，你悟透因缘巧合，参透和光同尘，倾心相遇，坚信心不死，自奔腾。

悠悠流年，韶华白首，转瞬即逝，唯有你终生无怨无悔，坚信天地有情，人间有爱！

千亿年后，也许你依然带着大地母亲的深情嘱托，无私的秉性勇往直前，笑傲江湖。经过狂风暴雨的欺虐，经过山川沼地的沉淀，你在曲折在奏出抑扬顿挫的旋律，在平坦中露出谦谦君子的容颜。

谁见幽人独往来？你朴实的性格铅华尽洗，宽博的胸怀全不顾自身的得失！你坚信：心不死，自奔腾！万川归海，你仍似海情深，是你成就了尘世间的万千美丽和梦想……

（选自《汕尾日报》2015 年 6 月 14 日）

新 六 点

羊 子

新六点和旧六点一样，身着黑色华丽的大氅，穿过我梦的边地，盈盈地伏在我的窗前，等我。等我用散发梦香的双眼，看她。

犹如她看我。

我鱼儿一样溜下昨晚，游过昨夜洁净的书房，轻轻地，把我的心门打开，含着笑，安稳的笑，请进新六点拥抱我生命里的每一个细胞。

同时，也把干干净净的空气邀请进来。在人类尚未糟蹋这些纯净之前，干干净净的我，把干干净净的空气邀请进恒久在岁月天方的昆仑书院。献出六点时分的雪白的这份空气，像一个熟悉我很久的收藏家，在我不知宝贝的情景下，将书院中一枚枚铜臭的、昏聩的、呆板的、腐败的、衰老的气息，一件件发掘出来，藏进他无垠的手心。

我毫无知觉。

毫无知觉的我透过新六点身上黑色的长氅，看着镶嵌在锦缎一样华丽的大氅上面的是，一颗一颗宝珠般眨着眼波的星宿，悄然含着笑，如我，稳稳地，看着我。顿时，我心泛开神秘旋律的清波。

我被这清波缓缓、清澈地推着向前。迎面，是一个一个的崭新，纷纷亲吻我放弃梦境的心情。我好似红红烛光中的新娘，竟被自己玫瑰色心情娇宠得芳香盈盈。

依然记得，诗性盎然的我一样知道，新六点是人类社会行程中镌刻在2014年10月15日上的一个名字，一个闪烁汉语光芒的名字。

我爱新六点像旧六点一样温存可爱。

（选自《草地》2015年第1期）

穿过那一声叹息

刘慧娟

轻轻指一指太阳，半年光阴，从指缝簌簌撒落。

一种疼，慢慢扩散，预言，像被闪电击中。深情望了你一眼，半生光阴，已是逝水东流。

心，穿越高低起伏的憧憬，在酸甜苦辣处，婉转。隔岸的你，留一个亘古背影，镶嵌在岁月深处。你曾采用不倦的辞赋，高举灵魂之旗，踟蹰向远方徘徊。

试图穿越冷冷的观念，穿越那声忧郁叹息。

只是，历史已经成为历史，回归的路线已经荒芜。

最初，是那几缕不紧不慢的雨丝，纠缠你顺流而来，在蔷薇羞涩的一刹那，岁月开出生命的惊喜。

那忧郁的叹息，来自毁灭性的乖戾，今夜，我端坐忧伤末梢，是迂回，还是冲锋，正举棋不定。

最后，我决定伺机谋反，以最快的速度，在最短的时间里穿越忧郁，直扑芳菲。

（选自《贵州文学》2015 年 11 月）

清 扫 工

严　炎

她们穿着橘红色的马夹，像一朵飘忽的火焰穿行在公园的坡上坡下林里林外。生活在社会最底层，拿着最低工资，如同一阵风吹来，又被一阵风吹去，普通的不能再普通。一览无余，不喜欢谈论命运以及那些与命运有关的话题。

孩子的学费还没有凑齐，人情往来不能不到，就连农村盖房上梁也要随份子，不去人家瞧不起，说你搬到了城里忘了乡里乡亲。一脸的愁云，挥之不去。

伸开手掌，捡拾纸片和杂物，让灵感的火苗在手心与暖阳一起徜徉。从此，一个关于卫生城市的故事，以及所有汗珠结出的盐花在公园里慢慢轻盈，急速地疯长。

她们显得孤单却很优美，有一种动人的表情，虔诚地表现在她们每个动作上。背负着最朴素的名词，将整个公园打扮得清亮、整洁。

（选自《中国诗人》2015 年第 1 期）

倾听大地的声音

黄宏欣

记得小时候，曾不止一次，我会一个人静悄悄地冲到空旷的田野，对着天空大声地喊叫，仿佛在呼唤一个远方的伙伴！喊累了，就地躺下，侧着身子，默默地聆听那来自大地的声音……稻浪滚滚、蛙声虫鸣、禾雀啁啾，还有那小水蛇游动的轻微声响！甚至有时还傻乎乎地睡着了，任凭耳边的风一直吹……

下雨的时候，我喜欢打着一把伞，一个人走在弯弯曲曲的乡间小道上，时大时小的雨滴敲打在雨伞上，都往地下蹦去；脚底响起咯吱的声音，断断续续，似有若无，远处还飘来几声犬吠；隔壁一声婴儿的啼哭，划破这个雨天的静谧……

曾几何时，我独自一人攀登一座座孤峰，在峰回路转处，在陡峭险峻处，在绝顶登高处，默默地注视着前方，感受扑通的心跳声，感受呼呼的山风，感受来自天际的回响……

特别是那个夜晚，在海角城的一个房间，窗外一片漆黑，星星似乎都沉睡了，海就在眼前，却无法一睹尊容，耳畔响起滔天巨浪声，那种只闻其声、不见其形的兴奋，极尽诱惑……

每一次孤独的体验，总能让我的心归于宁静，总能让我有机会倾听来自大地母亲的天籁之音。当声音渐渐入耳，我仿佛越来越能感受大地母亲对我的叮咛，温柔而婉转，轻微而深入，醉了，醒了，笑了，哭了……

（选自《散文诗人》2015 年 12 月）

后一排座位

桂兴华

这里，别有一番开阔：

谁搭讪着插进来？谁板着脸闯进来？谁又酸溜溜中途离场？

突然的后面，怎么还会有突然？

一清二楚。

此刻：你在空当里，正好与我对视！

你近得能闻到你的呼吸。但你再没有看我一眼。

我的脸色，成了你红润的反义词。

但是，人终会坐到最后一排的。

即使是你——目前正属于焦点。

（选自《华星诗谈》2015 年 9 月）

海 韵 牵 情

一

红红的旭日从天边悄悄地冒出，腾跃，腾跃，一团火焰，燃烧着云层。

迎着朝霞，轻风把浪花托起，海面一闪一闪粼波荡漾，金黄映耀，水天一色。

早起的鱼儿精力充沛地在水面跳跃，几只勇敢的海鸥在空中翱翔，于风口浪尖中掠过。

帆影绰绰，拖着渔网撒向蔚蓝的海空，浩瀚无边的大海，吹响嘹亮雄壮的晨号，开启生机勃勃新的一天。

二

白花花的潮水簇拥着向滩边礁崖撞击，猛然回首——

潮起，潮落，汹涌的后浪推前浪，声如雷霆万钧；潮起，潮落，无边无际的战场，势如万马奔腾。

疾驰的海风阵阵，吹起嘹亮雄壮的冲锋号，谱写了多少雄浑而苍茫，深邃而致远的篇章。

浩瀚无边的大海蕴藏着无穷无尽的神奇力量，任凭雨骤风狂，恶浪滔天，处境何等坎坷艰辛，只要鼓声不息，激起的百尺浪涛仍然一排排地向前奔涌。

风云激荡，潮涌浪翻千年，拥抱东沙西沙中沙南沙一串串美丽的海上明珠，渔轮一艘艘溅起南海的浪花驶向远疆曾母暗沙。

尧天舜日被唤醒的东方睡狮发出了震天撼地的吼啸，

昭示华夏版图的神圣，抒发中华儿女天涯海角屿疆故土的情怀。

三

清晨万象更新，千朵万朵的浪花闪着金光，时隐时现，迎着海上的旭阳，前赴后继，百舸争流。

是大海母亲将你送向寥廓的海天，拓守白茫茫一片无限的空间。

抬望眼，天际一线蔚蓝的衔接，感叹大自然的神奇壮丽！

博大深邃，永恒无限；百里千帆竞发，渔歌昂扬，雄壮非常的交响曲在寥廓的海空长萦。

夕阳渐斜，千舟满载，你又被轻轻地托起，回到夜色苍茫的港湾，投入母亲温暖的酥怀。

（选自新加坡《新世纪文艺》2015 年 2 月第 13 期）

生如白昼，死如黑夜

蔡华建

1

或许我永远无法悟透这如白昼一般的生，还有这如黑夜一般的死。

2

白昼与黑夜之间，谁是这世间的主宰？

站在白昼里，看着众生忙忙碌碌，寻找着那份光明，未来的路上闪耀着希望，却早已忘记来时的那份苦难。黑夜就像幽灵一样，渐渐地把羽翼伸向天空，谁也无法逃脱被笼罩的命运。

白昼从清晨的一声啼哭开始，像一个奇迹，以新鲜的眼光、纯净的态度来审视世间的一切，而黑夜像一个恶魔，施展了魔法，一点点透支着光亮，在无力支撑的时候，终将一切吞噬殆尽，甚至最微弱的一声呼喊。

白昼与黑夜，只是一块随机的调色板，无法知道它的黑与白，却知道黑白交替着，颠倒着，这是必然的命运，这是看不透的秘密。

3

白昼是孤独的，生命中的一切都如过客，匆匆地来，又急急地去，虽然伴随着不舍与不甘，却始终什么也没留下。永恒的旅途很遥远，但生时聚与离，没有人能跟上时间的步伐，只有孤独的光线寂寞着。

黑夜也是孤独的，形体伴随思想与感情一同消失了，再也听不见亲人的呼唤，再也触不到亲人的温情，死时情已散，那是一个无声而没有光线的世界，唯有时光越来越远。

4

白昼与黑夜，像历史的车轮，永不停歇地前进。我无法选择我身在白昼或在黑夜，我只能在白昼经历着现实，在黑夜经历着梦幻。

白昼与黑夜有多远的距离？或许很近，但我们却要背着行囊，走过天边的路，才能到看见夜空里的星星，我们能做的，是把路边的风景，以自己卑微的虔诚，用心的色彩把白昼与黑夜刻成生命的两面。

5

白昼有多美艳，黑夜是它的眼睛；黑夜有多少秘密，白昼是它的镜子。

白昼是黑夜的起点与终点，黑夜是白昼的延续与中断。在这忽白还黑的轮回中，"悟到生死如旦暮，信知万象一毛轻"。

（选自《香港散文诗》2015 年 12 月）

沉　香　说

丹　菲

　　我知道，这应该就是你所要的结果。之前我们那么辛苦地，不惜烦躁和嗔怨，也没有弄清楚。此刻，水落石出，一缕青烟袅袅婷婷。谁先柔软下来，谁先点燃了僵硬的身体，谁就走上回家之路。

　　亲爱的，我看到你像个孩子一样，面对神所赐的秘密小包裹，深吸一口气，微微侧头深思。

　　这就是殊途，一个人终于找到了出路，将一生的修行，化作香气飘散。

　　一声叹好，或无言飞眸。初冬的午后，寂静时分，一小撮蜷曲的碎屑，来自过去的一棵特别的树，来自春风夏雨，天雷暴动。此时，它不再试图辩白，一切都已是前世，连你认为的你，也都是宇宙间飘过的一个梦。

　　虚幻而实在。

（选自《绿风》2015 年 3 期）

朱槿花（外一章）

朱东锷

微笑、带着露水的朱槿花；专注、浑然忘我的蜜蜂，看起来就如同在亲吻一样。

朱槿花和采花蜂是带着什么爱情而在城市的阳台上汇合的呢？

这时空的无限与广大，使我感到一只蜜蜂找到一朵朱槿花就是奇迹！连接着它们因缘的线不是偶然的！

不仅是蜂蝶与花之间，人与花之间的因缘也是一样的。

这种枝叶婆娑，花瓣卵形，红艳硕大如菊似葵的花朵，酷似人姓名的"朱槿"，这花名应该源自其花色吧？朱槿，花期在5月至11月间，花色有红、白、粉红等，淡黄色的更是珍品。朱槿全株是宝，花可治腮肿，叶能消肿、去毒、利尿，根可治妇女病，花和嫩叶可以炒、煮、炸食，茎皮纤维可制成绳索或麻袋。

既赏心悦目，又妙用无穷，难怪朱槿能穿越千年的时光，走出闽粤大地，走遍大江南北，繁花满枝，红艳无比。

花开花落，朱槿美丽的倩影穿越千年的时光，盛放在一户户平常人家的阳台上，摇曳在一条条的道路和街巷，艳丽在一个个的花圃和公园里……朱槿花，让多少人沉醉和梦萦！

与自然之间，这又是怎样的一种因缘！上天的眷顾，让我在自然中成长在自然中受益，花草树木，吐故纳新，美丽绽放，食用、入药或加工，即使碾作尘泥，却化作春泥。人活着，就应像朱槿，对社会既赏心悦目又妙用无穷，平凡的生命活出流芳的名字。

香樟情缘

天平架的沙东村，村庄多数建于清乾隆时期。

时属番禺县，距今不到 300 年，按这棵香樟树的树龄推断，沙东开村之前，此树已经枝繁叶茂。是飞鸟衔来种子，或是野生土长？

此树原是长在可以通航几吨大船的甘溪河畔。

如今这条河道已经消失无踪，这株香樟，成了沙河流域变迁历史的"活文物"，是研究沙河与天平架历史文化、环境变迁和植物分布等的"活化石"、"祖母绿"和"绿色古董"。

就像桂花树是月宫里的一个神话和象征，这株香樟树是一个传奇和象征。

透过香樟树卵形的薄而翠绿叶子的缝隙漏下的阳光射在身上，扶着铁栏，看着脚下被水泥覆盖的土壤，看着周边被建筑物侵占了的伸展空间，还有台风、雷击的破坏，白蚁等病虫的危害，轰隆的机械声，喧嚣的市声，种种的人为破坏和摧残。

风雨苍茫，岁月沧桑。

怀念从前透气透水性优良的沃土？蓝天白云自由自在伸展的空间？

记得树下的一幅幅图画：穿针走线缝补刺绣的姑娘和老太，捡拾树籽煲水治孩子拉肚子的母亲，把叶子揉烂涂抹在皮肤上驱蚊、追逐嬉戏的孩童……

一幅幅温馨祥和的画卷镌刻在一圈圈的年轮一道道美丽的纹路里，馨香袅袅。

车水马龙川流不息，多少脸孔茫然而过！匆匆的步履，谁曾为停伫，曾为你留恋？

古拙、粗壮、雄伟的身躯，读岁月沧桑，历史风云变幻，人生跌宕起伏……

一粒种子落到土里就是力的萌芽，每一棵树都是力的素描和写生。每一棵树都闪烁着生命的光华，茁壮的异彩。扎根大地，顽强生长，裨益社会，活出自己的价值与风采，成为一道亮丽风景、一个地方象征，风雨洗礼中傲然耸立。

更多的人能像一棵棵的香樟树留下一身清香。

（选自《散文诗人》2015 年 12 月）

玄

——玄之又玄，不可道

喻子涵

一顶斗笠下，一团气沿着脸庞流动，鲜艳的生命裹着若干活力。
太阳即将落入海里，我正走在金色的沙滩上。
海韵蔓延，让脚步退出脚印，留下不可思议的足迹。
视线旋转，一直延伸到远方，连接那团彩色的气。

盘坐，一座山只突出它的尖顶，从梦中耸立。
我的翅膀突然有力，升腾，随着海雾西迁。
玄迹不见，可是凡眼不及？正如白光的正午，群山融入海水。
呵，那些漫漶的碑碣、壁砖，杂草下的瓦楞、翘楹，积满宇宙尘埃的山
梁、屋脊，叠满脚印和风尘的石巷，以及宁静至极与远去的喧嚣。
海水退去时的金色舞蹈，神秘的咒符隐入秘笈。

脚印重叠意念，足音穿透大地和海洋，手掌超越群山划向太空，弧光一
闪一现。
月光下，阴阳沿着五行流转全身，展露一条条金色密布的线路。
人的信念，刻在一座山的彩色绝壁上，呈现命运的图谱。
日月交织时刻，群峰互相刺痛。历史不可思议，理想与真理互相牴牾。
当世界被审判，一座山留下最后一道玄迹，浓缩成最后一丝亮光。

呵，又一次日出，我们的世界恢复平静。一团气氤氲五彩。
一座山从梦中耸立，玄之又玄，不可道。

（选自"喻子涵微信平台"2015年8月5日）

泊　客（选章）

张泽雄

老家的芝麻锅盔呢？黄潭米粉呢？九真小煮包子呢？鳝鱼臊子面呢？天门三蒸呢？十大碗呢？滑鱼片呢？青鱼丸子呢？卤捆蹄呢？酱鸭呢？金针煨鸡子汤呢？鸡头包菱角米呢？炒米呢麻糖呢麻叶子呢？晶果麻果麻花猫耳酥饼子呢？荸荠慈姑芋头呢？脆油瓜呢？甜酥瓜呢？糯香瓜呢？

一个人外出，为什么要背上一个空囊，背上被伤害的影子和空气呢？

通往墓园的小径，死者被生者重复。我们是谁的后裔，最后只剩下胃和空洞的口音守在出身地。

好吃的烧饼啊不是芝麻锅盔，好吃的热干面啊谭二拉面啊，兰州牛肉面啊，不是鳝鱼臊子面。

郧阳的黄酒呢？香菇木耳核桃呢？板栗呢？樱桃草莓呢？金顶的乌鸦呢？丹江的翘嘴白呢？

那只硕大的水罐啊，盛满了细流与缝隙！

沧浪之水啊还可以洗去帽缨上的灰尘和我双足的疲倦吗？

陆羽只写下了一部《茶经》，平原的茶叶呢，留在了唐朝吗？

我从经卷里，直接饮下了他乡的云雾和潮湿。

（选自《星星·散文诗》2015 年 9 月）

春天的阳光照进窗里

陈慧清

窗外滴滴沥沥，疑是春雨在滋润。醒来，才意识到一夜的雨声其实只是落叶在敲打，我手中的诗，寒冷得像一株残菊。

窗外，残冬的影子一滴滴从屋檐滑下，跌到黄褐色的土地，转瞬间消失了。

春天一声不响，毫不气馁地默默收拾着寒冬糟践过的旷野。于是，那旷野的面目便渐渐显出了气息。

虽然隔着茶色玻璃，还是清楚地感受到春光的明媚。

让视线切入和煦的阳光，总有一种快乐的感觉，如一股清泉，让人进入如沐的境界。

我的心也渐渐染上从初春的云层里漏出来的柔和的日光，我听见自己的思潮在心中奔腾，它们从四面八方涌来，携带着往昔的岁月，在我的心潭上交汇融合，奏鸣出一支和谐的乐章。

（选自《拐弯处的微笑》2015 年）

南 北 树

王力强

　　我在干燥的沙漠被风吹得太。久，风干的不仅是我的枝丫，还是我的心。我残喘着微弱的气息，虔诚地祈祷着，凛冽的西北风是否能裹来一丝丝的雨。

　　风依旧呼呼地吹着，吹皱了我的皮，我早就无法抽出心底的血来佯装成我的泪滴。我强装欢颜挺立着日渐风干的身躯，履行一个物种从生到死的经历。

　　我的灵魂偷偷随着西北风去流浪，温暖湿润的南方见到了我的兄弟。他们在千年的雨露中修练成仙，潮湿的亲吻飞扬着胡须唱着长生曲。

　　我跪求在苍天下祈求佛祖，观音姐姐啊，别吝啬你玉瓶里的琼浆，点化我复活吧，我不贪婪，只求赐给我哪怕一小滴。

　　短暂的流浪匆匆比流星还快，无奈的失落和叹息弥漫了从南到北的山川湖泊千里又万里。我多想头不梳脸不洗一直趴在被窝里任由思绪，但世俗的繁杂总是反反复复迫使我一次又一次搁笔。

　　我不想书写绝唱的故事，多想酣睡在那用最浪漫的事编织的摇椅。旷野的呼啸风干了小草风干了蜜蜂风干了蝴蝶也风干了花朵，我的梦因为我的心没有被抽干而残喘着淡淡的绿。我拖着沉重的行囊艰难地爬行在有山有水的地方，想披着霞光走在小桥上，因为不远的阁楼上有扇在看风景的窗。

　　我日渐枯萎的身姿招摇着绿不是我的错，梦斑驳的影中有我何尝没有你。生命的印记刻在年轮一圈又一圈，枝繁叶茂不是梦，它就凝刻在春光里！

（选自《惊扰黎明的响指》2015 年 8 月）

12月13日10点01分

——献给首个南京大屠杀国家公祭日

王慧骐

　　紫金山默然垂首。燕子矶江涛凝噎。六朝古都，宽街窄巷，这一刻所有行走的脚步皆伫成雕塑。

　　风不再起，云不再动，任烛泪点燃，歌哭成河。

　　77年前的那个早晨，城市还在睡着，松枝上有静静的雪霜，林中不时飞过早起的鸟儿，婴儿还在母亲乳香的怀里轻轻呢喃……一群野兽来了，刺刀和炮声把这一切全部撕烂。

　　江东门记得，玄武湖记得，明孝陵记得，30万颗活生生的头颅相继滚落，让和平与文明——这两个人类史上最伟大的词汇因此终身蒙羞。

　　历史，是一棵种下了就无法再拔起的树。所有掠过的光影全被它照实摄录。不要试图涂抹什么，谎言与狡辩在这里会溅你一脸惩治的火星。

　　莫道是"此恨绵绵无绝期"，记住，并不意味着背一副磨盘在身。后来人当然还要赶路，只是为了世界的天空不再被血腥与疯狂污染。

　　让人周身彻凉的汽笛在这60秒里长鸣不已，整个国家以默哀的方式给逝者以最贴近的安魂。知道哀伤的民族，必然懂得如何奋起。放飞的和平鸽会向这旋转的地球，一路唱响我们的尊严和慢慢强大起来的体魄。

（选自《姑苏晚报》2014年12月13日）

那 仁 新 村

侯洁春

敞开科尔沁的门窗，我闻到了达尔罕初秋的清香，走进那仁嘎查，我看到一只蝴蝶舞动着翅膀，扇靓了一个美丽的村庄。

向日葵低下头，一面在思考着欢迎来宾的词语，一面在彰显着成熟而礼貌的风姿，秋菊挥动着绿色的小手，摆动着多彩的头，一簇簇穿透风雨的火焰，燃旺了乡村日子的火红。

笔直的水泥路，把多年乡愁的泥泞压在身下，硬硬地，挺直了村民的腰板儿；路旁的垂柳整齐葱郁，焕发着新村的勃勃生机；一座座红瓦白墙的新居，敞亮了农民久盼的心房。成线成方的院墙，垒出一块块整洁的文明，把人们的视野拉进美丽的广场。

晚风轻轻地抚摸着幸福和谐的村落，太阳能的路灯下欢跳着网上购物成功的喜悦；图书室里的灯光，照亮知识的海洋，勤奋有志的青年扬起了理想的风帆。

一声狗叫，把月亮赶到天上，温馨四溢，溶溶银光，一杯酒香，我醉在了乡村，醉在了梦的天堂。

（选自《通辽日报》2015 年 10 月 19 日）

看　海（外一章）

吴长忠

暂且抛开演绎不完的八卦，来吧，朋友，让我们去海边，带上帐篷，带上老酒，去看星的闪烁，去听海的歌吟。莫让我们的视觉光盘上存贮太过丰富的色彩，莫让我们的听觉记忆中存录太过嘈杂的声音。或许会发现，我们内心之渴望，是这单调而永恒的闪烁，是这单调而永恒的歌吟。

暂且丢下手中淘漉不尽的沙金，来吧，朋友，让我们去海边，带上海涅，带上李白，在云帆沧海间体悟诗仙情怀，对翩跹鸥鹭咏诵罗曼采。莫让绩优蓝筹将人生套住，莫让鸡零狗碎将心智掩埋。或许会发现，不可或缺的，还有《将进酒》、《歌之卷》，正像我们向大地祈求的稻米菽麦。

暂且走出这座无顶之塔，来吧，朋友，让我们去海边，带着感念，带着敬畏，去迎接太阳喷薄，去观赏海天云霞。让短暂面对永恒，让渺小融入伟大。在微不足道的个体与诸神之神的对话中，或许会发现，我们走过的路并不虚妄，虚妄的只是那座无顶之塔。

忧郁的河

在尼罗河畔徜徉，心绪亦如河水，流淌着，忧郁着。

微风吹过。我知道它来自埃塞俄比亚高原，来自你的发源地。它和日月星辰一样古老，问起你的源流，只有它有资格叙说。尼罗河，古老的河，和我的故乡那条大河一样古老的河。

沙鸥飞过。我知道是你滋润了两岸的土地，让焦灼的沙砾上生出了这许多稻菽玉帛。你为非洲大陆奉献了绵延数千里的生命绿洲，你可知道这生命绿洲里也曾衍生无限贪婪无数悲歌。在下游的一座博物馆里刻写着众多雨王、祭司、酋长、法老、国王的名字，记载着部落征伐杀戮的"辉煌"战果。啊，尼罗河，苦难的河，和我的故乡那条大河一样苦难的河。

帆船驶过。我知道五千年前这块土地上的先民们就曾造出太阳船，在这条河道上穿梭。你负载过这许多船，船上运载着采自非洲高原的古树、巨石和矿藏，也运载着同样多的贱民的汗水、泪水和热血。于是，有了所谓的埃及文明，有了开罗，有了法老的金字塔，有了一座座规模恢弘的国王和女王神庙，有了神庙构筑的卢克索。

尼罗河，忧郁的河，和我的故乡那条大河一样忧郁的河。

（选自《长白诗世界》2015 年第 3 辑）

寂静的敲门声

王崇党

当你被寂静叫醒的时候，不要装作听不见。

——题记

哺

林杪之上，月光漫溃如乳。芽梢的嫩手轻抚幻白的肌肤。
湖中那枚皎洁的心，跳动得平静安好。

夜深了，这乱糟糟的人间终于模糊在了一起。我放弃了抵抗，悄悄结在就近的枝条上。
世界轻合眼睑，停止了喧闹，让母亲优雅地哺乳。

一池碧水

一池安静的碧水，每一滴水都是一只睁着的眼睛，互相盯着对方。
如果没有谁推动，就谁也不动，一直盯到眼睛昏黑，盯到一池的碧水出现腐味和污渍。

静水中，其中的一滴水突然化鱼而游，一下子搅得其他的水再也无法平静。大家互相推挤、追逐、议论、猜忌、竞争……总是一波未平，一波又起。大家不再坚信原有的认识，甚至是对天空和周围景色的看法也晃动起来。

蚌，是池底安静的智者，自从被一粒带刺的语言中伤，就独自提炼着命运的珍珠。

（选自《散文诗人》2015 年第 42 期）

暖 冬 （外一章）

许　淇

暖冬。

大自然对地上的生物是严厉的惩罚还是呵护？是垂怜还是爱？

冬眠的熊如果醒来，那不是好兆头，将会撞遇饥饿；北极的冰如果解冻，那不是好兆头，将会淹没生命。

江南的暖冬是滋润的诗。雪落成雨。早熟的花迫不及待地期许温馨。

如果在北方草原，会遇到暴风雪，银蛇飞腾碎玉乱舞不能传达它的疯魔和凶猛。翌晨，玻璃窗被冰凌裱糊，一层又一层冻结朦胧，人似鱼浮游。

赶快铲去封门的雪，热汗从额头腋下涎流，干脆将水鼠皮帽脱了，光膀子在牧野铲出一条雪路来。

赶快去看我的马。在厩里，如同一匹石马，披着雪衣，蹄子裹着四只大冰坨。

我用温的酸奶水刷洗马身。像暖冬的雪原，

露出大地的颜色，露出马肚底下鲜明的"鞍花"——冰雪路上烙印的辙沟。

我的马感觉到我的拊抹它皮毛的手掌，像太阳的舌头、母亲的呵气，舐于它的周身。

暖冬的步伐是悄悄的，和雪一样，今天，明天，依然在下。时间挺立不动或无声地拨弄枯枝的弦。

我知道，秘密地，有一朵惨淡的小花开在雪地里。

兴安岭秋歌

落叶松的叶子是针状的，道路秋天，就像金黄的茸毛，金黄的发丝，在晓风中卷舒，在夕照里潇洒。

到落叶松林中去，当叶子掉落，你脚踏的是图案斑驳的细软针毡，是大自然用时间的经纬编织的。

深红的柞树下，临风颤摇着淡黄的线叶菊，那是梦寐着的斑斓的秋。

在斑斓的秋之梦寐时，落叶松、蒙古赤松、柞树、黑桦、白桦，彼此之间似有特殊的默契和关联，整个原始森林在手拉手地咏秋歌而曼舞。

针叶和阔叶混交的森林，秋风没有忘记去亲吻每一片树叶。

于是，森林里不停地纷落着黄金雨，把小径、把风倒木全埋了，转瞬间，一切都显得异样，树与树之间，彼此隐藏着黄金的秘密。人也被周遭的秋光照亮了。小白桦挂着无数铃铛随秋风摇荡，你听到甜蜜又怯生的叹息。

林子的那边流过阿里河。阿里河水是蓝的，湛蓝，湛蓝，蓝得那么深，那么浓。

（选自《大沽河》2015 年第 4 期）

红 河 岸 边

莫　独（哈尼族）

　　必须沿着父子联名的链扣逐节回溯，才能回到一条河的对岸，才能见到一个扶老携幼的部落，被阻隔在河边。

　　波涛澎湃，血色的峰巅推出一只独木舟，由北向南，横渡一生呵护的火种。

　　一段时光被河割断在对岸，还有一路随行的一截艰辛。

　　一条河，就被祖先命名。

　　从此，以红河为屏障，这些手持和平，以谦让为路的行者，在红河南岸的崇山峻岭间开田种地，生儿育女。

　　河水滔滔。口耳传承的迁徙史诗还在血脉里滚烫，一个夜晚之后，谁在一首歌里回转身，以红河南岸为背景，望北而上。

（选自《包头晚报》2015 年 9 月 1 日）

行 路 歌

（粤北瑶族青年男女喜欢在路上对歌恋爱）

唐德亮

歌在路上。

歌在茂密的森林，在竹林深处，在草叶的掩映之中。

羊肠小路，有歌传递。

坎坷的山路，有歌飞迸。

扑扑的心跳是歌，灼灼的瞳仁是歌，轻柔的脚步是歌，摇曳的彩裙是歌。

快快来呀，同辈的情人。歌里有山野的气息，烟火的气息，长鼓的气息。

路如腰带，缠绕着苍山瑶岭。

歌如寒夜里呼唤春天的心，热烈，祈盼，具有无比的穿透力。

阿贵哥用歌，赢得了一颗芳心。

莎腰妹用歌，获取了一生的爱。

歌是爱之媒。

红色的山路，高大的凤凰树、鸡桐木与秀气的凤尾竹，是爱的见证。

于是，牵手，上路，让歌穿透骤起的山岚，穿过星光熠熠的夜晚，穿过风雨泥泞的小路，走进一个又一个嫣红的曙晨……

歌在路上。

行走的日子，行走的瑶寨，行走的阿贵莎妹，行走的歌声，染绿一季又一季的生命，释放永不衰老的激情……

（注：阿贵哥系瑶语，即小伙子；莎腰妹系瑶语，即姑娘。）

（选自《潮州日报》2015 年 5 月 3 日）

我一直深陷于这样的记忆

石文娟

我一直深陷于这样的记忆，猩红的记忆，就连想起她的名字。

她那月亮般的脸庞，都会让我禁不住伤感。

世界上没有如果，也就这样一天天挨着日子过，想象陀螺，让自己也跻身于晕眩，快捷之中。

静谧的时光依然会见缝插针地呈现，于是撕裂的记忆，一股脑地钻出：Li，美丽的名字，如同她的人一般，冰清玉洁，曼妙的形象留存于世间……

我的至亲，我呼唤着你——

邀了明月，清风，邀了胡同口的白杨，还有院落中修葺了一遍又一遍的蘑菇槐。

没有预兆的离别，恰似现在隔着一扇玻璃窗，红漆匣子镶着似笑非笑的半身照……

凝固的空气中渗透着丝丝的疼痛，一直幻想是她发起的游戏，虚构的情节。

或许她躲在某个角落，或是钟楼，或是树荫下或是那抹斜阳处……

一切合理的假想，犹如雾霭，触不可及。

那年的七夕，黑色的幽灵掳走了善良的Li。那年的七夕，让眼泪显得那么孱弱，无力，苍白。那年的七夕，让遗憾犹如布袋，包裹了家族整片天地。

而我依旧在这里——在寻觅中等待，在等待中凄迷，在凄迷中笃信，在笃信中失落……

（选自《散文诗人》2015 年 42 期）

在二龙山上

巫国明

在神秘而秀丽的二龙山上，我的虞美人一早就站在垭口上放声歌唱。她要迎接春天的到来，像迎接她朝思暮想的新郎。

此时此刻，昨夜的溶溶月色，缠绵悱恻的相思，已融进迷人的晨光。而梦境结晶成的珠露，一串一串，在欢快的鸟声中，重又投入泥土的怀抱，滋润草木的清香。

我随霞光闪入丛林。在陶醉与迷恋之中，不知不觉地和二龙山的桫椤、禾雀花和神奇的传说捉起了迷藏。在无忧无虑的快乐时光里，我与山岚一道，彻底迷失了方向。

幸而得到山神的指点，花妖的引路，我们才突破浪漫的重围，沿着何仙姑留下的足迹仙踪，在叮叮咚咚的泉水声中，走出山谷仙境般的迷途。

此时此刻，沉睡的烂漫山花呢喃着从香香的梦中醒来，微风吹过，缤纷落英随着哗啦的溪流，多么坚定地投奔那溪水要去的远方。

她们坚信自己的爱情就要出现，或者就在前面并不遥远的地方。

而早起的雀鸟们，正舒展着美妙歌喉。只有山神、土地和我，知道它们为谁歌唱。它们不停地鼓噪，讨论着今天的早餐，应先从哪一棵树，哪一种果子下嘴，早餐才会更加甜蜜美味；交流着如何才能做到吃进去的是最甜的果粒，拉出来的是最优良的种子。

好一会鼓噪之后，它们终于有了结果，只听得它们兴奋地尖叫着——冲呀，随即展开翅膀，舞动尖尖的喙，扑向枝头熟透的野果。

在这远离城市烦嚣的植物王国，花鸟天堂，一位仿佛来自世外桃源的诗人，健步走来，他不是田园诗圣陶渊明，也不是山水诗祖谢灵运，他是二龙山的庄主，一个把梦想和田园山水诗，写在二龙山上的当代"诗人"赖瑞金。

他自信地来到卉田花海，舞动有力的双臂……

于是，蓝色的熏衣草，金黄的向日葵，粉红的桃花，缤纷的蝴蝶花、虞美人……

和花神一齐，用芬芳的旋律，把一曲花卉之歌高唱。

她们唱得是那样的声情并茂，唱得是那么摇头晃脑。

她们这样唱道：花朵相信果实，果实相信种子，种子相信大地，大地相信丰收，丰收相信祖国，祖国相信美好的未来……

就这样，在天地造化与荣华草木的芬芳里，在灵动的山水与游客的热望中，在虞美人娇羞地答应做我的新娘，而我则应承做春天的驸马之际，北回归线上，最美的亚热带丛林，枕在广州增城两条巨龙般的山脉上，为盛世中国，为美好人间，开始了崭新而又精彩的一天。

（选自《增城日报》2015 年 2 月 26 日）

燕　语

任剑锋

你又来了，微亮的黑背承载着温暖的向往，顶着狂风暴雨，越过千山万水，从飘寒的北方一路风尘仆仆。你光滑的白腹在高空翱翔，就如一道道闪电，告诉我们：春天到了！

你睁着明亮的眼睛，展着矫健的双翅，抖落风雨兼程的疲惫，在这四季如春的大地上，寻觅着属于漂泊心灵的归宿。

你衔来泥巴、稻草、树枝，一点点，一趟趟，千百次来回不息地奔波，用自己的唾液黏合着日子。一个又一个皱襞重叠在巢窝上，记载着你的艰辛和细腻。故乡的屋檐为你遮风挡雨，你给宁静的农屋带来生气，给寂寞的日子带来欢笑。

你与我的母亲一样，忙碌的脚步永不停息。你在半圆形的巢窝里与儿女共享天伦之乐，繁殖生息。雏儿那叽叽喳喳的鸣哮声，是乡村的交响乐。默默地注视你，是我成长岁月里生活的一部分。在你嘴含虫子，轻轻地喂进雏儿小嘴里，细弱的鸣啭声戛然停止的那一瞬，母亲那忙里忙外操劳的背影从我身旁穿梭而过，她那开始发白的双鬓映进了我的眼帘。我的心头一热，我不也是像你的雏儿一样，在母亲的庇荫下成长吗？

不久，我背着洒过老屋灯光和装满母亲叮嘱的行囊，朝城市的方向去。我同你一样，开始了季节的迁徙……

（选自《作品》2015 年 10 月）

虚　无

可　风

你走吧，走就别回头了。

像虚无的梦幻。

那些难以启齿的秘密，就不要说了，说了就更像是供词。

稍一挣扎，就可以脱身了。否则就会越陷越深。

那是一场病态的衰老，硬挺是过不去的，必要时还得住院，打针，输液。

翻篇了，可以没有记忆，像一次彻底的洗礼，踏上新的旅程。

就虚无本身，没有痕迹，也无需总结什么了。

（选自《大沽河》2015 年第 3 期）

故乡的小溪

张远环

像银河，繁星满布，一头挂在天边，一头连着大地；像玉带，镶嵌一串珍珠，银光闪闪，在天地间飞舞；似九曲回肠，在秀丽的山间欢快地流淌，一会儿流进茂密的树林，一会儿流进炊烟袅袅的村庄。啊！那是故乡的小溪。

流淌的溪水是涓涓泉水汇集而成的，清澈透底，格外甜润。她像慈祥的母亲，无限深情，用甘甜的乳汁，哺育着两岸生灵。"一方水土养育一方的人"。故乡人与小溪休戚相关，结下了不解之缘。我作为身在远方的游子，无时不对小溪产生眷恋和敬意。

小溪的春夏秋冬都很忙，尤其是早晨：一轮红日从东方冉冉升起，小溪两岸的沉静开始消失在霞光之中。娃儿们唱着牧歌走过小溪，汉子们扛着农具在村前村后出没；女人们提着菜篮和衣篓，陆续来到溪边，菜篮里溢出闪着晶莹的清香，衣篓里抖出色彩缤纷的世界。这时刷刷的流水声、欢歌笑语声与棒槌击打声交织在一起，仿如动听的乐章。

小溪是孩子们的乐园。夏季，娃娃们光着屁股扑通扑通地跳进水里，互相追逐嬉戏，打得水花四溅。他们还会在岸边沙滩上"修碉屋""筑长城"，看谁拾得的鹅卵石品种多、颜色漂亮，那嬉笑愉悦随着溪水流向远方。

小溪是人们的"营养仓库"，里面有多种"溪鲜"。溪连着河、河连着湖，只要小溪里有水，就有人们需要的"营养品"，就有饭锅里的花样翻新，就有餐桌上的香气四溢。

公鸡在门口拍着翅膀，炊烟飘绕在家家的屋顶，摩托车迎着阵阵清风，往返穿行在小溪沿岸的集市……啊，歇息了一宿的小溪又苏醒了。

（选自《散文诗人》2015 年第 42 期）

到 山 上 去

郭　毅

再不必为方向而迷茫，一棵松树的坐标悬挂着蓝，指示我的朝向。

我要到山上去，与那只鹰共同守望，一丝丝风，一缕缕光，看人间的悲苦与欢乐，如何在落日里歇脚。

实在太好了，记忆的蓝能为我俯首所累。这些年的离去，居然蔓延了许多。满山的花和草比我的想象要高。

永远而无助的尘土贴在草尖和树梢。只是它们长高了。而更多的容颜已换了面孔，我为我的不认识而茫然而伤感。

想想那些悬在枝叶边的露珠，在光芒中的脸膛，我不觉已在山巅，也可以对视鹰的眼睛。那一刻，再灿烂的蓝也难以掩盖我内心的慌乱。

在鹰的高处，有云在纷纷飘荡，有不知名的鸟声，传颂这翱翔与沉没。

那是一根华盖漫天的松树，苍老而勃发，在长长的空洞里住着松鼠和昆虫。我看见雷霆劈裂的躯干有新旧的伤痕，层出不穷的一直朝上，就像人的一生，总在风雨里走着。

致电是不必的，因为我已在此，用丰富的言辞敬拜。如果表达不够，你也可以前来，举手加额，听听花草的嗓音，如何在这蓝里把山脉装扮得辉煌。

这么多年，终于能亲自爬到山上，沐浴峰岭的光彩，我不得不携带着鹰，拽几朵云，再往胸膛放一块蓝。这样，即便走了，我也会非常坦然。

（选自《大沽河》2015 年第 4 期）

水　魂

谢显扬

　　跨越地灵人杰的潇湘峪，穿越山清水秀的乐昌峡，悠悠武江，激恋浈江，拥抱北江，浩浩荡荡，倾情注入风景秀丽的珠江，潮涌珠三角腹地的小桥、流水、人家，超越珠三角的千溪万流奔汇南中国海⋯⋯

　　晨雾夜露、雨雪冰霜、溪流江河、海洋星宇⋯⋯有水有氧的圣地，便蓬蓬勃勃激活生命基因⋯⋯

　　我常常击水武江的乐昌峡，水陆舟车，顺流逆流，于珠江支流的北江至珠三角腹地的珠江出海口，徘徘徊徊、寻寻觅觅⋯⋯追崇珠江水魂激荡的风流人物，感慨浩叹，江山如画，浪淘尽、千古英雄豪杰。

　　碧云天，岭南地，梯田里，人间梦。生于乐昌峡、长于武水边的我，依稀仿佛梦见自己在春花秋月的良辰美景里倾情躬耕于马蹄田、芋头地，祈望乡野特产丰硕旺市，畅销珠江三角洲；祈盼田园贡品中秋宴明月、除夕闹新年。

　　绿草苍茫，白雾迷离，寂寞相思。我依稀仿佛梦见万种风情的珠江女神，无畏道路远长，不惧险水曲折，逆流珠江而上，找寻武江方向，含情脉脉依偎在乐昌峡，向我发出畅游珠江的邀请。我受宠若惊，欣然随女神泛舟踏浪戏水珠江——我填词谱曲吟诗作对，她抚筝弹琴歌唱舞蹈，激荡珠江千般情，温柔浪漫醉南海，销魂何似在人间⋯⋯

　　穷善自身，达济天下。躬耕田园，耕耘天伦，是否也可作为耕耘家国天下的前奏呢?!

　　我崇拜叱咤珠江享誉华夏的岭南风流人物——以"和辑粤众"理念首开南国文明先河的南越王赵佗；主张民族和睦维护祖国统一的巾帼英雄冼夫人；开创人人可佛顿悟成佛的禅宗六祖惠能；风度翩翩的大唐开元盛世著名贤相张九龄；创建太平天国的农民运动俊杰洪秀全；发动"戊戌变法"的风云人

物康有为梁启超；创立"三民主义"倡导"天下为公"的民主革命先驱孙中山……

鸦片战争以降，珠江文明传承黄河文明、长江文明的革新基因，激荡思想风暴、激扬革命浪涛，高耸起中国维新变革、民主革命和改革开放策源地的坐标……

海纳百川，有容乃大。滔滔南海，吞吐珠江，包涵武水。珠江如水形水，滋养万物，对人无所求，却无私奉献一切给人类万物的崇高品格，形塑了岭南英雄豪杰的水魂……

道缘似水、善缘似水、情缘似水、友缘似水……

我追崇水刚、柔、坚、韧、容、浮、和、善、献的灵魂——崇尚水穿地腾空越山，浩浩荡荡奔腾不息，献身低洼追求公平，滋养万物纯情奉献，跳跃峡谷无畏无惧，千回百转万水向前的品格，象征着君子"修身、齐家、治国、平天下"的入世志向，肩负家国天下责任担当。

（选自《南方日报》2015 年 9 月 1 日）

数　字

空　也

无数多的数字，无数多的文字，拼写出了一个天空，一个大地，
我为这些莫名的数字而来，更为人性的慧根而来，
相信万物的生长与凋零，都与这个地名有关。
人祖山，
因人的祖先生活在这座山上，上千年，逾万年，我不知道，但有人知道。
在他们的心里，有抹不掉的痕迹。并寻觅到了历史的蛛丝马迹。
尽管是一些看似不起眼的东西，或是一片石头，或是一堆陶土，都是很有价值的，很有生命力的。

他们懂，我不懂。

因为我与他们没有情感链接。

我从来没有到过这些山上。无法感受我的祖先是什么样子。

只是在数字通讯中，在历史的传说中，找到了一些零碎的答案。

由于惊奇，由于神奇，又由于好奇，我相信我的血管里仍然流淌有祖先的血脉。像黄河的流水一样，无论天地怎么变化，它都带着它原本的颜色，一直走向大海。

我相信我的肌肉和骨骼仍然是伏羲和女娲玩耍时捏出来的。在山为树，下地为粮，祖祖辈辈守望着家园，人丁兴旺，繁花似锦，多少美丽的梦境遍洒黄河两岸。

文字和思想，

命运和前程，

都带着他们暗藏的基因。

去创造，去思索，

去改变，去发展，

多少人间奇迹，都以数字的形式闪现人类的面前。

伟大的中华儿女，在人类的星球上，永远立于不败之地。

我只是数字中的一个，还将链接无数的数字，一旦串联起来，会成为什么？我不知道。

人祖山知道。

人祖山的先知知道。

（选自《散文诗世界》2015 年 8 期）

燕 塞 湖

陈广德

以玉作镜，把桂林的山水怀揣在柳暗花明处，让三峡的风光散布到山重水复之地。

就有豁达的画卷，借悠扬的笛声，回到那本书中了。

鸟飞来。

衔天外目光采摘长势良好的秀色。所有的影子，都生产妙趣；翅上的旋，在百回千转中轻盈。

千米盘山路。盘出奇山俊水，栽种一个个念头。

燕塞湖泛舟。水过一分，景长一寸，让千种风情在目不暇接中涌来，像雪花，在铺天盖地，葳蕤茂盛。

总也合不上的书。让眸子澄明，把钟情的字词拓下来。

让游子把这本书里的精要，融进心胸的清澈。留做忙时或闲时的茶，可饮，可品，可回味无穷。

（选自《山东文学》2015 第 2 期）

我娶了一天毫无着落的心情

潘志远

急匆匆而至，披着晨雾的白袍，一副仙风道骨。

或姗姗来迟，穿着乳白色的婚纱，像一个未过门的美人！

我看不清她的腰身，哪一段，婀娜着我的初春；听不见她的足迹，正经过哪一片山林，掀起一阵微风，摇曳着谁的心旌。

她的面庞，正挨向一座山头，贴近一扇虚掩的窗口……

而我欲醒未醒。这是我一天中最初的状态，也是最好的状态，我腻歪这一种感触——

床抓住我的弱项，我把握着席梦思的软肋。正较着劲，不料闹铃准时冲出声援，给我当头棒喝。

等我准备好一切，早已雾散人空。

草地上的鲜花，是你留下的足印么？波光粼粼的河面，是你漾动的情绪么？喷薄的红日，是你化妆的脸，你的眼里可藏有一万颗泪珠？

一路上，我有些恍惚，收集、拼盘着你的骨肉……而不得。

你嫁了一桩足以容身安魂的婚姻。

我娶了一天毫无着落的心情。

（选自《中国魂》2015 年第 3 期）

允　许

马东旭

允许每一粒干净的麦子都是泪水。

每一粒麦子都是我们的经文。

喂养申家沟破损的春天和坍塌的穹窿。允许鳏寡、遗孀、孤儿，这些对祖国似有似无的庶民百姓，在教会里每日清晰一次，把生死、祸福陈明在甜蜜的源。允许他们的旧脸颊，放出柔软的光芒，在基督里平安。

允许这群清澈的羔羊，风行水上。

归顺于牧神的人。

寂静。欢喜。挣脱铺满漩涡的豫东平原。

（选自《酉水》2015 年第 3 期）

回　家

刘华珍

把一年的疲惫卸下肩头，把一年的收获装进行囊。挤在熙攘的人群中，感受着新春逼近的气息。肩扛手提的大包小包，竟塞不进一张薄薄的车票，把带有体温的车票衔在嘴里，仿佛品尝到回家的喜悦。眼睛毫不松懈地紧盯着滚动的列车时刻表，满脸写着回家的心情。一声笛鸣，心已随着列车奔驰而去……此刻，家就是一张票的距离。

（选自《散文诗人》2015 年第 42 期）

悠 悠 远 山

文　榕（中国香港）

南山的远远如一片棕榈树，披着明净的蓝天，你是树下挺立的果子，迎着秋风摇摆。

那日你和我行走的步履是悠然的，随着乡郊的节拍。说乡郊也不尽然，我们也途经灯红酒绿，拾起城市遗落的哨音。

不觉到了那熟识的公园，以往散落叹息的所在，也曾并坐交换眼神，往日的落寞都托付给新绽的菊花，秋风里袖放一地艳丽。

来来回回城镇的足音被我们放牧得潺缓，溪流般融入小河。华灯初上的风景嵌入人影，成双的是脚步，还有彼落此起的心声。

南山的远远如一片棕榈树，在你传给我的相片中款摆，你是树下挺立的果子，依着明净的蓝天，迎风送来一段佳话。

（选自中国香港《橄榄叶》诗报 2015 年 6 月总第 9 期）

乡愁的味道

——题画家成旭钢笔画《情系故乡》

徐　文

故乡静静地挂在墙上。

绿色的清香，行走的云朵，阳光漏在花楸树，连同远处奔腾的浪波……都藏在这紫色的云影里。

我要匆匆地赶去，那里有来自故乡的温暖。

尺幅之间，隔着千山万水，这一程心灵的距离，需要灵魂来丈量。

你的画面是纯粹的，大河小溪是乡关，青树野草是村烟，每一条线条都是站立的树，每一块暗部都能嗅到青草的气息。

走在归乡路，忽然，不见了炊烟，闻不到酒香，想不起瓦屋下那盏灯，连那叠满记忆的泥路也少了荷锄的身影……

世界越来越模糊，故乡越来越缥缈。

穿过林盘的笛声，舐得我心灵斑驳。

（选自《散文诗世界》2015 年 8 期）

梅　山　神

郭　辉

在他的眼里，整个世界，都是颠倒的。

太上老君的女儿，山野的汉子——传说中的爱情，有着天地之隔的距离，倒转乾坤，不同流俗，才能彰显魔力和神力。

千百年来，他心甘情愿地倒立着，其实，不只是为了一个女人的爱，而是为了身边的十万大山，都屹立不倒；为了大山里每一棵树、每一苑草、每一朵花，都生命长在。

一柱擎天，万物分明。

活着，高不出泥土；死去，低不过泥土。山民们，是从泥土里长出来。

只有双手插进苦难一样厚重的泥土，心智和人生，目光和胸怀，才有了灵性和血性。

于是，张五郎挺身而出，将双手和血脉植入土地，无尽地吸取智慧和力量；反过来，又像导体，把自己所拥有的一切，源源不断地输送给这片土地上的子民。

皇天后土，以人为脉。

有时候，历史，被一些人的手腕颠倒过来。

而他，以情为支撑。心藏大爱，堂堂男儿身就必须顶天立地，造福乡梓；鄙夷化身鹊桥，便利私情。于是，这世界上唯一倒立的神，使梅山，矗立成一尊永远的神话。

他真是倒立的吗？

如果站在太空远望，梅山神呵，是昂然挺立的。他脚蹬着万里蓝天，双手依托梅山，举起的，是整个地球！

（选自《山东文学》2015 第 1 期）

椰　　胡

倪俊宇

左边一条南渡江，
右边一条万泉河。
一生沉浮，在生长椰林的热土上，韵脚平平仄仄，跋涉出酸甜苦辣。

琼剧一朵一朵，开满村头的老榕，或深巷的椰树，像一只只鸟儿，在方言的上空飞旋……
马尾扎成的弓，牵出奔马的嘶鸣；疾抖的是临风的七尺剑气。
孤帆缆绷断于一弓长音的回响里，幽幽弦上蹒跚着天涯谪客的背影。
……南岛的月夜，遂遍洒了中原雨雪。

沧桑的指尖，在弦上摸索人心和世道的冷暖。谁把浊泪洒在最抒情的那个高音上？
秋日的私语，爬上岁月的唇。琴弦扎下的情结，指间能否解开？

弦与情丝纠缠出颤响，
是比人生还漫长的时光。

（选自《散文诗世界》2015 年第 4 期）

有时下雨

杨　东

轻烟，流云，薄暮，远黛。

雨意朦胧，柔软如羽，一滴，又一滴，命运之水缓缓升起。

缓缓升起的雨水，伴随着淡淡起伏的旋乐，在某个不可知的远方停留。

弦音低婉，如泣如歌。它的轻诉可以唤醒人间多少散碎的记忆？

雨在心之外，细微如梳。它渐渐拂荡出内心的波涛，它要复活多少昙花闪过的幻境？

雨滑入心间，清冽润泽。它轻轻点亮了一层层时光，它要温暖多少瞬间的仰望与回忆？

在不动声色的倾听中，一滴雨，更多的雨，终将沉入大地，一粒音符，更多的音符，终将消失于漫天的寂寥——

恰如这世上每一枝终将谢冕的花朵，如此短暂，却热烈地映照过每一寸天空！

而我，仅仅需要一滴雨，一粒音符，就足以洗涤锈损的灵魂和一颗疲惫的心！

（选自《山东文学》2015 第 1 期）

地火·天火

江 涌

人类在孩提时代，崇拜火。今天的大人尚不准孩子玩火，在野外篝火结束，余火只能水浇土埋，不能拉尿淋火。

人类早期是生活在树上的，吃野果、嫩芽，最奢侈的就是掏几个鸟蛋生吃。

当人类掌握了火，围着篝火吃熟食、烧烤飞禽走兽。于是人类发育得更加成熟，于是人类懂得羞耻，于是人类走进文明。

1. 开发地火

人类生活在茂密的森林里，燧人氏钻木取火。火驱散了寒冷、猛兽和黑暗。人对火产生了崇敬，产生了热爱，以至于对烟也产生了深厚的感情。"大漠孤烟直"，"水村渔市，一缕孤烟细"，这是古代诗人的热情赞颂，这里包含着温饱、羁旅、亲人、生活、感恩、崇敬等复杂感情。茹毛饮血的时代渐渐远去，却以大片大片的森林被砍伐为代价，以大片大片的原野被沙化为代价。树木、柴草，是原生燃料。

地面上的植物被砍伐，水土流失。人类掘地三尺也要找到水，却意外地找到了化石燃料。煤炭，使人类进入大工业时代；石油，给水陆空的交通工具提供了能源保障；天然气，为工业和民用都节省了时间、提高了效率。一硝二磺三木炭也能得到火，而且是更加奇妙的火，它把节日装扮得更加绚丽多彩，同时它也使屠杀更加血腥残忍。

核燃料被聪明的人类找到，核燃料的威力更加巨大，它可以为一座大城市提供光明和温暖，可以让卫星上月球火星。正当人们为找到核燃料而欣喜若狂时，广岛因原子弹爆炸半个多世纪生态不能恢复，福岛核泄漏让全世界震惊！世界各地的核试验撕破了地球的衣服——大气层，使地球母亲挨冻蒙羞。

不论是原生燃料、化石燃料，还是核燃料，都是地球之火。地火的开发利用，是以凿穿地球躯体、破坏地球生态为沉痛代价的！

2. 呼唤天火

天火，是上帝给人类的赐予。光伏、风雨、雷电，均属产生天火的能源。产生天火的能源是最早的能源，也是最新的能源。很久很久以前，普罗米修斯就盗取天火给人类光明。

利用天火能源，取之不尽，用之不竭；利用天火能源，没有破坏，亦无污染。

光伏产业，方兴未艾；风能水能，渐趋完善；向雷电直接取电，是人类应该积极应对的一个课题。

向天火要能源，我们呼唤天火！

（选自《散文诗人》2015 年第 42 期）

洋山港的谈吐（外一章）

巴伶仁

船坞沿着希望之光，奏一支海梦交响。
一场潮汐酿造时间的美酒，一枚深埋淤泥的锚，舵坚守着正能量。
收纳江南的河流，跌宕的海浪完成一次心跳，我们用信仰和执着铸浩瀚。
鱼儿，任你平静走过这个世界。
帆和渔网用漂泊的诗情，对视你的深远。
海水的盐碱被一灶一灶地烤干，驿站的遗址不断向东南推进，填进和谐。
梦的海洋，灵魂的故乡。
自由不羁的海鸥，吟唱深蓝的散文诗，视野与想念之水碰撞。

疾飞的海燕，将生命的誓言吟唱。

申城的思绪毗连杭州湾，大堤伸向远方，东海的海水结实壮观，用一种蕴涵的雅撑开散文诗的乐章。

时间打磨过声音的光滑与魅惑，李贺的诗里是临港的韵里梦想。

滴水湖的微笑

一滴天使的泪滴，落入凡尘，与海连心，泛起的思绪涟漪了千万年的缘。另一滴相思流向岁月，与都市的绿洲牵手。

邂逅我与圆的故事，装满三环牵连的笑靥。

你用相思泪装 10 个西湖回家。

雨的呼吸，跌落一串蔚蓝的诗行，与远方融成一线。

浮萍在水面撒欢。小码头、露天剧场，帆船伴装儿时的快乐，眨着眼。

潮汐碎了沙粒的柔美。咆哮的故事里有你的湛蓝。

青涩的痕迹缠绕的岩礁，露出浩渺的烟波是你的浪漫。

吉言澎湃，有一个梦想与你亲密接触。

风染蓝的梦幻遗落孤独。沙的地平线处把相思画满。

光影睿智幽默，晨曦悬挂了海风的味蕾。呼啸的回声清晰地拍打着岸。

芦苇曳着东海的第一缕阳光，生长。

你倾城一笑，把自己融入万物，通往春天的深水港。

我想做一滴折射的影子，追寻海涛。

（选自《浦东文学》2015 年第 8 期）

唇　上

彭俐辉

世间所有的语言，都从这里翩然起飞。

抹了蜜的，涂了口红的，吻过悲欢离合，啄过雪水与厉风的。

人间，因此纷乱而迷离。

是的，上唇与下唇，轻轻相碰，一个誓言就诞生了，血肉的，昙花一现的。

飞，能运行多久？

恒，能持之多少时辰？

——嘘，别出声，有想法的唇间，又腾起了一片烟云。

(选自《山东文学》2015 第 1 期)

与孔山寺抑或窟窿寺相遇

温秀丽

上了人祖山，我已然忘记腿脚的不灵便，暂时抛开了人间烟火。

人祖的光芒普照四方，它高悬于我的头顶之上，点亮我灵魂的灯盏。

而孔山寺竟然不言不语，不问我是谁，更不问红尘，它贴着光阴在走。何谓宠辱？何为名利？皆无所动。

我合掌恭敬，亦不敢言语。

于虚静之间，看遍草木荣枯，一步千年。

黄帝曾在这里问讯广成子，石窟、神仙洞至今还留有他们的气息。他们确曾绕开了世事的苍凉和冷暖，本性的虚明和宁静留给了人祖山，留给了孔山寺。

一颗石子是凉的，一颗沙子是冷的，可孔山寺抑或是窟窿寺是暖的。他给了我天空和四野，给了我复归本性的勇气。

文字太浅，人祖山的光芒太重。

一颗尘世负累之心，在孔山寺终于懂得了天高地厚，懂得了心怀大爱，慈悲喜舍。

（选自《散文诗世界》2015 第 10 期）

平 集 堡

杜 青

大木门沉沉的，吱呀声过后，人群、马匹、兽皮、貂毛……嘈杂的光影，拥挤的贸易场面，在蓦然回首间，遗留给远古的时空和无处不在的想象。

平集堡内，空空如也。肃然的旧式建筑，屋顶衰草迷离，锈屎厚厚的门环，在呼呼响起的风中，静啊，淡然而内敛。

平集堡，起早摸黑，承载着重叠的脚印太多太多，闪烁着交错的眼神太多太多。光阴穿过城堡，宛若破出厚土的苗苗，不安于拮据与现状的人儿，启程了，稍稍向西，向西……

（选自《西口文苑》2015 年 1 期）

天上掉什么

徐澄泉

天上掉下一只圣果。正在伊甸园做梦的亚当和夏娃迎过去，享受甜蜜的爱情。神，严厉地惩罚他们，让伟大的爱情降临人间，繁衍人类。

天上掉下一只苹果。正在剑桥大学草坪上踱步的牛顿，被智慧砸中。上帝钦点，要他做一个伟大的科学家，惠及天下。

天上掉下一片树叶。一个诗人正好路过。"无边落木萧萧下！"诗人顿生感伤，传染无数路人，成就更多诗人，一首一首的感伤诗批量产出。

天上掉下阳光的针线，掉下大鸟和小鸟的想象，掉下石头的内心，掉下雨滴的歌唱，掉下冰雹的水晶，掉下雪花的棉花，掉下风的影子，掉下沙尘的脚步……

天上还会掉什么？

——掉下一张馅饼！

——掉下一个林妹妹！

——掉下一摞美钞！

——掉下一顶乌纱帽！

（选自《中国诗歌》2015 年第 8 卷）

有时是鹰，有时是水鸟

川北藻雪

河流住着教堂。

教堂里没有现成的圣经，一些原始的气息，在文字的落花里沉浮，悬于头顶，或者囤积书架。

我知道，你并非猎取赞美，也不是来获求安慰。

你只是一只古怪的生物。

有时是鹰，有时是水鸟。

河流抬升天空，孤绝人类的穹庐之上，听闻气息浩如烟海，而莲香晦暗，韶乐隐幽。你的喙如此审慎，排腐斥浊，孤独制裁着喧嚣的潮流，也拍远了高处投下的阴影，因此，孤独无懈可击。

持着时光签发的暂住证，回归水鸟。你和崖壁、卵石、枯枝、蔓草都是河流的教民，你们肌肤相亲，耳鬓厮磨，你的教义在水底的一块乌金中发光。

你离去，不可能带走一条河流，顶多浪花湿衣。

浪花只是向晚的钟声。

（选自《大沽河》2015 年第 2 期）

银 瓜 内 质

王小玲

一种瓜，赋之以金属的名字，闪着金属的光泽。它偏偏有着少女的模样，通体透白散发乳香，一层细细的绒毛诱你禁不住想轻抚一下，想深吸一口。

银瓜，带着金属的清与醒，带着少女的纯与美。带着乡间的清露和泥土，经一双温柔手，送与我手中。

我该以怎样的方式打开你，抑或拥有你。

置于案头，清冷的光和清冷的温度。香气馥郁。案头的诗，被银瓜所点燃。这些小兽一样的文字啊，它们一会儿排列整齐，一会儿又解散，跟跟跄跄有些醉意。

慌乱是可以的。

恍惚是必需的。

慌乱使一个女人柔情似水。

恍惚让一个女人脉脉娇羞。

通体素洁，芳香四溢，这一切只是表象。银瓜，一种与金属无关的水果，却让我看到与金属有关的内质。

沙田里一颗苦涩的种子，跋山涉水流着泪长出金属的模样。

而我，在一种水果里更接近纯粹与甜美。

（选自《星星·散文诗》2015 年第 9 期）

炊烟里的缠绵

张　雷

母亲白发苍苍，端坐在灶台前心事重重地生火做饭。

一把麦草引燃年少的好奇，一截秋秸燃烧青春的激情。火苗舔着熏黑的铁锅，一日三餐的饭食必须历经烟熏火燎，才能名正言顺地端上餐桌。

炊烟袅袅，温暖着乡村的锅灶。

袅袅炊烟，熏老了母亲的容颜。

母亲不紧不慢地把柴火塞进锅灶，柴火在火苗上欢快地舞蹈。炊烟和开锅的水汽一起在灶房里弥漫，满屋子里都是鲜活的生活气息。

阴天或是雨天，炊烟特别喜欢给主人解闷特别喜欢和主人缠绵。无论母亲把灶火烧得多旺，炊烟都不轻易蹿出灶房。一缕炊烟追逐另一缕炊烟，它们围绕着母亲打转转，呛得母亲双眼盈泪，熏黑了母亲的脸庞。母亲不嗔不恼，任随炊烟嬉闹缠绵。在袅袅炊烟里，母亲就是烟火味浓的慈仙。

炊烟漂白了母亲的秀发，熏得母亲的双眸不再清澈明亮。

炊烟渐去渐远。步履蹒跚的母亲时常在灶房前徘徊，她惦念着生火做饭的细节，生怕炊烟从乡村的灶房里失散。

（选自《延河》2015年3月）

菩　萨　泪

水晶花

这一切仿佛是秘密进行的。

在手术室。谁执意打开我封锁的精神密码？谁会第一时间向世界泄密？

只有天知地知。

你知我知。

手术室的门开合有理。

手术室，闪亮如发白的鲜纸，刚好抒写我八十多斤的立体人生。

我的重量足够托运一堆道具。

我的人性从小就依赖铁器。

那一天。最先表白的一定是那颗粉红的心脏。

五月的心脏涂满春天的露水和花粉。那些寄居的潮汐还需要它来护航。这颗心脏爱过男色爱过女色，爱过天南地北的双飞燕。它杠杠的。它奔腾不息。

它是我的首领。

至于那只胃囊，一直在光天化日之下负隅顽抗。

月亮和黑夜被它反复咀嚼。

荒草和落日被它反复咀嚼。

毒品和人品，也被它反复咀嚼。——

它想掠夺人间所有的良种。

那一天，我投降了，小妇人终究翻不过身旁的铁篱笆。

那一天，我这双修长的手一定很乖，它们捧过盐井村的蜂蜜，也捧过城市的暴风雨。它们一辈子没做过小偷，翘首弄姿时，恰是两枚隐晦的词。

我爱极了甜蜜素。

那一天，那堆刀子也一定很乖。它们仁慈。它们红着脸理顺了我的花花肠子。它们消除了我关于冷兵器的想法。那天——

我有五湖四海的菩萨泪。

我有爱人的马蹄声和鼾声。

远方的州河，为我日夜兼程。那一天在府南河边，我循规蹈矩，躺在大地的床上继续做白日梦。

（选自《诗歌月刊》2015 年 11 月）

春 云（组章）

钟国辉

飘动着，白白的，像仙境，像魔法，看得见，摸不着，粘在脸庞，柔柔的像胭脂擦着；湿在衣上，似百米飞瀑，滋润身躯；吸入心肺，心旷神怡，感受灵魂唤醒了春的盎然。

从小到老，年年复春，云、雾、烟像空气那样平凡伴随生命，眼中并不感到稀罕。忽有一日早晨，我坐在黄山峰顶，看那缠绕在冰天雪地的早春云雾，天地间被春云连裹着，万里江山如画的美景让我情思钻底，第一次考究春云的产生和神奇。

春云是巧然神奇的磨合，是白色圣洁的锻造。慢慢品来，我悟到了。看那：云是白色的雾，雾是白色的云，烟是云和雾的化身，袅袅追逐，梦幻迷人。自古以来，地球造化了雾，上帝安排了云。气象科学家告诉我们，当太阳与地球运转到巧合位置时，地表面的气温与水发生摩擦，水分子在特定的气温环境中饱和、凝固、蒸发，这种短暂的交融和磨合，使晶莹剔透的水，产生了云、烟、雾神奇的梦幻。圣洁从来多磨难，白色芬芳万古流，是云的秉性。

空气的伟大在于造就生命，春云的高尚在于滋润灵魂。当我走过严冬的末尾时，春云幕幕走来：春风拂晓，大地复苏，小雨高调唰唰作响滴在大地上。春云微微，淼淼白色，苍茫无限，静悄悄无声无息地黏在植物上，嫩绿草木，催开万紫千红；所有的动物生灵张开嘴，睁着眼，春雾使劲地化作雨露肥壮身躯；所有的灵魂生命体验着美妙神功，春雾一团一团、一阵一阵前赴后继飞进心田，提供氧吧，壮丽青春。悬在空中是一幅白色的仙境图，落在地上是一滴滴白色无瑕的水晶，吸入胸中吐出来的仍然是美丽的白色气团。轻歌曼舞融入生命，毛毛甘露万物催春，春云如太阳那样无私无畏奋身贡献。

装点山河大地，舞姿神仙美幻。望着那一片春云，她使出浑身魔功，把白色变成壮丽的诗篇，把图画刻在大地的脸上。当风停树静时，云和雾胶合在一起，走在山岚，游在山峰，挂在树上，躺在湖面，站在平原，立在高楼大厦，缠住遍野生灵，静静地摆好飒爽英姿，让万千灵魂大饱眼瘾。当风动树摇时，雾和云波涛起伏，蝶恋亲吻，一会儿像雄鹰展翅，傲立群雄，一会儿像潺潺流水，落声丁当，一会儿像崇山峻岭，宏图大展，一会儿像金碧大厦，林立城市，一会儿像莽莽草原，一眼无边……无时无刻的梦幻，无边无际的白色，无规无矩的绚丽图形，演示着云雾的美丽化身，描绘人间梦幻传奇。

沧桑磨难本质不改，圣洁气浩万古长留。

地球诞生四十多亿年来，水生雾，雾生云，云雾水相成。多少风霜不改白色的高贵，多少烟尘不受污染的侵袭，多少震裂不屈晶莹透底，多少波动不弯宏伟雄姿。数不清的骄傲，说不完的美德，看不够的美景，一切的一切，春云啊春云，您久久回荡在宇宙之中，长长地留在人们的心田。

（选自《跨越》2015 年）

尘 世 之 外

曼　畅

终于打破了这层虚妄之象，我在一个词的深处，借助于某棵大树的风声下倾，有几只小鸟跃动、拍翅。

流云没有停顿，一个又一个身体里的暗，边回想边到达黎明之畔，这种虚无感不能总是用语言质疑，旭日在东，风迎候着我们。

几粒紫槐花落下，花儿说开就开了，间隙中有槐刺尖尖的鄙视，以至于慌乱、胆小。而那截木头因纹路深沉而忍住它对禅理的敏感，说是这具身体一直想要做些什么？

阴影跟在身后，春天过去还有春天，推开一捧雨水，妻还在梦里，经营着风剪枝过的心情。

（选自《诗歌月刊》2015 年 5 月）

蝉　颂

封期任

悠长的吟唱，是你月下的对答吧？
不然，你的声音，
不可能保持着一种特有的高亢。

诗情蓊然的夏日，古老的文字盛满了关关雎鸠的辉煌。
在《楚辞》飘香的意境里，我忆起了家乡方言的味道。
一生苦吟的你，就像我肩上羞涩的行囊，注定漂泊他乡。

季节枯黄的日子，你这自然的歌者依附坚实的大地，蛰伏于残雪覆盖的乡村，让歌唱的主题，越过夕阳坠落的地平线，慢慢远离冬季的视线。

（选自《星星·散文诗》2015 年第 9 期）

生命中的焰火

林兆思

忽而是凤凰展翅，时而是银龙腾飞，须臾是金菊璀璨，
间或是彩蝶纷飞。

那一场场的焰火，异彩纷呈，盛开在夏夜的晚空。

那一束束的光华闪耀，照亮了漆黑的天际，照进了我的心里。

在灿烂的光芒中，我沉入了一个又一个美丽的梦中。

啊！最美的焰火，也摆脱不了命运的宿命。如青春的年华，永远不会重来。

散去的是繁华，余下的是寂寞，比焰火更寂寞的是人心。

焰火的消失，使我陷入了长久的忧伤之中。

凝视着流光溢彩的焰火，像赴一场场的生命盛宴，在五光十色的穿梭中，我仿佛听见，焰火在歌唱，它的生命，在夜空中相继盛开；它的灵魂，如同拖着长长尾巴的流星，恋恋不舍地从夜空掠过。

啊！生命中的焰火，刹那间的芳华绽放，定格成永恒的辉煌。

（选自《江门日报》2013 年 7 月 12 日）

那座桥（组章）

谢子娟

是这样一座雍容静穆的桥，将青春引向了人生的渡口。

引航的智者说：过了这个渡口，将会是千帆竞渡，百舸争流！

于是，善己达人、家国天下成为了沸腾在血液里面的激情，迸射在每一个薄雾初开的早晨，每一个花香浓郁的午后，每一个春风沉醉的夜晚。

从此，有种东西就像姓氏一样无可更改地生长。它那么神秘，神秘得让人无可遁逃；它那么真切，真切得让人能在一草一木中嗅出性灵和气质；它那么激越，激越成每位城中人血液当中的脉动和情感。

那 条 路

是这样一条花香满径的小路，将理想引向了青春与汗水。

记得夜萤流动长夜当歌的那些时刻，皎皎玉兰一如长者的教诲，一直香到内心的最深处。

从此，我们懂得了静水深流，宁静致远，明德至善；学会了闻喧享静，精进深行，卧薪尝胆。

从此，我们成为写作者的笔，成为耕耘者的锄，成为远航者的舵，成为比自己更好的自己。

那 首 诗

是这样一段力透纸背的诗行，浸润青春，收获梦想。

当世界还酣睡在严冬冻土中时，我们的理想已经绿满枝头。

是的，春天的蜂忙蝶舞，夏天的烟柳风荷，秋天的残荷红叶，冬天的白雪青松都一并成为青春的佐证，一并成为笔触里的诗行，一并成为生命中不可替代的部分，弥漫在空气中，镌刻在时间里。

那 个 人

是这样一位睿智的老者，秉烛夜行，目光如炬。

他从书内而来，用一种严谨和笃定勉励来人：书中黄金屋来自耕耘与汗水；他从书外而来，用一种坚毅和自信砥砺后辈：勤学敏思读好无字之书。

正是他培育芝兰满室，让桃李芬芳濡染了一个个兰心蕙质的少年。

正是他，用勤奋的背影诠释了让所有为人师者用一生追寻的信念：爱就是成就一个人。

那 座 城

是这样一个以爱为基石，以人文为基调，以砥砺问学为基础的城！

是这样一个镶嵌着韶华，奔腾着热血，激越着青春的城！

是的，它生长在狮山的热土之上，一头连着日新月异的科技更新，一头连着莘莘学子的花样年华；一头连着城市发展的滚滚热土，一头连着修身治国平天下的拳拳志向。

是的，就是这座城光华了岁月，荣耀了你我！

（选自《散文诗人》2015 年第 42 期）

疼　痛

冷　雪

让我怎样触摸爱情？

让我如何从你如瓷的脸上，掠走日渐消瘦的青春，并把仅存的泪渍也摘下，像摘下深秋树上的果实，并不把你的疼痛惊醒？

让我怎样走过你所面对的花园？

我怀中的鸽子，从残败的花朵上空划过，那飞翔的心，可曾照亮你床头未熄的红烛，并把去年房间里的灰尘惊醒？

我是这样无能为力啊！

站在你瘦若梅般的爱情里，望着梅花如杜鹃啼出的血，我又怎样把你的伤痕抚平？

我是看见了乌鸦和雪地，雪地的岩石上，栖着我比乌鸦还黑的生命，雪下的温暖正在滋润谁的梦？

其实，我所面对的爱情，比梦还真实，比秘密还透明。

只是，这样一个少有的冬天，是谁让我陷入，比沼泽还深的疼痛中？

（选自《大沽河》2015 年第 1 期）

粮食花朵绽放的声音

林永泽

粮食的花朵，没有牡丹那么富贵，也没有茉莉那么芳香，更没有玫瑰那么迷人。她很朴素，颜色很简单，但依旧相约绽放的季节。

粮食的花朵，有的一串串，有的一排排。无数的花蕊，像无数的铃铛，那声音伴随着微香随风飘扬。老远，老远，就能闻到，那是稻香，那是麦香。

每一朵花下面，都牵着一个粮食宝宝。花儿窃窃私语，如低吟轻唱，又像循循教诲，更像深情叮嘱。宝宝长大了，走向成熟，花儿却凋谢了。

粮食花朵绽放的声音，轻轻的，又是深情的。没有矫揉造作，也没有哗众取宠。花朵的绽放，不是展示自己的妩媚，也不是宣扬自己的美丽，而是为了粮食的成熟和收获。

（选自《散文诗人》2015 年第 42 期）

山 村 女 人

曾　平

山村女人——

是清晨第一个推开山村大门，到小河边挑水，用木屐滴滴答答敲响石阶打破黎明的人；

是山溪边身旁堆着七彩衣服，高挽衣袖，用捶衣棒噼噼啪啪捣得水花四溅的人；

是冬天向阳的瓦屋檐下纳着鞋底，手上飞针走线，嘴里叽叽喳喳说个不停的人。

山村女人，鼻尖上总憋着数滴汗珠，发际边总粘着半根草屑，裤腿上总沾着几点泥巴。

山村女人给小孩抹屁股不捂鼻子，给娃崽吮奶敞开衣襟，当着众人敢拧丈夫的耳朵，儿子调皮时就掴上几巴掌。

山村女人喜欢大碗大碗吃饭，风风火火赶路，大大咧咧说话。

山村女人喜欢短发上系根红头绳，碎花衣下套条黑长裤。加一顶斗笠、一把锄头，她就是田野上的农妇；换一把雨伞、一担竹箩，她又是墟场上的村姑。

山村女人没有八小时工作制，睁开眼就上班，闭上眼才下班。她最有资格诠释"早出晚归""披星戴月"。

山村女人没有节假日，立春忙播种，大暑忙双夏，大寒忙冬藏。正月初一，她最早起床点燃山村炊烟；腊月除夕，她最迟脱下围裙沐浴更衣。

（选自《和风》2015 年第 2 期）

爱 的 絮 语

林进挺

一

日夜轮转，我在春天里看见你，犹如一朵牡丹花绽开。从此不能忘怀于那一刻温暖。

多少人曾爱慕于你的美貌，默念那一首醉人的诗歌，犹如在读你。你就是我心里的那一首醉人的诗歌。

茫茫人世里，遇见就是彼此的缘。

二

你我都有一世的爱恋，幸福在心里流转。

那一湾清水环绕青山，有你我的柔情，迷醉过往的人群。

哦，清濛的岁月里，流传着爱的絮语。

三

风雨过后是彩虹，伤痕结痂。依旧如故。大雁南归，燕子归巢。

我们的心底都有灿烂的阳光。

四

临海一角，这里就是美丽的乌坎河畔，就是我们爱的见证。沉沉落落的人生故事里，有你有我。

浓浓的乡情里饱含着浓浓的爱意。

（选自《汕尾日报》2015 年 9 月 6 日）

道具之滦河源

青　槐

要想找一个点，洞悉草原的真实，以滦河源为佳。

葳蕤，或者草木丰茂，都是昨天的事。如今水边有木或者木下有水，以及越走越强壮与丰腴的滦河，都不是重点。

野生的树林，要删除。野性的飞禽与走兽，大多删了吧，只将野兔、雪鸮交给草丛，草原雕交给蓝天。

一并删除的，还有传说中的一顷碧波。

河道要瘦，最好露出沙砾的肋骨。大地千万年积淀的恩宠都交给水草，且让它们晒晒太阳。

仰望天空久了，水草内心已富积了太多的功利、浮躁与开花的冲动。

心肠要软，盘成现在的九曲十八弯，隐秘的人间哲学不需要直白的说唱。脚步缓下来，急躁与冒进会让温柔的水露出暴力的本性。

草原坦荡，不需高悬的海拔，它知道太大的落差会使人心生陡峭。

干涸与贫瘠都交给小草吧。它们坚守平民的情操，安宁，老老实实地热爱脚下的土壤，贫困中也能开花，手挽手绿遍天涯。它们的漠视与宽容，适宜遮盖隐喻的小动作，或者，不方便高调的暗箱。

再借来一场雨，给滦河源染上绿色。

现实，于是丰满。

（选自《大沽河》2015 年第 3 期）

手指，手指

风　荷

十根修长的手指，像是十个灵巧的孩子。

她们在弦上，在纸上，弹拨出乐音和文字，带着尘世的温暖和爱意。

听到她们的心跳了吗？

她们的心声就是我的，我多么愿意把夜莺般轻柔的歌唱送入你的耳畔。

她们也有激越的时候，我说的是手指，她们会在自己的身体安放钟声、鼓声和雷声……

然后迅疾地生长出一片梵高的色彩。

她们有时也会被一场命运里磅礴的大雨追赶，于是脚下就有了跨不过去的海浪。

我一直以为，她们是一个家——

不用说，拇指就是她们的主人，食指则是管家，中指是贤内助，无名指和小指是可爱的姐妹。

不是这样的吗？

或者，好玩，我把拇指看作是一枚威严的名词，食指是吃苦的动词，中指是修长的形容词，无名指是漂亮的助词，小指则是淘气的语气词。

一群词语的童话国。

总之，我对十根手指充满了好奇。

她们把自己张开，我看到了海滩，天空，原野。

她们抱紧自己，则是岛屿，是山峰，是城堡，如我小小的心脏。

她们是一只手的调皮丫头们，每一根手指都呈现着命运的变数。

举手为旗，一只手仿佛就是一个世界，大刀阔斧，她们挥动的样子有无穷的力量。

手可创造万物，但有时一只手也意味着某种权利，要是谁一手遮天，我就对她嗤之以鼻。

握手言和，伸出去的手是诚意，是宽容。

十指相扣，那是你我前世今生最动容最感人的爱情。

爱情来到我的手上。

幸福随十指落下。

（选自《星星》2015 年第 4 期）

看一只麻雀飞行

心　亦

小小的身体，用富有弹性的跳动，擦去了枝头的雨滴。一绺一绺飞翔的深色丝绸，抹亮了天空淡蓝的等候。

麻雀：经书里夹着的一粒粒灰尘。翻开的页面，又把它们吹落进了寺庙的诵经声。这些一绺一绺飞翔的丝绸，在飞拱与翘角间，缠绕、停留。木鱼声中，不知能否把正往外冒血的伤口，扎住？

（选自《伊犁晚报·天马散文诗专页》2015 年第 1 期）

高达坂·云杉

才　登

这个被几万年奔跑的黑河撕开的峡谷，此时，拥着一怀青翠的绿心满意足。

而黑河，没有一丝乱情，没有一次停留。在这条古老的河床上喘息着，像一位痴情的女人。

云杉和柏树，把大山装扮成浪漫的烟色，是一种让同类无地自容的，执着的深色！我在这峡谷的沉默里阅读，想说不离不弃，想说守望和坚持。

"高达坂的云杉和香柏呵

还记得自己的伐木者吗？"——昌耀《高达坂》

在那些密林的树梢滋长的叶子下，诗人昌耀像是在发表一种对于境遇的感慨。而这样的感慨，有着深入骨髓的穿透力。

"而黑河的那些发光的鹅卵石

曾多次在我的马腹下伴我泅渡啊。"

这样荡气回肠的河流，奔腾的姿势如神的手臂，抚摸着怀里的石头。

云杉的姿态与众不同。它被一万年的雪水冲刷着，并不在意六月的雨水或者七月的骄阳，一种修炼万年后的镇定自如，让浅薄者面红耳赤，走投无路。

（选自《大沽河》2015 年第 3 期）

乳　娘

许泽夫

吃着地里的野菜，面黄肌瘦的母亲乳液稀少，带着血丝。

吃着地里的野草，四肢发达的母牛，奶水充足，溢着香气。

小牛犊，只要省下一口，就够我喝一顿了。

母亲将一捆青草背到牛舍给母牛，然后摸出一只粗瓷碗，半跪在母牛的肚皮下，又一次小小的偷窃。

她啜一小口，却并不咽下，抱起我口对口地喂哺。

小牛犊嫩嫩地哞几声，表示不满，有时干脆在母牛的身上蹭来蹭去，以求独占母亲。

倒是母牛通情达理，并不在意牛犊的胡搅蛮缠，一口一口地奉献出自己浓浓的乳汁。

我儿时的记忆里，模糊一片，辨不清哪个是母亲，哪个是母牛，她们都是我的乳娘，都是我的亲娘。

（选自《合肥日报》2015 年 10 月 25 日）

咖 啡 馆

陈计会

　　一汪暖色情绪蜷曲成湖，它是城市进行曲的一个休止符，或一根点燃的香烟，烟篆后面那张迟钝的脸正偎着黄昏的寂静。电脑、股指、文件、车轮的旋转、机器的轰鸣……随烟飘远，手轻轻搅拌，湖水的涟漪一圈一圈扩散……此刻，仿佛置身于原野，落日衔山，平静、辽阔、淡远……音乐犹如四野的暮色，渐渐围拢过来，等待的人或许正陷入塞车的途中。难得的是这片刻的休闲。从一根烟到另一根烟，咖啡的味道对应人生。你的思绪从烟雾里突破出来，这是心灵最柔软的部分，城市可以吸血食髓，但却留下你的诗意，表达他的仁慈。或许，让你借此度过黑夜，明天重新皈依旋转的车轮。

（选自《大沽河》2015 年第 4 期）

正午的白云

扎西尼玛

　　六月。正午的太阳，放牧丰腴的白云。
　　异乡的工地，她成了盛大的庙宇，她让水泥和砂石携手，让含盐的浊水粘连梦想。汗珠，是随身的佛珠，安慰起伏的内心。

她羡慕白云。自己却裹着沾满灰尘的头巾。

楼群闪耀。她看见白云飘向更远的远方。女儿伏睡在墨迹斑驳的课桌，仿佛，依偎在妈妈的怀抱。村庄四处，金盏菊，传递时光静静绽放的气息。童年，陷入寂静的深渊。门槛上的奶奶，陷入晦暗不明的梦境。

小镜子，照见秀丽的黑眉毛，照见辽阔背影。

即使生活的鞭子赶着人生像白云一样漂泊，她仍然保留着原来的发型。

（选自《散文诗世界》2015 年 8 期）

蒲　扇

紫婷子

蒲扇，一个无所不能，在我们脑海生根的"鞋儿破，帽儿破"济公的化身。

扶危济困，"大我"在扩大；舍百万家财，"无我"也在蔓延……

似癫若狂，是在教导我们后人难得糊涂吗？

我一直在疑问，那把破烂不堪的蒲扇，还能扇出风吗？

遥远的记忆里，蒲扇是祖母的大手。

月下，凉席，幼小的我，摇着蒲扇的祖母最亲最迷人。蒲扇一上一下，微风一圈又一圈，赏着月，听着老掉牙的传说，总在不知不觉中睡去。

手摇蒲扇的祖母才是我相依相偎的依靠，那刻的亲情拂遍我的肌肤。

蒲扇，扇出的全是祖母的味道。

（选自《作品》2015 年 10 月）

宇宙鸟的歌声

李　岩

1

一阵婉转的音乐，隐隐约约地飘进我敞开的窗口，飘向我的案头，这不是我熟悉的永远难忘的声音么？这是那只宇宙鸟的歌声呵！

我知道，宇宙鸟正从那高远深邃的天宇，向我的小屋的窗口飞来——我猛地站起身，丢下那本抒情诗集，扑向窗口……

2

终于，那只羽毛鲜红的宇宙鸟飞进我的窗口，轻盈地落在我伸出的发烫的颤抖的手心里。

宇宙鸟的眼睛里放射出绿莹莹的光芒，它的呼吸是急促的，它的心搏一阵比一阵疾。

3

宇宙鸟告诉我：生活在遥远遥远的宇宙中那个国度的少妇，刚刚生下一个儿子——一个白嫩嫩的希望。

那黎明时沐浴着晨光的少妇的笑，

那夜晚时沐浴着月光的丈夫的笑，

那婴儿鲜嫩光润的脸蛋上天真活泼的笑……

宇宙鸟亮开歌喉，又唱出令我沉醉迷人的歌声……

4

那是一个夏日的天气阴沉的中午。

忽然，我听到一阵悲哀的声音，飘进我敞开的窗口。我从床边匆匆地站起身，把头颅伸出窗外——

那箭一样飞临我窗口的，是一颗鲜红鲜红的流星么？是一团鲜红鲜红的火球么？是一根鲜红鲜红的血脉么？

一只羽毛鲜红的小鸟，眼睛翡翠般碧绿，飞向我的窗口。

我把头颅缩进窗内，这只神奇的小鸟就落在窗台上。

5

小鸟竟然吐出人般的话语——

它是从遥远遥远的宇宙中那个国度飞来的。

它是一只宇宙鸟呵！

6

一个出身贫穷的美丽多情的少女，正在宇宙中那个国度的自己简陋的家中孤独地哭泣。

她心爱的出身高贵的心上人，正在宇宙中那个国度的自己金碧辉煌的家中孤独地哭泣。

他与她相识在那个国度里那片唯一使人人都平等的树林中……

那片树林中曾留下她与他久久徘徊的足印；

那片树林中曾留下她与他滚烫的一串串情话；

那片树林中曾留下她与他手拉手风一样飞跑的倩影；

那片树林中曾留下她与他臂搂臂纯洁芬芳的亲吻……

可是……宇宙鸟碧绿的眼睛里涌出大颗大颗的泪珠……

7

那是几个月后，我还在被窝中熟睡的一个早晨。

一声声急促的呼唤，把我从甜梦中惊醒——

是那只宇宙鸟在窗口外呼唤我……我隐隐约约地看到，宇宙鸟的脸上荡漾着快乐的笑容。

我急切地打开窗子，宇宙鸟轻盈地落在我的肩上——

8

……无数次的坚贞不屈的抗争，出身贫穷的少女与出身高贵的心上人终于获得自由——那道高耸千年的等级森严的城墙终于被推倒。

那狂欢不息的婚礼呵！……

9

此时，宇宙鸟忽而跳到我的肩上，忽而跳到我的手心里，像一个欢蹦乱跳的孩子。

宇宙鸟亮开歌喉，又唱出令我沉醉的迷人的歌声……

（选自《作品》2015 年 10 月）

果实的光芒

张生祥

现在，我想告诉你。大地不仅孕育了天堂的亮丽，还塑造了比花朵更丰厚的果实。

而果实，从不刻画自己。但却做出了比海水更加汹涌的举动。

它以落叶的昭示和秋天的愧疚，将自己敲打出一个高昂的头颅。

果实的内核，是柔韧的。它流淌着生命不屈的意志与顽强。

那些在外表看着鲜光的语言，在它的面前，全都黯然失色。

它填充了那些不完整的甚至有着缺陷的痛苦，作为迷途知返的航标。

果实在释放激情时，溶解了来自内心的寂静。

它沉默。保持着与大地一样的从容态势。

只有在自己轰然落地的那一刹那，才击痛了大地，并发出光芒的声音。

（选自《闽北日报》2015 年 10 月 11 日）

雾起时（外二章）

区惠玲

雾起时，天地一片空蒙。远处的青山黛影，隐没在飘忽的神秘中。绿水柔波，浸润在乳白色的遐思里。我远望的眼睛迷离了。

焦虑浮躁的暗夜狂潮，席卷了这颗年轻易感的心灵，泪水打湿了暮春的清晨。

收拢目光，竟发现成功的裙裾在飘飞。于是，以现实为杖，背负起生命的行囊，走进云雾已掩进的林中，脚踏实地，一步一步地走向前方。

不曾改变心中的梦想和信念，总信有豁然开朗的风景！

（选自《香港散文诗》2015 年 12 月）

峰　峦

（一）峰之梦

是谁令这凹凸不平的伤痕如此地冷峻？是纵横的岁月，挟无数的风雨袭击，在冷月的寂寥下练就坚忍的英雄本色。

层层叠叠，级级垒上，踏实基石……成长的力量，令生命蜕变成今天巍峨的面貌。

承载生命的力量，挺直山林的骨子，释放厚重的呼吸。仰望苍穹，有更高的起点。当朝霞染红了一身苍翠，征战的决心涌动，义无反顾地追逐太阳，竭力伸向更高处，延续不息的梦想。

凭借心中的信念和力量向上拱动，只为诠释屹立，造就傲然。

（二）峰花恋

目光摇落在爱情的原野，我依恋的黄花啊，将成暮秋后凄美的绝唱。

无法逃脱季节的轮回，你将谢去。我饱经风霜的面容，在你生命不断循环变换和更替中，尝透相逢的欣喜和离别的忧伤，千回百转。知道吗，我爱，我满腹的思念，就如这喷薄林中的云絮，不断地被岁月牵扯，散了，又聚。

不会忘记再见的约定，坚守，一任风雨洗礼，时光流逝。执着，是我爱的语言。

也　许

也许，我是你偶然看见的一片云彩，飘过了，只有淡淡的影子留在你的记忆。

也许，我是你曾握过的一束蔷薇，开过了，只有点点的清香，撩拨你的思绪。

也许，这一切都是真诚的友谊——在相遇相知时，容纳的彼此。

（选自《散文诗人》2015 年第 42 期）

底　舱

邹岳汉

小心地，躬身而入。

顶天。立地。人，被压制成一张失去弹性的弓。

这小小世界，刚好容纳下我们最底层的一群。

低矮、密封的玻璃圆窗外，穿梭过往的鱼群，惬意地追逐着幽蓝无际的自由。

泡泡。泡泡蹿升。从那些张合有致的嘴角，倾吐出一串串光彩夺目、珍珠链般随波飘拂的音符……是在歌唱一贯封闭保守的水底世界，早就有了完全自由的呼吸、无拘束的表达？

静坐底舱。与鱼群平等地对视，胜过在豪华而动荡的甲板上流浪。

（选自《北海日报》2015 年 7 月 9 日）

拐角遇到紫丁香（外一章）

王景喜

春情，在静谧的午夜里，萌芽成蓓蕾，集束般绽放，是拐角处的紫丁香，一朵又一朵……

花开的声音，是台北阳明山的轩子：明天之所以美好，是因为今天的坚持；是冰凌挂着的雪儿：将来幸福的你，定会感激自己现在的守护；是花城的快乐宝贝：我只需要一个永远不会放弃我的人……

午夜的月光

只有我一个而且是第一个么？

皎洁的月光拖着一个个灵魂的影子与我擦肩而过。

你心怀着太多的追思，你心怀着太多的欲念，你心怀着太多的忧伤。

……

或许，我并非一直幽幽地活着。

只是不多开口，你们的灵魂才在我的面前起舞？

（选自《散文诗人》2015 年 12 月）

茶峒古镇（外一章）

蒋登科

河还是那条河。

渡口还是那个渡口。

船还是那种船。

街道还是那些街道。

走出沈从文那些优美的文字和故事，人已经不是那些人。

茶峒、边城，在时光的流逝中，成了一种文化的象征。

漫步在曲折的街巷，我期待门缝里有一双水灵灵的眼睛向我们悄悄张望，期待褪色的木门突然打开，走出来一位就算有些土气但依旧可以把我们带回历史的姑娘。

但是没有。街道静静的，木门半掩着。那就自己扮演一次吧，一群打扮时髦的翠翠，面带娇羞，用相机留下了此行的倩影。

我因此理解了那些河边静静垂钓的人们，也因此理解了那些小巷中游荡张望的行人。

我因此对文学充满了敬意，也因此感受到人性的永恒。

拉 拉 渡

一条小河，隔开了两个省。

一根钢筋，连接了河流两岸。

一只小木船，像是一座穿梭的桥。

从此，两边不分彼此。

不远处，有一座现代的桥梁，但人们还是喜欢来到这里，看看小河，听听山风，赏赏美景。山水之间似乎飘荡着历史的回声。

渡河的人，有的为了生存，有的为了回味，有的没有任何目的，就是喜欢这小河，这木船，以及一用力把我们渡到对岸的人。

还可以自己动手，把自己渡过河，渡到曾经在梦中千百次想念的地方。

（选自《散文诗》2015年6期）

一棵躺着又立着的树

西中杨

我不知道你是怎么倒下的。倒下后是否扭曲过痛苦的身躯？还是曾经昏迷得一睡不起？

当我看到的时候，你居然挺得像武林高手，伸长着铁一般的四肢，直指天空！

要热烈地拥抱世界吗？要不甘寂寞地测试耸入云霄的距离吗？要拼着力气一试生命的强度吗？

一棵横躺在地下的树，居然把新生的枝条笔直地立了起来，想站着的一排儿女，与身边同伴一起享受着春天，享受着春风夏雨秋阳冬雪，俨然要造一个自家的森林。

我时时想念着这一家人，他们是用躺着的惨烈，创造了立起来的辉煌的一家人！

（选自《散文诗人》2015年12月）

天亮了（外一章）

雪　漪

　　总感觉，此生不幸而又有幸，命运为佛塔旋转，乾坤在脚下。

　　每个红彤彤的早晨，我只能要未来这一个方向，银子的低调说出与生俱来的光芒。

　　一场冬雪，盖不住所有尘埃的愁。越来越瘦的忘情水，也不知是哪个女子无边的忧。其实，不只大海可以说出愁。

　　牧歌辽阔，声音波及的地方都是生活。痛苦、挣扎、希望、气魄、怀想、承担等等，许多的感受都被尘世触摸。

　　风，走出街的袖口，我仿佛看见萌动的春天挂在桃花盛开的眼角，翠绿的苔藓，到处生长儿女。我满怀豪情，无处投递。灵魂的广场，我任畅想浩荡，不安的，只有这颗心。我暗自思索，节日和我的关系，节日的礼花和我是不是已经可以过渡成为亲人。

　　整整一个晚上，矛和盾过后，月光穿着睡衣走了，我四周空空，孤独写着孤独，寂寞写着寂寞。冷静，是唯一能够说出的一个词。那些平凡、不平凡的诗意，蔓延得无边无际。

我对岁月展开凝望，我看见冬和春相濡以沫，树和树友好并蒂，藤和藤十指紧扣。爱，是一个动词，我们可以在它前面，为它前缀一个可以依偎的形容词——"真"么？

许多奇怪的字眼占据了文化的阵地，钟声敲来凌晨，绝不是告一段落，明天还要以新的姿势继续。

我们还是我们，有些内容，我无法拿到桌面上和自己来说，我想对关心我的人说，我不知道我应该具体拿什么来对未来降格以求。复杂和曲折，翻来覆去都逃不出生活。

天就这样，黑过之后又完全亮了。我自言自语，天亮了。一想起众多亲人讨论的话题，心内草木皆兵，心外风声鹤唳。

把时间从室内挪到室外

把时间从室内挪到室外，我发现，许多动的静的词汇都离生命的元素很亲很近。

天空晴朗成秋高气爽的风度，在城市的一小段前程里，我激动地被一片无声的景致吸引。阳光之下，大地之上，九万里江山内，截取自然的一扇横断面。

进入八月，我尤喜欢借助绿来表达离我最近的生活，这朴素得不需要解释就可以熟悉的颜色。在来来去去的颜色里，加加减减得与失的速度。

两棵山楂树，是我的左膀右臂，点点的红理解成不能掩饰的笑容。

我从陈年的故事中走来，大面积延伸着铺满乾坤的翠色，一草一木可以企及，就忽视了遗憾、枯萎、痛心、杂想。

左看，右看，土生土长的草亮丽了我九月的苍生，我说得出、已经想不起的孤独远去了。

我看到自己曾经热爱的痕迹，丝丝缕缕地，一闪一闪地，我努力编织成万花筒般的回忆，被阳光的心情摇来晃去。

（选自"雪漪世界微信"2015 年 10 月）

华夏民族的眷恋之水族

汪志鑫

亦是骆越的一支吗？

女人是水做的。百越上荷塘月色的瑰丽。云贵高原的奇葩，凝视前进的路。

山水如画的柳江，自然的图腾——神龛里供奉着虔诚。岭南的风景。载着皎洁，隐着月光。

那些"水书"里，是巫术的表解？亦是历史的拷问？

"旭济"古歌里：开天辟地——人类起源——氏族斗争——

"活化石"站在巨人的肩上，撬动云贵的浮云，瞰视稻田，吟唱一场丰收的歌。

龙凤呈祥的剪贴，栩栩腾跃。说唱的习俗，流传盛名的待嫁。

跪望一段距离的美。

占领思绪，岁音韵斑斓。马尾绣娘，绯红的脸颊上藏露了心事，恬谧的心海澎湃成湖。做空心绣的女子，海市蜃楼般创造一次诱惑的伟岸，魁梧自己的心志。挑绣的老大妈，花镜后渗着硬朗，用娴熟的指法点化舞魅。

源自绣花鞋的底蕴。温暖了芦笙舞的曼妙。随铜鼓的鼓点，生发激情。

水族的菀歌里，以包罗万象的说白和吟唱，牵扯心绪飘扬的梦。冬雪瑞丰的飘洒，洁净大山的沟壑，美丽延伸成银蛇。

水文里，散文是主宰神话与史诗的魂灵。诗在升腾理想。竹海里，弥补梦想，编织石雕与木雕在山水间的流畅。

浮雕一种呈祥的癫惑。

水族姑娘出嫁后，用挑水提升女主的分量，点阅生命长河的跋涉。

"旭"不仅是一个字眼。收录与容纳，承载与支撑，诠释与佐证，以海纳百川的星火嘹亮水族生命的原野。奔放与豪迈，委婉与馨香——

水族木楼里的歌声，映红了水家姑娘的心扉，向山的另一边，敞开一次莲香般的记忆。

（选自"散文诗人微信平台"2015 年 11 月）

出　现

严　正

　　起初。有渴，像鞋一样的形状，保持简单与尖锐，并雷同于今天的事物只围绕着今天的我们。

　　不开口并不代表妥协。封锁的朱比特废墟和布满一地的香烟骷髅，我给你在他的立场上展示张力，甚至现在带刺的想法。你被罚站，窥见一个人的全部被一些陌生的事物所取代。

　　聋哑疲倦的蕨类植物，锯齿形的白云下。阳光照耀着蛋，它的孤独之美与不同的面孔，你会注意到隐私的介入。

　　从地图的两半到镜子里的画像，从白天到今天晚上，从一些话到收拢的雨伞，像音乐的密度。

　　忧郁的汉字和非理性，我在它们之间咿咿呀呀，我的自我的松弛。

　　习惯于清除噪音，留下食油和手。

　　今夜难眠，去想今天我做了一些什么？履历表，挤公交，啤酒和发呆。在报纸的遗弃里停滞不前，或者引用桑德堡的话，"给他们预言家式的大胡子让他们走进山中，走进雾里"。

　　如果你在那时缠着我不放。

　　我想我在上升，那么大的洞，可以给自己捏造一部电影，它的外形像低音喇叭，似乎一种记忆。缩成越来越小的实体，二段尾，末班车，门牌号码，软与耐性。

我说：2001，出现而后消失。

多么类似于去年我写：下午三点半，在死亡之中。

总有一些不肯熄灭的鬼火。嗯，今天是蓝的，墙头上开着野花，还有鸽子。许多面孔，许多树，人群中的人和我。气泡一样迷乱和轻盈，一个似乎已经完成的瞬间。

发生，记得，然后忘记。像游戏一样。

去年，我看见轮胎下轧扁的蟾蜍，一些树木被伐倒，墙角的洞口和蛇皮。我今年还能看到？反光镜里的风景会越来越冷：1997，青年桥，墓园，我的亲人抵达了；2009，我喋喋不休，忘记了它的完整细节（它藏起什么，在我已不再变大的手掌之中）。一年又一年，我还是我，清澈而平静。

安排在 90 度站立的空虚感，开始对天气感兴趣。嗯嗯，因为下雨，我一口气喝水，一口气阴影里的睡意。

阳光普照，在活人的脚步中显现死者的安静和他名字留下的外形。沉醉于此并非坏事，我们的风景在我们的身边消失。在燃烧的脸上，有你与众不同的乱，比方汽车砰砰响，齿轮在那里磨平零零碎碎的大脑细胞。

纷至沓来。碎而白，而尖。

它们有它们的需要，正如我有我的需要，2006，我在模仿着别的影子：我在一条蛇黑暗的肠子里，记不清我是亚伯还是该隐。

周围是树，洼地。

锈斑和青蛙的聒噪。

像日子围绕生活，生活围着木桩，结束了还会有开始的时候。事物只发生而不被记下，过去的慢吞吞相对于今天留下它白色的沉淀物。没有什么是可预见的，没有什么是必需的。这里或那里，仿佛挑逗，仿佛生殖的能力与另一个我才是清醒的我。

（选自"广东散文诗学会 QQ"2015 年）

梦圆的韶赣铁路

温阜敏

心花怒放着，第一次乘火车去赣州。崭新的铁轨，崭新的车站，还有车窗外迅速掠过的崭新的风景。我坐在韶赣乡亲百年梦圆的铁龙里，脑海映出铁路的世纪追求长镜头，无数父老乡亲的祈盼，历代志士仁人的奋斗，定格在2014年的9月，客家乡亲舞了千年的长长的火龙，终于化成182公里的长龙，风驰电掣在韶赣群山间。她又像客家乡亲善舞的采茶戏绸带，不经意间，连接起京广与京九两条大动脉，将粤赣湘的铁路网络化棋盘化，激活着这片无限生机的红土地。

窗外移动着城镇、村庄、工厂、高速公路，闪过五月的鲜花、原野的翠绿、河流的蜿蜒、稻田的郁葱。这是韶赣新面貌的动态展窗，熏熏然，我融入这客家新家园的美妙的诗情画意中……

（选自"广东散文诗学会 QQ"2015 年 9 月）

一枝百合与千万枝百合的离开（外一章）

白晓娟

这个春天，没人在意一枝百合的离开，没人惦记千万枝百合的离开。

春城依然是春城，斗南还是斗南。

一枝百合，千万枝百合。

离开中国云南昆明斗南的土壤，只有百合自己，黯然神伤暗自窃喜。

一朵说枯也要在旅途，一朵说败也不离故土。

不同的百合被不同的人们放置不同的载体运往不同的彼岸。

一个完全陌生的国度完全陌生的人群。

谁能馈赠不担惊受怕的温情。

暗夜里寂静着喧哗着的大地，谁又见证白色的泪滴红色的血滴如繁星点点。众生眼里，草即草，花即花。

一枝百合，千万枝百合。

白天进入白天，黑夜进入黑夜，中国进入别国。国度不在，家园不在，唯叶相随。

少女的芳香，藏在深深的蕊里。

他乡的春天是不是斗南的春天。

哪里冰冷哪里酷热哪里是生命的延续，哪里山河破碎哪里战火纷飞哪里花好月圆？

一个太遥远的梦，要么醒来，要么死去。

一枝百合，千万枝百合，如千万个嫁娘。

启程，便不问归途。

今日阳光灿烂

今日，阳光灿烂，云淡风轻，从蔚蓝的天空我看到了什么，一座座长满蒿草的坟茔，坟茔里一张张年轻的脸庞，坟茔外一声声痛苦的悲恸。

那时天空不是天空，阳光在乌云后面哭泣，风儿在硝烟里颤抖，无法直视年轻的脸庞所以阳光哭泣，无法消散痛苦的悲恸所以风儿颤抖。

土壤沉默，只怕惊扰被战火蹂躏的大地。

流水静止，只怕带走那汩汩流淌的热血。

时光停驻，只怕岁月腐蚀掉倒下的身躯。

和平鸽被剪掉双翼塞进弹壳，弹壳射入同一片大地，橄榄树被砍断枝头丢弃荒野，荒野溅洒同一腔热血，花草在热血上飘摇，羊群在花草边孤零。

我们同饮一杯清水而活，我们同喊一声妈妈而过，我们同为儿女同为父母同为子民，只不同肤色不同语种，不同国度不同地域。

复活吧，请荒野的橄榄枝归位，请弹壳的和平鸽腾飞，请沉默的不再沉默，静止的不再静止，停驻的不再停驻。

还是那片天空，还是那块土地，还是天空下奔跑的羊群，还是土地上生存的子民，请让我们远离噩梦躺卧花草，在时光深处安放吾心，携片绿叶就能幸福。

抬头吧，和平鸽已修复双翼开始腾飞，橄榄枝已抚平创伤开始生长，我不想再低头，祈祷或缅怀。

（选自"白晓娟微信"2015年8月）

童男和童女的秘密

沈阿红

他咬着她的秘密，小声说："蚂蚁背着月亮走了；纸飞机叼着棒棒糖飞到天上了！"

她笑脸儿像蓓蕾，问他："那些汽车会在池塘里游泳吗？那样爸爸就不用每天给它们洗澡了。"

"叔叔在车上画云彩，云彩真好看！可是怎么又用油漆盖上了？"

男孩：你不懂，那叫喷漆。爸爸是医生，专门给汽车看病！

妈妈给房子化妆、穿花衣裳。

女孩捧着他的脸：我长大挣钱给你买飞机。他把胸脯挺得像小山：我长大了自己造飞机。

"我们开着飞机去旅行！"

嘘！有人来了！

我走近他俩：你们在说什么？

他们笑得如向日葵；诡异地：这是秘密！

（选自"沈阿红微信"2015 年）

今夜，我只想你

虞锦贵

1

姐姐，今夜我在钱塘江边，倾听浪潮的声音。

粼粼的波光与风一起摇摆，有时是强烈的。

对岸，繁华的灯火，漂浮着。我看到岁月日渐模糊的身影，那只漂泊江面的船，被铆固在空中。江水浑浊，狂躁的风，带走八月的云朵。

我站在江边，吟诵一首生命的歌。

与自己纠缠对抗，弃置在岸上。

2

巷子里的灯光。

那么亮，亮得让人低着头也无法掩饰忧伤。

当风吹来或吹去时，我的耳朵发出马匹抖动的鸣响。我们各自的影子，交织成一棵树，两篇失去册页的故事找到了同一个结尾，或许是同一个开头。

柳树安静，杨树安静，目光随树梢起伏。

诗句一样短的小巷尽头，铺设阴凉，天空变暗。

一个人的夜里，把自己掏空。

3

一个词，是完整的；另一个词，却成了破碎。

那不完整也不破碎的，是前世注定的。

今夜，我不说你我的故事，任思念在心底发酵。我也不在对岸，在波涛里，污浊、汹涌，此起彼伏的声音。

我迎风走去，在我胸中高高扯起的，是你那张永不落下的帆。

（选自"虞锦贵微信"2015 年 11 月）

大禹渡印象记

天　涯

1

古渡空寂。

裸露的河床在等一场铺天盖地的爱情，柔软坚硬的心田。草花躲在绿树背后，缤纷自己的梦。蛙叫鸟鸣，有白裙少女穿行，风追踪着她的脚印，前方步步惊心，洪水随时会咆哮而来，摧毁岸的期盼。

这是一位诗人的幻觉。

站在六月微雨的大禹渡边，重读人生已走过的路，跌宕起伏与波澜壮阔在天涯之外，所有激越归于眼前这一脉河的静美。

平淡，才是生活的真味。

大禹渡，我无法把你与黄河连在一起。那遥远的怒吼，万马奔腾的呼啸，一泻千里的壮观，莫非是你残存的前世？眼前的你，像走进暮色的老人，有阅尽人间沧桑的漠然。

得与失，迷茫与信念，伟大和卑微，交织。

数千年以后，笑傲江湖的不是帝王将相，竟然是你身边一棵茂盛的"神柏"。

还记得那个植树人吗？大禹渡，他的名字已与你紧密连在一起。你的荣耀就来自于他啊，为民造福的治水英雄，改"堵"为"疏"，加十三年的四季光阴，让滔滔黄河沿着他设计的线路抵达远方。

那是一路的诗与歌吗？

山陵重现峥嵘，昔日贫瘠的土地上抽出沉甸甸的稻穗。饱受洪灾之苦的人民筑室而居，富足不再是缥缈的浮云。从此，大禹的身影就烙在历史深处，再多尘埃都无法掩盖他的功德。

一代又一代，大禹的精神之光，如这黄河水，流经千古。

2

夜，正在降临。

大禹渡清冷依旧，它把心事纳入怀中，任山崖昂着高傲的头扬威——却不知地低成海，鹰立如睡。

圣人的品质，又有多少世人能懂？

我在读你，站在与你一步之遥的距离。陌生的阻隔，需要打开某一条通道。微笑或自言自语，似天空的鸟爱上黄河的鲤鱼，谁又能确定这是不是一场精心布下的局？

今晚，我只想枕着你的涛声入眠。

你会化身玉树临风的男子，给我深情的回眸吗？现实太冰冷，大禹渡，我甚至算不上是你的过客。错过眼神与眼神的交融，你怎么可能在过尽千帆之后，记住那一个单薄的身影？

没有夕阳余晖，只有连绵不绝的细雨，让我恍惚以为回到江南。水墨般烟尘，升腾，萦绕而去。我知道，你是沉重的，而轻盈只是我狭隘的猜度。

（选自"天涯的新浪博客"2015 年）

访问大自然

陈其旭

跟着我，一起到郊外去，那里虽然没有乐园，但那里有春天。

看啊，一株株绿油油的小草，一朵朵红的黄的小花，我们都有久别的惊讶。在欢笑中，它勾起了记忆深处的童年，无拘无束的昨天。看着春天在山坡奔走，你会懊悔来得太迟。

深居在闹市，晨曦总让摩天大楼的巨手抹去，春天蹑着脚步全无消息。

而今，大自然惊奇地看着我们，它见你频频向我招手，接着就尽情奔跑，好像以此释放往日的禁锢似的。

凝视着你，紧追着你，却不超过你，你的背影多像迎风摇曳的花儿，我却如小草一片，点缀着你、簇拥着你。

人们问我什么叫爱情，哈哈——破译心灵的秘密，请去问问大自然。

（选自"广东散文诗学会 QQ"2015 年 9 月）

忽然想起那条河

胡亚才（回族）

有一天，忽然想起那条河。

其实，自从有我，那条河就进入了我的血管，和我的血液混杂着流淌，与我的日子融为一体。无论是来自春天的清凉，夏季的丰饶，还是来自秋天的平静，冬季的冰冷，都一直相伴行走。

那一条条漫长错综的道路，整日整夜地奔跑，只是为了捕捉一句当年没有说出，至今还躲躲闪闪的话。于是，幸福与甜蜜始终保留在距离之中，就像蹿动不息而无法理清的生长之根，一双布鞋，一条暗藏的足迹，丈量着永不疲倦的时空。

从大地深处已经滚来了雷声，油菜花像金云一般漫移的田野，盛开朵朵喜悦，夸张类似燃烧，轰轰烈烈，烘托出每朵花向着它的快乐飞翔的高度。兴奋的泥土异常肥沃，种满了鸟的许多种语言。

河岸的草绿着，风应声而来，把草绿的声音以及温暖的纪念不时地撒在路上，草以自己的颜色保持缄默，以深刻而永恒的大度将根须扎进最为平常的日子，扎进我的心头。

河里各种各样的鱼在自由地游来游去，有的鱼在啄着水草，有的鱼在痴迷芦苇，有的鱼在吐泡泡，有的鱼在认真地倾听远处的水声，还有的鱼跳出水面，又跳回水里，俨然一次旅行，一次鼓足勇气的尝试，一次汲取力量的战栗。

坐在门前石墩上的小妹，蓝衣碎花的衣襟掩不住水灵的青春，露珠般清澈的眼睛，辽远着傍晚河边的草地和她身体内溢出的月光，辽远着一树槐花吐出灵魂的纯朴与芳香。

河边那个斑驳、苍远的的小镇，朴素得如月色下的一片玉米，抑或一束麦芒，一块蒙尘却依稀可辨的牌匾，一杯远离江海与风雨无关的水。伸向河的草丛和凌乱的脚印，表明有许多人曾经在此停留与从此远走，曾经埋下过秘密，翘盼和聆听，饱满而沉重。

鸟依然围绕着河流飞翔，还是那么纯粹，像你所最爱事物的自由落体。河水依然流淌，还是那么闪烁前行，那么从容慈祥，注满清澈的品质，在想象中等待，鸟和目光能够到达的地方，盈盈托出清芬的思恋，如最熟知最渴念的情景：丰腴饱满的乳房，让孩子尽情吮吸着无穷的雪乳……

那条河源远流长，而且穿过无数云水，或激扬，或温婉，深入在美好的途中，让岸的心情楚楚动人，蝴蝶翩翩，酥雨霏霏。爱，是辨认愿望的唯一方式，我多么渴望那一脉有魂魄的水将我洇透，并将我重新送入春天，让一粒优良的种子，把对爱情的怀想和对一切动人的事物反复吟诵，让一尘不染的心跳和一朵纤细的火苗年复一年地发出新芽。

（选自"胡亚才新浪博客"2015 年）

又 见 大 理

李剑魂

花团锦簇的初夏，又见云南大理。

这一天正是佛祖诞辰纪念日。相隔七个春秋，我满怀喜悦，再次来到大理。

千年的南诏古国，独特的文化积淀如洱海一样深沉；今日的"东方瑞士"，秀美的风景苍山一样久远。大理，多年不见，您在我的眼中，就像是久别重逢的恋人！仍然美丽，厚重，清纯……

上关的风，下关的花，苍山的雪，洱海的月。大理古城，其实就是一支旋律优美的歌，一幅色彩斑斓的画，一首意境隽永的诗。只是当我披着朦胧的月色，与三五文友夜游古城，心中的感觉是如此亲切，似乎与大理古城曾经相伴千年。尽管旧地重游，感觉仍然新鲜。

大理，既是一座使人产生无限遐想美感的古城，也是一座使人容易回想美好往事的古城。纯洁的友谊，美妙的初恋，深厚的亲情，都会十分自然地在漫游时一一浮现。总之，大理是与美融为一体的古城。

古城徜徉流连，承认心中偶尔也会掠过一丝美丽的伤感：南诏王的金戈铁马，如今在哪里？南诏国的昔日繁华，如今在哪里？往事越千年，风流总被风吹雨打去。岁月如流，人间所有的风花雪月，转瞬之间成为明日黄花，过眼云烟。

大理如此美丽，美得像祖国古代的四大美女；

大理如此厚重，厚重得像文学史上的四大名著；

我猜想另一维空间——玄妙的天国，或者就是大理一样佳美……

（选自"云髻山人新浪博客"2015年）

空　山

于芝春

一曲竹箫，吹醒了修炼一季的蝉鸣。

潜修的蝴蝶，让清雾涤净了裸露的灵魂，参悟，遂乘云霓，去渡化漫山空灵。

恍似露珠的一朵野菊，在疏篱下独自幽香。宠辱不惊，慵懒开败。

比寂寥还要寂寥的岩石，以无比坚定的毅力，收纳流泉飞瀑，负载生灭悲喜。

邈远的地平线，被时间过滤，退隐成一缕丝缕，白头翁在霞光的背影中，落翅，于另一种沉香上。

深秋的绿，爱上整座，不动声色禅坐的森林。在有霜降和轻寒的早晨，从光阴锁住的禁园中逃出来，从此，失去了它原有的节奏。

（选自"中国诗歌流派网"2015 年 10 月）

小 城 的 风

白恩杰

小城的风，从一个不知名的北方飘来，在小城高大的建筑物上，涂着五颜六色的广告。

小城不再是光板的羊皮大衣，斜倚着父亲般的群山，青春四溢。

摩登女郎时时向你招手，那目光泄露多少风流韵事。俊俏的小伙开着摩托车，吹着口哨儿，驶向风口新建的广场，雕像闪耀登场，骚扰心的宁静。

打工妹像四季青，生命力旺盛得惊人，背一简单的行李，推销金色的自己。

十字路口，红绿灯，个个忽闪眼珠，像个了不起的指挥官，时时发号施令。

键盘总在嘎嘎不停，很难弄懂谁在操纵。高大的楼前，自行车与摩托车汽车，皆伫立在风中；前者化为尊崇，然后同时辽阔。

周末也是属于风的。整个小城，谜一样地微笑，又风一样地议论：哪个明星光临新世纪、哪个美眉步入艺术中心？

因为风，小城更加年轻，视野抚遍大街小巷。2015 年是风的季节，小城是风的王冠，柏油路是小城黑色的磁带，一支关于小城的歌曲，正在风的季节里吟唱；由近及远。风能洗清天空，给小城梳妆；也能体味小城的心思。

（选自"白恩杰新浪博客"2015 年）

青 稞 黄 了

杜 娟

秋天迈步向前，像匍匐的记忆，与青稞做着同一个梦。

云已经变凉，还让我仰视，青稞黄了，还让我踩着它成熟的脚印，学习如何需要，如何变黄。

青稞占据山坡，它看到了时间，想借用八月直立，想依靠深呼吸，走到最后一秒。时间得罪了谁，谁都可以找一个借口，想来就来，想走就走。

镰刀在近处，被石头摩擦，它是有阅历的，只要不让庄稼生锈，就会在余生里找到出路。

我愿意保留大片的青稞，愿意保留光芒的照射，在甘南，所有的富饶包括贫瘠，都是我的生活。

（选自"杜娟微信"2015 年）

永不消逝的渡口

郭培坤

一些渡口成了历史，这个渡口还在忙碌。

过了这个渡口不远，就到家了。

南面数里外，一座长桥如巨龙，横跨两岸。

不想迂回。

带着疲惫与收获，踏上渡船，听它哒哒哒地唱起欢快的歌；流水喧哗，清澈洁净，碧蓝碧蓝，水汽充盈着坚毅的双眼。

远处，夕阳里，一叶小舟随波飘荡，渔夫正在撒网；对面，埠头下，一群老鸭自由游弋，时而潜入水底；近岸，河涌边，水草泛着鲜绿，红树林匍匐着青翠，几棵松树轻轻摇曳……

快到家了，父母的等待，儿女的盼望，在脑海里逐渐清晰；一日的疲累，即将卸去，满怀的惊喜，温暖而亲切；祖祖辈辈，日出日落，男男女女，朝朝暮暮，有了这个渡口，美梦不再遥远，期盼永未消逝。

永不消逝的渡口，永远怀念的水乡！

（选自"南沙文学网"2015 年 11 月）

拉卜楞寺转经

袁雪蕾

收集一生的目光凝望雪山。

辗转一生的时间奔向佛。

围着一尊塔、一座玛尼堆、一片湖、一座宫殿、一座山，转经，是此生必修的功课。

转动时光的皱纹，转起冒烟的祝福。即便老了，步履蹒跚，牙齿脱落，喉咙里的六字真言依旧雷打不动。

在拉卜楞寺的转经长廊，面对一千七百多个转经筒，我心弦上的落叶飞花，被孜孜不倦地荡空。

生生世世，无始无终。那些失去了影子的人，是否已经把自己放逐成暗夜里草尖上的萤火虫？谁能在顿悟后，把自己从地水火风的经轮里彻底转出去？谁又能往回转，让你重新看到天使的容颜？

经轮不可逆转。唯有自由来去的佛，普度众生的念头，令他一次次重临人间。经文清晰地刻在他的骨头上，舍利在钟声里深藏不露。

我筑巢在祈福的队伍里，轻摇经筒。等一支叫作信仰的箭，历经轮回之圈——

最后，命中自己的靶心。

（选自"袁雪蕾微信"2015 年 7 月 31）

慢下来的幸福

徐金秋

一

时针抵达零点。

月亮细挪莲步，依依西行，仿佛有叮咛不完的人间琐碎。

时间微凉，目光安详。

此为鄂南的一个村庄。上一辈的苦难已被带走，幸福还在路上。

在每一座山坡，每一条小路，每一条河流，虔卑的人正沿着他们的足迹，弯下，一一捡起。

二

那些遗落在田野的麦粒，稻穗呀，都具有金子般的寓言。还没被转基因到城市，每一颗仍保留着，善良的秉性，朴实无华而掷地有声。茂盛成一句一段的真理，紧握手心。

梯田式的山坡，油菜花的快乐，层层递进，一路追着阳光奔跑，她们要爬到山顶，将满心欢喜告诉，仍保持矜持的山风。

镰刀，一口一个幸福，顺着山坡尖叫。

锄头一步一个脚印，翻新满山坡的春天。

它们运用一个女子的灵巧和一个男人的憨厚，爬上了层层叠叠的生命图腾。先进而粗重的器械怎能抵达？

三

鸟儿保持不变的飞翔。从一棵梨树飞向另一棵梨树，从一座山坡飞向另一座山坡。从黎明飞向黄昏，又从黄昏飞回黎明。

它们决定用翅膀，用一生来驮记村庄。

四

太阳划破黑暗，扛起天空的摄像头，不慌不忙从东山升起。

当黎明探出微笑。湖面粼粼波光。晨鸟相见寒暄。太阳开始走进一树花开灿烂，或是一墙温暖，和一坡一生都拾捡不完的细碎的金子。

所有事物都在此座村庄来得不紧不慢。生长、开花、结果，不争、不抢、不窃，顺着时序，一寸一寸被阳光打开、镀亮，关合。

五

我在鄂南乡村老家，端着早餐九点的饭碗，像捧着九点的太阳，无拘无束坐定乡村时光。嚼咀香醇的五谷杂粮。看一架飞机飞过儿时的山顶。学墙角下老人们的安详与呆状。

时间慢下来，幸福慢下来。

（选自"徐金秋新浪博客"2015 年）

若尔盖大草原

谭词发

圣洁的风吹远了红尘的喧嚣，吹绿了神奇的向往。梦伴随格桑花盛开，我就属于草原的了。今夜，我将拨一盏心灯，点亮诗意的河流，让激情恣意流淌。

穿越若尔盖大草原，我的诗歌愈加圣洁、清爽。我想把这里的宁静带回城市，让浮躁的人们不再浮躁；我想把这里的绿意镶在心上，让思想成为环保的思想。

一路风尘，成就了我久远的期盼。

打马而过的牧民，将爱情藏在歌声里，穿越苍凉，追逐阳光与梦想。人生的归宿，成为毡房永恒的记忆；青春的激情，在大风中摇荡。

我坐在草地上，虔诚地阅读遍野的小草团结的精神和顽强的成长，阅读成群的牦牛安静地咀嚼悠然的时光，阅读马背上的民族豪迈的歌声迎接幸福的希望。

琢磨草原裸露的心事，我想起那些未被风干的历史。

在通往光明和正义的道路上，年轻的战士抛洒着青春和热血，用英雄的足迹丈量草原的宽广，红色的精神在广袤的草地上留下信念的绝唱。

可歌可泣的灵魂，归向何方？

（选自"谭词发微信"2015 年）

星空比月亮远

冯向东

　　这样独特的夜晚，并不是全世界都能共享的夜晚。我所看见的，我所感知的比那描绘的更加优雅而震撼。在这样诗篇一样抒情的夜晚，我沉醉于可以举杯邀约的星空。我是如此幸运。因那诸神的星空，也是我的星空。

　　在一片苍茫，辽阔，浩瀚的原野，在一座神秘，静谧，纷繁的森林，在这些大型的自然场景之上，暗流涌动的星空，只是庄严而深远地无限弥散着。穹顶之中，流云徜徉，天际旷达无声，夜幕花开圆满。

　　在一个眺望，凝视，观想的生命内核，在一处培植，填充，延展的灵魂家园，在这些角落般的命运平台之上，心潮澎湃的星空，成为我无言以诉的精神谛听。纵使一粒转瞬即逝的尘埃，也应该揣着悲天悯人的情怀。

　　星空比月亮远。我热爱世间的一切万物，不忍心用生硬的词语，损伤这些超凡脱俗的，永恒的一部分。月亮也是星空的一部分。我痴迷着的，亘古光华所映照着的，是一处遗落的温情空间。或者，一些宇宙怀念的碎片。

（选自"冯向东新浪博客"2015 年 10 月）

是什么（外一章）

阿　垅

草原是什么？比一匹老马还要寂寞的缰绳。

花是什么？穿着绸缎衣裳的胭脂。

闪电是什么？一截把臆想摁进天空里的疼。

溪流是什么？终生不肯打死结的腰带。

草叶是什么？死去又活过来、没有被虫蛀过的牙齿。

阳光是什么？一次又一次推倒阴影、扶着白天走路的墙。

草　叶

哦，这大地上压住春天的书橱，闪耀的呼吸一直铺到了天的尽头。

俯下身，是因为它们把卑微的生命举得很高，蚂蚁和昆虫都是草原的主人。

一片草叶是一个人的名字。

一堆草叶是一座村庄的前生。

我多么熟悉那些清凉的手指，在翻阅，在历练，在夜深人静的时候悄悄对话，回忆露宿过的客栈和多年前的一场暴雪。

明净而湿润的文字，用草叶做部首，就有了火把。

平静的生活枯了又绿。

（选自"阿垅微信"2015 年）

生命中的大海

米军喜

1

航船是大海的意义。

没有航船，大海将荒芜。航船选择了大海，海路就是航船的流向，彼岸便是航船的目的。

海路，没有尽头。一路刻满艰辛，一路载满喜悦。

2

迈着轻盈的脚步，走向航船。

海面，静静地等待，远方飘曳的浮云。柔柔的风，眺望着一片蓝色的梦。水绽放笑容，在海面开满灿烂花瓣。

海鸥，在天空翩翩起舞，修剪着蓝天白云。她看见了什么？竟如此高高飞翔，低低回旋。

身边的包裹装满寄托的话语，浪涛气息柔和，轻轻融入胸怀，呼吸被海潮渐渐淹没……

3

是谁？在蓝色的海面盛开洁白之花；是谁？在静谧的大海守护蓝色的梦；又是谁？在浪花簇拥下，日夜奋进，直驶彼岸。

是风帆，是那灵动的风帆。

像一支轻柔的牧歌，在海面上追波逐浪；像一朵跃动的浪花，在海面上纵情放歌。

乘风万里。邀朝霞、迎晚彩，引无数鸥鸟飞翔。风帆，是阳光普照在海面上的流光溢彩；风帆，是春风撒落在海面上的美丽花朵。

一片风帆，就是一个激昂的音符；无数风帆，谱写一曲生命至诚的乐章。生命就是抗争。生命就是进取。虽沧海一粟，但勇往直前的精神永不衰落。

（选自"广东散文诗学会QQ"2015年）

玫瑰在成长

洪天丽

回忆都是过去的事，再不能，一边听着你的心跳，一边感受幸福和浪漫。我回头，日子渐渐退去，让人有一种莫名的彷徨。指上捆绑了约定，永恒是不能兑现的诺言。

日记都是情感的符号，要用心，才能重温昔日的欢笑，才能再次欢喜或悲伤。墙角下，玫瑰在成长，让我有一种孤独的难堪。日子不习惯被观望，在深深的庭院里躲藏。像是假装船都已靠了岸，不再怕风雨的创伤。

玫瑰在成长，不去理会风和雨，就在我面前。叶子是烧人的绿焰，一朵朵，灼痛了似水华年。也许蓓蕾定能绽成的阳光，从清晨到黄昏，一直欣然地，照在路上。

（选自"洪天丽微信"2015年）

梅 花 掌 状

程洪飞

手指弯曲，蜷紧，抓起这朵，又抓那朵。选择中，抓住一朵的同时，另一朵从指间逃脱。风过无痕，一陌上的桃花刚刚落完。是哪座岸上，恍惚有人喊："梨花又白。"我在。我听见她的喊声，如细细碎碎的梨花落在风里，缥缥缈缈的声音好熟悉。春季是不能随意呼唤人的。有没有人告诉她？如果喊，在她的喊声中，我会松开蜷紧的手指伸向声音的方向，问她是哪一个？隔岸的水声，拍响左岸、拍响右岸，喊声中此起彼伏。芦苇深处，橹声仍然咿呀不绝，她的舟影，为何不见？

在冬季，我曾以过客的身份来过这里。雪，大朵大朵的从很高远的天空落下。沿着雪落下的声音触摸过去，我想象中的雪，应该是天空垂下的雪的红藤蔓萝，落入我的掌中妖娆地百般缠绕。曾经相信过她的比喻，冬天，一场又一场大雪，是旧年春风吹上天堂的落红。可是，那天落入我掌中的雪，打开竟然是一掌的白。去年冬季，天下雪期不绝。大雪日日降落。荒野中逐渐堆高的雪，不仅葬下我倏然滑向雪上的掌影，并且葬下掌影印在雪地状如两朵清晰的梅花掌状。

在冬季，在雪地上拍出自己的手掌形状，并不是故意的，也许是我试图抓一件东西，手掌落空来不及蜷起自己的手指，无意中留在雪地中梅花状的手掌印痕。如果不相信去年冬季发生的落掌事件是个无意识的行为，可以告诉她，选择水面柔软的春季摇橹来到此岸，潜伏在青草丛中的两朵梅花掌状，听见她摇来的逐渐清晰的橹声、势必兴奋地打开手掌，蜷起手指，刹那间抓紧她将要上岸的渡口。

（选自"中国散文诗研究中心"2015 年 11 月 20 日）

河 （外二章）

张中定

我思想的流向就是你的流向。

水声渗透肌肤时，能触摸到的只有色彩的质感。心已在渔歌中入睡了，用金钱能买到涛声吗？

世上或许有一条河未被污染。

或许有两条。

别引诱我顺流而下。

是跋涉者额头的汗水不是河水的某一滴。寻到河流的最初之水，我因此会失去我。

吃水线、波浪和涛声，仅仅是往昔的一次回忆。

人生太干涩，叫我如何咀嚼，回味？

如果终生寻找的央求是某种目的的边缘，哪来弱女泪湿我，掩我？

海作河的归宿，河便是我的某一次狂想。

静坐桌前想一条并不存在的大河，所有的河流都因为彷徨的我而改变了河道，所有空灵的水声都关闭在理智的警句之外。

泪水是心底的一条暗河吗？

雨之河为何能标志一种垂直的人生？

肢下是河，头顶之河。

前方无岸，左右无岸，回头也无岸。

《古城》印象：你内·我外

古城远在历史迷雾的一角，《古城》作为一份文学小报，又近在心灵一隅。

古城向我打开朝北的窗户时，有一群小精灵肩起墨斗和诗囊，准备动身去远方漫游。我看见——

远方有一片杂色的云彩，你们交集的梦中，很美地飘；城外有一条无规则伸展的道路，象征性地抒写你们业已开卷的灿烂人生。

梅枝出了城墙，远来西北的驿站香我。

动手翻动古城的奇珍和笑意之时，你们的春天悠然漫上我凝思的冷眉，不胜温暖。劝你们——

在空白的试卷上种株梅。

在流弱女泪的诗笺上种株梅。

在古城的每条石砖缝里种株梅。

在燃烧的血液中也可以种株梅……

有梅作你们远行的相思，有暗香作你们新诗的韵脚，还怕遥遥的里程和沉重的山崖么？

我手持梅花，等你们越过苍凉又壮美的西部荒原。

城上，城下；你内，我外。

不可思议的蝴蝶，就放飞去寻找适合它美学趣味的花朵吧。女诗人，千万别把它制成标本戴在头上，借它装饰自己的美丽。文学、艺术和宽广的爱心，都是这样一只别样的蝴蝶。

远山的呼唤，能传进内心才算一个行动信号。可道路，不是你们眼中笔直的破折号，太阳和孤岛红豆，都不是破折号那端现成的题解。

我俯瞰《古城》审视你们，谁知道你们会不会长成徐志摩、普希金、阿赫玛托娃和大一居士，并且超越他们的灵感？

我折枝春天的杨柳，送你们上路吧！

书本外面的世界精彩又无奈。浪漫呢，痛苦呢，你们得亲口尝一尝人生的风雨，才能弄懂一句绕口的格言。

走出古城：走出发霉的孤独，走出小小的自己。

历史啊，快把你紧闭千年的城门向他们打开！

他们是一些因文学能梦想而心灵纯净的青少年们啊。

以心看海

大地的豪情，送我而上九重云霄；避开骇人的雷电，幸福上投入大的怀抱。

飞抵即使在梦中都十分遥远的海南，投入湛蓝得令人惊叹不已的大海，感知海水神圣的洗礼，接受海浪无情的冲击。

一个西北人，我对海的认识源于书本、影视等形式的理念，梦想海，思恋海，认准看大海是人生一种崇高美妙的境界。

那年好不容易从甘肃的腾格里沙海边缘进入北京，距波涌浪卷的真正的大海拉近了许多。知道要看海最近的地方就是去天津。为实现看一眼神奇大海的愿望，我领着 72 岁高龄的父亲，从北京专程乘火车赶到天津。

没想到，天津市区距离大海也还很远，又忍着疲劳，再接再厉，转了两次汽车，又步行很长一段路才算是赶到天津客运码头——只为了看海。

就让我们进去看一眼大海吧……

就以摇摇晃晃的轮船为背景，我给父亲拍了张照片，第一次看海，看到的只是一份人类之于大海的万般无奈。

第二回看海是在金秋的北戴河，在如诗如画的海边漫步。或喊叫着冲浪搏击，或在浅滩上戏水打仗，或沿海岸线悠然漫步，或静坐沙滩看海、听海、想海。

我们为海迢迢而来，我们为海而快乐和忘情。

三亚的海给予了我们许多美妙无比的享受，而人类本身则对海进行着肆意的污染，丢在沙滩上的垃圾就是我们人自己的耻辱，三亚的大海，我该为你欢呼，还是为你痛苦？

噢，那梦中的海南，这现实里的椰子与我的心。

（选自"张中定新浪博客"2015 年）

春来南澳村

黎少雅

村边田头

黑油油脸孔的稻田，耐着性子，让冬天慵懒地走过。

他正在冷静地思索：来年该怎样营生呢？

初春悄悄走进南澳村了，村舍、河涌、群山、绿树都清醒、明亮了，太阳却还躲在云的被里睡大觉。

一个老人，下巴飘着白发，牵着孙女走上田塍。

白发，是孙女眼中的月光，是圣诞老人，是乡里久远的故事。

小姑娘在田里奔跑、采摘，爷爷眯缝着眼笑着，额头上的皱纹，漾着南澳涌的水波与光影。

爷爷的目光，跟着孙女的脚步跑溜，跑着一片童心，跑进一片仙境。

爷爷，这叫什么花呀？

臭树仔哟，能止血的……别嫌他丑，可会帮助人呢。

爷爷，这种白色的，长胡子的呢？

荷兰豆花，你不也吃过么？……从澳门来了几十年了，里面藏着个白色花仙子，可美哩！

哎呀，爷爷，那一片黄色的，好靓啊！

爷爷，那一杈一杈的树，好多好多叔叔前几天来种的，开了好多好多花，像电视里的花，那叫什么？

老人一一作答：这片金黄色的，叫油菜花。据说，去年才从湖南跑来这里住下来。那像电视里紫红色的花，叫樱花，来路更远，来自大海大洋，一个叫日本的地方。

爷爷,她们为啥要来这里呢?

南澳村好,来南澳村也一样能安家立业,能发达啰。

老人眼看着身边走过的游客,凝望远方田畴、山峦、南澳涌,只说了一句"南澳村有希望啰",就不发声了。

田畴、山峦、河涌,一定会化成一个热闹的集市,在老人心头喧嚷。

河涌上的光丝,成了老人心头旋绕的美丽谣曲。

南澳涌上

那涌边春天点燃的一树树樱花,刚来不久,好奇地注视着对面涌边铁皮棚下的船坞。

船坞里做的,都是南澳人谋生的船艇。船不大,却装满水乡人一年四季的憧憬、阳光、月光、希望和欢乐。

晨光在水面上奏乐,树影在云影上舞蹈。

一个老人,正在劳动着,手中的凿子忽然停下来,遥望着对岸樱花地的游客,穿梭来往。老人的目光融成一片波光。

老人做了几十年船艇,岸上的老榕树、大大小小的荔枝、龙眼树,还有浪漫、平静的水波,没有不认识老人的。

岸上精致的瓷砖小楼的光和影,那是富起来的水乡人银白的目光,流溢着对老人的感激。

老人的目光闪过对岸,目光里分明潜藏着忧思:老了,变了,是不是该改行了?

不远处,也是一只老人制造的鱼艇,正横放船桨,在平静的波光有节奏的拥抱中,那在上面的罾网里剥鱼的,也是一个老人。

老人满头白发成花团,与岸上的桃花、樱花、红合欢花互相映衬,孤独地自成一景。

对面尖嘴的榄核形小艇上,美丽的姑娘和帅哥在拍照,波光云影里,晃荡着欢乐。

老人的目光一瞥,一瞬间,涌水上泻满了忧思和喜悦。

南澳村的春天变了,城里人进来了。舴艋舟,虽载着忧愁,也载着幸福。

清悠悠的涌水在说话哪:人多了,鱼少了,生活变了,老了,该永远退休了!

樱花园里，老夫老妻

一对中年人，老夫老妻，走进了樱花园。

男的穿蓝白运动 T 恤，女的穿紫红羽绒衣。

榄核船成双挤挤挨挨临春水，引得老夫老妻动春心，双双携手来拍照。波光抚掌颜开好热闹，笑意盈盈似婴孩。

红合欢，舞着毛茸茸的红彩球，用风的声音，向他们表演着歌舞。老夫老妻心头动，来到红合欢身前留个影，红合欢，红光满面眨着绿叶的眼，为他们的爱情来作证。

这时桃花园里好热闹，粉红的桃花布满枝，争先恐后摇笑脸，漾满春光要发言，桃枝清秀摇嫩臂。老夫老妻好热闹，走入桃丛攀桃枝，与桃花对话享艳福，身入桃林心年轻。

桃花的童话，连着美丽的南澳涌，波光通向遥远的天际。

老夫老妻继续西进樱花林，撷取春光、欢乐、爱情，带回家中好珍藏，还要上微信和 QQ，向亲友们展示爱的纯情与底蕴。

陌生的樱花，忍着微笑迎候着这对老夫妻的到来。

樱花用初开的千朵粉红，在风中舞着美姿，南澳涌边作舞台。一片异国的风情，伴着樱花曼舞，形成美丽婉曲的旋律，耳边恰似回响着，悠然轻慢的樱花曲。

老夫老妻穿梭在樱花林中，不时找着各种画面、剪影拍照，拍下年轻的心。

老夫把年轻的诗心、梦想，展现在樱花花瓣的露珠里。

老妻把年老的柔情，化成了在波光中摇曳的樱花。

走啊，走啊，走进樱花林，走进美丽的怀想中，走进诗情画意中！

南澳涌，太阳羞涩地躲进一片白云里。

涌边的绿竹、鱼塘，拍下照片，把这对夫妻的美景收藏起来。

（选自"世界华人散文诗微信平台"2015 年 2 月 14 日）

九百个妹妹击鼓而歌（节选）

李智红

1

在五百个世纪的昙花陨落之前，请用你们子夜的清钟，为我加冕。

把我古梅树般瘦削的风骨，连同我罂粟花一样寒冷的名字，安葬在一块净玉的内核，一场白雪的肺腑。

请召集你们九百个沉鱼落雁的妹妹，九百个出水芙蓉般端庄俏丽的淑女，九百个素食诗歌与音乐的女神，围坐在焚烧着龙涎香的白银炉边，为我击鼓。

我来自最后的帝国，来自彼岸，来自你们日夜仰望的某一片星空。

我赞美的歌声，将在众女神老去之前，响遍大地和所有坚守清洁的内心。

2

蝴蝶般深入苜蓿地的众女神，当阳光打散你们纷披的黑发，所有的枫叶都将殷红，所有的山冈，都将被彻底地浸染，成为壮观的秋天。

九百个妹妹，我看见你们内心的火焰，正在不舍昼夜地燃烧，一整个冬天的诗稿，都已焚化为灰烬。

我看见了梦想中那条遥远的河，在流淌过妹妹们的窗口时，突然漂满了金色的桂花。

我看见了最后的音乐，自九百把瑶琴的内心，青草般冉冉升起。

我看见了我自己的影子，正在彩虹般随着天气的晴明而渐渐消逝，最终被一片美丽的羽毛轻轻模糊。

3

是谁，仍然在不知疲倦地收集着九百个妹妹深夜里由衷的梦呓？

是谁，依旧在古朴的乡间，执着地修补着九百个妹妹早已坍塌的田埂？

被大风刮走了梦想与琴弦的诗人，依旧在黑暗中拼命地追赶最后一班远去的地铁。

九百个妹妹分别代表了九百次心跳。

九百个女神衍生出九百朵圣洁的莲花。

被爱情终生驱使的相思鸟呵，请告诉我吧，你是如何在九百个妹妹的呵护之下，悄无声息地衔走了我锋利的宝剑和我眼神中无限温暖的麦粒。

找不到任何借口，我盛满星星和牧歌的口袋，在月食的夜晚，被九百个妹妹洗劫一空。

（选自"麦汁微信"2015年10月14日）

散文诗观

中外散文诗学会主席海梦：摆在散文诗面前有两条路，一条是精品化，一条是群众化。当前，散文诗已发展到一个多元化时代，各种流派、各种艺术风格、各种表现手法，纷纷登台表演，形成一种百花齐放、百家争鸣、万紫千红、各展风姿的散文诗大潮，令人眼花缭乱。这种形势，好又不好。好，是因为散文诗得到了解放，摆脱了那些条条框框的束缚，八仙过海，各显神通。乱世出英雄，容易出人才，出佳作，推动散文诗向前发展。不好，是因为这种场面鱼龙混杂，许多非散文诗混迹其中，会误导读者，把散文诗引入歧途。

《羊城晚报》"花地"副刊部主任陈桥生：散文诗写作有一种倾向，即沉溺于美文，于吟风弄月，于藻绘颂美，于美丽的热闹，而欠缺了对现实的强度介入，对生命情感的深度挖掘。"颂"多而少"风"，但见"华美的衣袍"，不见"爬满的虱子"，美则美矣，写作的原创性却受到极大的限制，路子越走越窄。直观现实，以生命的质感替代情感的虚弱，方可使创作有起死回生的力量。

《散文诗世界》主编宓月：在这个时代，散文诗能做什么？它呐喊，声响早已被喧嚣淹没。它也没有尖锐的利器，去抵抗无处不在的危险和恫吓。这，当然不是散文诗的过错。它生来走的就是一条灵魂的秘道，在寂静中独自走向悠远。杂花野草它不拒绝，浅吟低唱也是一种存在，但最终，它只属于我们的心灵，是我们在这个世界走过时落下的一根翎羽。它可能很轻，但它抵抗时间消损的力量却未必比一块岩石小。正因为如此，散文诗于我，是需要悉心照料的那棵心灵之树。它是我的秘密领地，无关名利。它是我生命的一小部分，却是最重的部分。

《世界华人散文诗年选》主编钟建平：我特别钟爱散文诗这种独特的文体，她将成为我今后创作的主要目标。它既有诗歌的灵魂，又有散文的形体；它既有音乐的旋律，又有美术的底蕴……我对于散文诗的写作，出于自然，写无定法，作无定时，片思断想，皆可成文。

公安作家李需：散文诗是个性的，具有浓郁的作者自身的味道，同时这种味道又具有普遍性，将会引发读者心灵的共振。

广东散文诗学会副会长柳成荫：散文诗应该力求创新，但并不意味着抛弃传统。散文诗可以是浪漫主义的，但我更推崇现实主义。散文诗可以是私己的，但更需要关注群体生存真实。散文诗写作应该是独特安静的，不必要人云亦云。

《青岛文学》副主编韩嘉川：我写散文诗始于二十世纪八十年代初，本来是作为诗歌去写的，写着写着便写成了散文诗。关于跨文体，这些年讨论得比较多，但是并非前些年讨论的内容，而是如何拓展文体的张力，譬如小说中的诗意，譬如散文中的情节应用，譬如诗歌的散文化写作等等。任何一种文体，一旦处于一定的高度，便会摆脱文体的限制，散文诗同样如此。一旦主题或者立意足够博大，那么硬要服从于某种文体，显然是不明智的。我这里想说的是，散文诗到了摆脱初级阶段的时候了。写什么与怎么写，是永远的话题。如果真正是一个作家的话，那么忠实于使命吧，只要站的高度与境界够。

华侨大学文学院教授，研究生导师庄伟杰：文学说到底是心灵外化的东西，散文诗尤甚。那么，作为一种语言艺术（形式），每种文体都应有属于自己的身体语言和文体特征，这就注定了散文诗不仅具有"诗性"这种独立性（或称内质），同时应该具有散文的外在特征（或称外表）。正是这种"内"与"外"合一互见（或称"和合视界"），使得散文诗（文体）所具有的弹性与张力乃是其他文体所难以替代的。可见，散文诗作为一种文体，具有自身独特的美学原则，而这恰恰决定了其存在方式乃至生命方式。好的散文诗给人带来的应是心灵与心灵的沟通交流，是诗性丰盈的语言盛宴，是精神对话的享受。这种对话，可以是愉悦性的，比如自然之爱与人性之爱；可以是灵动性的，比如生活情趣与人生感悟；可以是冲击性的，比如灵魂救赎与生命忏悔；可以是自发性的，比如思辨色彩与精神启示；等等。一言以蔽之，散文诗应该作为写作者（或知识分子）心灵与情感最为自由而诗意的一种对话方式。它与其他文学艺术形式一样，同样需要更多地融入人文情怀、生命精神和现实关怀。不是用刻意雕琢的文字，而是用生命用心灵去践履。

中国散文诗研究会副会长陈志泽：散文诗是有别于诗、散文的独立文体。有散文美的诗还是诗，不是散文诗，有诗意的散文还是散文，不是散文诗。但散文诗必须吸取与融入诗和散文的长处，舍去某些对于散文诗而言的短处，丰富自己的艺术表现力，成为一种不可替代的、独特的文学样式。

中国香港作家秀实：散文诗以其语言彰显其艺术性。所谓散文诗的语言，是一种述说的方式。象征语使散文诗区别于小品散文，所以优秀的散文诗都具有饱满的意蕴。

军旅作家堆雪：在内心话语所有的可能中，散文诗倾其所有，遍地花开。它轻灵、婉转、悲愤、激越、自由、酣畅，驾驭灵魂与思想飞升的加速度。它把我们内心刻不容缓的求救声，从滚滚红尘中解救出来。

《宣城日报》副刊部主任方文竹：散文诗是什么？其实回答这个问题更多地应采取"散文诗不是什么"的否定性角度，即自律。但是散文诗要想获得长足的发展，必须走开放型之路，吸取非散文诗的成分以丰富、壮大自身，即散文诗要"不像"散文诗：他律。我的写作正处于"他律"之中。在具体的写作中，我调动了自己全部的文化积淀、生活经验和写作经验，脑中从未想到过什么"散文诗"，其实她就是"散文诗"这种文体，也就是说，"散文诗"早在那里等着我。一言以蔽之，我在写作的过程中，根本不考虑散文诗这个文体的界限，写作是自然而然地"流"出来的。我一直在散文诗、新诗、散文、小说、评论等文体之间冲突与试探，自然这些文体之间增加了暧昧的关系，形成了"互文性"。散文诗写作因此会出现意想不到的效果。这样说来，创作大于批评。人们说我"探索""实验"等，盖出于这个原因。我认为，太多的作者在散文诗写作中有着太多的束缚。当然，我这样说，不是倡导散文诗的随意性写作。恰恰相反，我一直认为散文诗要有她的"标高"，这样散文诗的写作就是难度写作了。

贵州省散文诗学会会长徐成淼：散文诗要以充沛的热情，表达对生命与自然的诗性回首与深刻审视，表达对人类和个体命运的灼心关注和忧思。要大力促进创新流派的涌现，大力促进具有鲜明现代意识的散文诗作品的充分涌流。要热情鼓励一切形式的创新、探索和实验；要下大力气扭转散文诗的粗放状态，彻底克服平庸、简陋、俗艳的倾向。要努力建立现代话语系统，以充满时代色彩的优秀作品，进入当代文学的话语中枢，以实现与当代文学进行高端对话的可能性。

成都双流文联主席毛国聪：在是非面前，我绝对有自己的观点。但在文学艺术面前，我会尽量淡化自己的观点。因为任何观点，都含有排他性。我经常碰到一些散文诗作家，一说到散文诗就愤愤不平，好像散文诗没能交上桃花运。他们的怨气有种种原因，我觉得，散文诗观是其主因。因此，我常说，我没有散文诗观，只有自己的喜好；散文诗没有优劣之分，只有好恶之别。

贵州民族大学教授喻子涵：如果要从技术层面谈散文诗创作，或者有人要问选择某个汉字作为解读与书写对象的标准是什么，我的回答是：没有标准，只有感觉。读一个汉字，它里面的信息和故事，与我的生命信息相通了，感觉就有了，诗意就袭来。这种信息往往是超时空的、超现实和跨文化的，紧紧抓住这种信息，再调动自己的生命体验和文化积累，用恰当的文字记录下来就成了散文诗。因此，谈不上什么技术问题，写散文诗没有那么神秘。

青年散文诗作家莫鸣小猪：有时候，我会因为一首散文诗而把放大了的夜变成所有的回忆，这样的夜晚当然也会很难碰到，过后我常常觉得彼时的我游走在灯光下，像一个溢满了语言的容器！

安徽散文诗作家潘志远：散文诗应拥有物性体悟和生命悲悯情怀，信手拾掇意象，随心所欲剪辑，在"有我之境"和"无我之境"间穿梭，毫无斧痕地实现传统和现代语言的并置。